Donato Carrisi è nato nel 1973 a Martina Franca e vive a Roma. Dopo la laurea in Giurisprudenza, ha studiato Criminologia e Scienza del comportamento. Dal 1999 è sceneggiatore di serie televisive e per il cinema. Firma del *Corriere della Sera*, con i suoi romanzi – *Il suggeritore, Il tribunale delle anime, La donna dei fiori di carta, L'ipotesi del male, Il cacciatore del buio, La ragazza nella nebbia, Il maestro delle ombre, L'uomo del labirinto, Il gioco del suggeritore, La casa delle voci* e *Io sono l'abisso* – ha ottenuto un successo crescente, superando i 3.000.000 di copie vendute nel mondo, di cui più di 1.700.000 solo in Italia. Nel 2017 è uscito il film che ha tratto dal suo romanzo *La ragazza nella nebbia*, interpretato da Toni Servillo, Alessio Boni e Jean Reno, per cui ha vinto il premio Donatello come miglior regista esordiente. A fine ottobre 2019 è tornato nelle sale con il suo secondo film, *L'uomo del labirinto*, con Toni Servillo e Dustin Hoffman.

La casa delle voci ha riscosso un clamoroso successo da oltre 250.000 copie vendute.

donatocarrisi.it

Dello stesso autore in edizione TEA:

Donato Carrisi

La casa delle voci

Romanzo

Per informazioni sulle novità
del Gruppo editoriale Mauri Spagnol visita:
www.illibraio.it

TEA - Tascabili degli Editori Associati S.r.l., Milano
Gruppo editoriale Mauri Spagnol

www.tealibri.it

Prima edizione SuperTEA novembre 2020
Terza ristampa SuperTEA marzo 2021

LA CASA DELLE VOCI

Ad Antonio.
Mio figlio, la mia memoria, la mia identità.

Una carezza nel sonno.

Nel nebbioso confine con la veglia, un attimo prima di precipitare nell'abisso dell'oblio, il tocco leggero di dita gelide e sottili sulla fronte, accompagnato da un triste e dolcissimo sussurro.

Il suo nome.

Sentendosi chiamare, la bambina sbarrò gli occhi. Ed ebbe subito paura. Qualcuno era venuto a farle visita mentre si addormentava. Poteva essere uno dei vecchi abitanti della casa, a volte chiacchierava con loro o li sentiva muoversi come i topi, rasentando i muri.

Ma gli spettri parlavano dentro, non fuori di lei.

Anche Ado – *il povero Ado, il malinconico Ado* – veniva a trovarla. Però, a differenza di tutti gli altri spiriti, Ado non parlava mai. Perciò a turbarla adesso era un pensiero più concreto.

A parte mamma e papà, nessuno conosceva il suo nome nel mondo dei viventi.

Era la « regola numero tre ».

L'idea di aver violato una delle cinque raccomandazioni dei suoi genitori l'atterriva. Si erano sempre fidati di lei, non voleva deluderli. Non proprio ora che papà le aveva promesso di insegnarle a cacciare con l'arco e che anche la mamma si era convinta. Ma poi rifletté: come poteva essere stata colpa sua?

Regola numero tre: non dire mai il tuo nome agli estranei.

Non aveva detto il suo nuovo nome agli estranei, né era possibile che qualcuno di loro l'avesse appreso per sbaglio. Anche perché erano almeno un paio di mesi che non vedevano qualcuno aggirarsi nei paraggi del casale. Erano isolati in mezzo al nulla della campagna, la città più vicina distava due giorni di cammino.

Erano al sicuro. Solo loro tre.

Regola numero quattro: non avvicinarti mai agli estranei e non lasciarti avvicinare da loro.

Allora com'era stato possibile? Era stata la casa a chiamarla, non c'era altra spiegazione. A volte, le travi producevano sinistri scricchiolii o gemiti musicali. Papà diceva che il casale si assestava sulle fondamenta come una signora attempata seduta in poltrona che ogni tanto sente il bisogno di mettersi più comoda. Nel dormiveglia, uno di quei rumori le era sembrato il suono del suo nome. Tutto qui.

La sua anima inquieta si placò. Richiuse gli occhi.

Il sonno, col suo silenzioso richiamo, la invitava a seguirla nel posticino caldo dove tutto si dissolve.

Stava per abbandonarsi, quando qualcuno la chiamò di nuovo.

Stavolta la bambina si tirò su dal cuscino e, senza scendere dal letto, scandagliò il buio nella stanza. La stufa in corridoio era spenta da ore. Oltre le coperte, il freddo assediava il suo giaciglio. Adesso era perfettamente vigile.

Chiunque fosse stato a invocarla non era in casa, era là fuori, nella notte buia dell'inverno.

Aveva parlato con il verso degli spifferi che si insinuano sotto le porte o fra le persiane chiuse. Ma il silenzio era troppo profondo e lei non riusciva a scorgere altro suono, con il cuore che le sbatacchiava nelle orecchie come un pesce dentro un secchio.

«Chi sei?» avrebbe voluto domandare alla tenebra. Ma temeva la risposta. O forse la conosceva già.

Regola numero cinque: se un estraneo ti chiama per nome, scappa.

Si alzò dal letto. Ma, prima di muoversi, cercò a tentoni la bambola di pezza con un occhio solo che dormiva insieme a lei e l'afferrò per portarla con sé. Senza accendere il lume sul comodino, si avventurò cieca nella stanza. I suoi piccoli passi scalzi risuonarono sul pavimento di legno.

Doveva avvertire mamma e papà.

Uscì in corridoio. Dalla scala che conduceva al piano di sotto risaliva l'odore del fuoco che si consumava lentamente nel camino. Immaginò il tavolo di ulivo in cucina, ancora imbandito coi resti della festicciola della sera prima. La torta di pane e zucchero preparata dalla mamma nel forno a legna e a cui mancavano tre fette esatte. Le dieci candeline che aveva spento con un unico soffio, seduta sulle ginocchia di papà.

Mentre si avvicinava alla camera dei genitori, i pensieri felici evaporarono lasciando il posto a cupi presagi.

Regola numero due: gli estranei sono il pericolo.

L'aveva visto coi suoi occhi: gli estranei prendevano le persone, le portavano via dai loro cari. Nessuno sapeva dove andavano a finire, né cosa ne fosse di loro. O forse era ancora troppo piccola, non era ancora pronta, così nessuno gliel'aveva mai voluto raccontare. L'unica certezza che aveva era che quelle persone non tornavano più indietro.

Mai più.

« Papà, mamma... C'è qualcuno fuori dalla casa » bisbigliò, ma con la sicurezza di chi non vuole essere più considerata soltanto una bambina.

Papà si svegliò per primo, un attimo dopo anche la mamma. E la bambina ebbe subito tutta la loro attenzione.

« Cos'hai sentito? » domandò la mamma, mentre

papà impugnava la torcia elettrica che teneva sempre pronta accanto al letto.

«Il mio nome» rispose la bambina, titubante, temendo un rimprovero perché era stata violata una delle cinque regole.

Ma nessuno le disse niente. Papà accese la torcia, schermando il fascio con la mano in modo che rischiarasse appena il buio nella stanza, così gli intrusi non avrebbero capito che erano svegli.

I genitori non le chiesero altro. Si stavano domandando se crederle oppure no. Ma non perché sospettassero che avesse detto una bugia, sapevano che non avrebbe mai mentito su una cosa del genere. Dovevano soltanto stabilire se ciò che aveva raccontato era reale oppure no. La bambina avrebbe tanto voluto che si trattasse solo della sua fantasia.

Mamma e papà erano all'erta. Però non si mossero. Rimasero in silenzio, con il capo leggermente sollevato, ad auscultare l'oscurità – come i radiotelescopi del suo libro di astronomia, che scrutano l'ignoto che si nasconde nel cielo, sperando ma anche temendo di cogliere un segnale. Perché, come le aveva spiegato suo padre, scoprire di non essere soli nell'universo non sarebbe stata per forza una buona notizia: «Gli alieni potrebbero anche non essere amichevoli».

Scorrevano interminabili secondi di quiete assoluta. Gli unici rumori erano il vento che agitava le chiome degli alberi secchi, il pianto lamentoso della banderuola di ferro arrugginito sul comignolo e i brontolii del vecchio fienile – come una balena che dorme in fondo all'oceano.

Un suono metallico.

Un secchio che cade per terra. Il secchio del vecchio pozzo, per l'esattezza. Papà l'aveva legato fra due cipressi. Era una delle trappole sonore che sistemava tutte le sere intorno alla casa.

Il secchio era collocato vicino al pollaio.

Lei stava per dire qualcosa ma, prima che potesse farlo, la mamma le posò una mano sulla bocca. Avrebbe voluto suggerire che forse si trattava di un animale notturno – una faina o una volpe – non per forza di un estraneo.

«I cani» sussurrò il padre.

Le venne in mente soltanto ora. Papà aveva ragione. Se fosse stata una volpe o una faina, dopo il rumore del secchio caduto i loro cani da guardia ne avrebbero certamente segnalato la presenza, mettendosi ad abbaiare. Se non l'avevano fatto, c'era solo una spiegazione.

Qualcuno li aveva messi a tacere.

Al pensiero che potesse essere accaduto qualcosa di brutto ai suoi amici pelosi, lacrime calde le ribollirono negli occhi. Si sforzò di non mettersi a piangere, il dispiacere si mischiò a un'improvvisa ondata di terrore.

Ai suoi genitori fu sufficiente scambiarsi uno sguardo. Sapevano esattamente cosa fare.

Papà scese per primo dal letto. Si rivestì in fretta, ma senza mettersi le scarpe. Mamma lo imitò, ma fece anche qualcosa che lasciò per un attimo interdetta la bambina: le parve che aspettasse il momento in cui papà non poteva notarla, poi la vide infilare una mano sotto il materasso, prendere un piccolo oggetto e metterselo rapidamente in tasca. La bambina non fece in tempo a capire cosa fosse.

Le sembrò strano. Mamma e papà non avevano segreti.

Prima che lei potesse domandarle qualcosa, la mamma le affidò una seconda torcia e le si inginocchiò davanti mettendole una coperta sulle spalle.

« Ricordi cosa dobbiamo fare adesso? » domandò, fissandola bene negli occhi.

La bambina annuì. Lo sguardo deciso della mamma le diede coraggio. Da quando si erano trasferiti nel casale abbandonato, all'incirca un anno prima, avevano provato decine di volte la procedura: così la chiamava papà. Fino ad allora, non c'era mai stato bisogno di metterla in atto.

« Tieni stretta la tua bambola » le raccomandò la madre, poi prese la sua piccola mano nella propria, calda e forte, e la portò via.

Mentre scendevano le scale, la bambina si voltò un attimo e vide che il padre aveva preso una delle taniche dal ripostiglio e adesso ne stava spargendo il contenuto lungo i muri del piano superiore. Il liquido colava attraverso le assi del pavimento e aveva un odore pungente.

Arrivati al piano inferiore, mamma la trascinò con sé verso le stanze sul retro. I piedi scalzi raccoglievano schegge di legno, la bambina teneva le labbra serrate cercando di trattenere i gemiti di dolore. Ma era comunque inutile, non avevano più bisogno di nascondere la loro presenza. Là fuori, gli estranei avevano capito tutto.

Li sentiva muoversi intorno alla casa, volevano entrare.

Era già accaduto in passato che qualcosa o qualcuno venisse a minacciarli nel posto in cui credevano di essere al sicuro. Alla fine, erano sempre riusciti a sventare il pericolo.

Lei e la mamma passarono accanto al tavolo di ulivo, alla torta di compleanno con le dieci candeline spente. Alla tazza smaltata del latte con cui l'indomani avrebbe dovuto fare colazione, ai giocattoli di legno che suo padre aveva costruito per lei, al barattolo coi biscotti, ai ripiani con i libri che leggevano insieme ogni sera dopo cena. Tutte cose a cui avrebbe dovuto dire addio, ancora una volta.

La mamma si avvicinò al camino di pietra. Infilò un braccio nella canna fumaria, andando in cerca di qualcosa. Finalmente trovò l'estremità di una catena di ferro annerita di fuliggine. Iniziò a tirarla a sé con tutta la forza, facendola scorrere intorno a una carrucola nascosta nel comignolo. Una delle lastre di arenaria sotto la brace iniziò a spostarsi. Ma era troppo pesante, c'era bisogno anche di papà. Era stato lui a inventare quel marchingegno. Perché ci metteva così tanto a raggiungerle? Quell'imprevisto le mise ancora più paura.

«Aiutami» le ordinò la mamma.

Afferrò la catena e tirarono insieme. Nella foga, la madre urtò con un gomito un vaso di creta sulla mensola del camino. Lo videro schiantarsi al suolo, impotenti. Un suono sordo corse fra le stanze del casale. Un istante dopo, qualcuno iniziò a bussare forte sulla porta d'ingresso. Quei colpi risuonarono fino a loro come un ammonimento.

Sappiamo che ci siete. Sappiamo dove siete. E stiamo venendo a prendervi.

Madre e figlia ricominciarono a tirare la catena con maggior energia. La pietra sotto la brace si mosse quel tanto che bastava. La madre puntò la torcia su una scaletta di legno che scendeva nelle fondamenta.

I colpi alla porta proseguivano, accelerando.

Lei e la mamma si voltarono verso il corridoio e finalmente videro papà che sopraggiungeva con due bottiglie fra le mani: al posto del tappo avevano uno straccio bagnato. Tempo prima, nel bosco, la bambina aveva visto il padre dare fuoco a una di quelle bottiglie e poi lanciarla contro un albero secco che si era incendiato in un istante.

Gli estranei battevano alla porta d'ingresso: con loro grande stupore, le cerniere che la fissavano si stavano schiodando dal muro e i quattro chiavistelli che la sbarravano sembravano più fragili a ogni urto.

In un attimo, compresero che quell'ultima barriera non sarebbe bastata a trattenere ancora a lungo gli invasori.

Papà guardò loro e poi la porta, e poi di nuovo loro. Non c'era più tempo per la procedura. Quindi, senza pensarci troppo, annuì nella loro direzione e, contemporaneamente, posò a terra una delle bottiglie, ma solo per prendere dalla tasca un accendino.

La porta cedette di schianto.

Mentre ombre urlanti varcavano la soglia, l'ultimo sguardo di papà fu per lei e per mamma – insieme, come un abbraccio. In quei pochi istanti, negli occhi di suo padre si condensarono così tanto amore e compassione e rimpianto da rendere per sempre dolcissimo il dolore di quell'addio.

Mentre accendeva la fiamma, il papà sembrò abbozzare un leggero sorriso, solo per loro due. Quindi lanciò la bottiglia e sparì insieme alle ombre in una vampata. La bambina non riuscì a vedere altro perché la mamma la spinse nell'apertura sotto il camino, poi la seguì stringendo in mano l'estremità della catena.

Scesero a perdifiato i pioli di legno, rischiando più volte d'inciampare. Da sopra arrivò il boato soffocato di una nuova esplosione. Urla incomprensibili, concitazione.

Giunte alla base della scala, nell'umido sotterraneo, la madre lasciò andare la catena di ferro in modo che il meccanismo richiudesse la lastra di pietra sopra di loro. Ma qualcosa s'inceppò e rimase aperta un'ampia fessura. La mamma provò a sbloccare il congegno, tirando e strattonando. Inutilmente.

Secondo la procedura, in caso di attacco, la famiglia avrebbe dovuto trovare rifugio là sotto mentre sopra le loro teste la casa bruciava. Forse gli estranei si sarebbero spaventati e sarebbero corsi via, o forse li avrebbero creduti morti nell'incendio. Il piano prevedeva che, quando di sopra fosse tornata la quiete, lei, mamma e papà avrebbero riaperto la botola di pietra e sarebbero tornati in superficie.

Ma qualcosa era andato storto. *Tutto* era andato storto. Per prima cosa papà non era con loro, e poi la maledetta lastra non si era richiusa totalmente. Intanto, di sopra ogni cosa aveva cominciato ad avvampare. Il fumo stava già strisciando attraverso la fessura per venire a stanarle. E in quell'angusto sotterraneo non c'era via d'uscita.

La mamma la trascinò verso l'angolo più estremo

di quella catacomba. A pochi metri da loro, nella fredda terra sotto un cipresso, era sepolto Ado. Il povero Ado, il malinconico Ado. Avrebbero dovuto toglierlo da lì per portarlo via.

Ma ormai neanche loro potevano scappare.

La madre le sfilò la coperta dalle spalle. «Stai bene?» domandò.

La bambina stringeva al petto la bambola di pezza con un occhio solo e tremava, ma fece lo stesso cenno di sì.

«Allora ascoltami» proseguì. «Adesso dovrai essere molto coraggiosa.»

«Mamma, ho paura, non riesco a respirare» disse lei, cominciando a tossire. «Usciamo di qui, ti prego.»

«Se usciamo gli estranei ci porteranno via, lo sai. È questo che vuoi?» affermò, con tono di rimprovero. «Abbiamo fatto tanti sacrifici perché non accadesse, e ora dovremmo arrenderci?»

La bambina sollevò gli occhi al soffitto del sotterraneo. Li poteva già sentire, a pochi metri da loro: gli estranei provavano a vincere le fiamme per andare a catturarle.

«Ho rispettato tutte le regole» si difese, singhiozzando.

«Lo so, amore mio» la tranquillizzò la madre, accarezzandole le guance.

Sopra di loro la casa delle voci gemeva nell'incendio, come un gigante ferito. Era straziante. Dalla fessura della lastra di arenaria ora dilagava un fumo più denso e nero.

« Non ci rimane molto tempo » affermò la mamma. « Abbiamo ancora un modo per andarcene... »

Quindi si cacciò una mano in tasca e prese qualcosa. L'oggetto segreto che aveva nascosto anche a papà era una boccetta di vetro.

« Un sorso a testa. »

Estrasse il tappo di sughero e gliela porse.

La bambina esitò. « Che cos'è? »

« Non domandare, bevi. »

« E che succederà dopo? » chiese, spaventata.

La mamma le sorrise. « Questa è l'acqua della dimenticanza... Ci addormenteremo e, quando ci risveglieremo, sarà tutto finito. »

Ma lei non le credeva. Perché l'acqua della dimenticanza non era nella procedura? Perché papà non ne sapeva nulla?

La madre l'afferrò per le braccia, scuotendola. « Qual è la regola numero cinque? »

La bambina non capiva che bisogno ci fosse di elencarle in quel momento.

« Regola numero cinque, forza » ribadì la mamma.

« 'Se un estraneo ti chiama per nome, scappa' » ripeté lei, piano.

« La numero quattro? »

« 'Non avvicinarti mai agli estranei e non lasciarti

avvicinare da loro' » rispose stavolta con la voce che iniziava a essere rotta dal pianto. « La terza è 'non dire mai il tuo nome agli estranei', ma io non l'ho fatto, giuro » si giustificò subito, ripensando a come tutto era iniziato quella notte.

Il tono della mamma si addolcì nuovamente. « La seconda regola, avanti... »

Dopo un istante: « 'Gli estranei sono il pericolo' ».

« Gli estranei sono il pericolo » ricordò con lei la madre, seria. Poi si portò la boccetta alle labbra e bevve un piccolo sorso. Gliela porse di nuovo. « Ti voglio bene, amore mio. »

« Anch'io ti voglio bene, mamma. »

La bambina guardò sua madre che la guardava. Poi fissò la boccetta nella sua mano. La prese e, senza più esitare, ingoiò ciò che rimaneva del contenuto.

Regola numero uno: fidati soltanto di mamma e papà.

1

Per un bambino la famiglia è il posto più sicuro della terra. Oppure, il più pericoloso.

Pietro Gerber cercava di non dimenticarlo mai.

« Va bene, Emilian: ti va di raccontarmi dello scantinato? »

Il bambino di sei anni dalla pelle diafana, quasi trasparente, tanto da sembrare uno spettro, rimase in silenzio. Non sollevò neppure lo sguardo dal fortino di mattoncini colorati che avevano costruito insieme fino a quel momento. Gerber continuò pazientemente ad aggiungere tasselli alle mura, senza mettergli fretta. L'esperienza gli diceva che Emilian avrebbe dovuto trovare da solo il momento giusto per parlare.

Ogni bambino ha il proprio tempo, ripeteva sempre.

Gerber era accovacciato accanto a Emilian da almeno quaranta minuti, sulla moquette coi colori dell'arcobaleno di quella stanza senza finestre, al secondo piano di un palazzo del Trecento in via della Scala, in pieno centro storico a Firenze.

Fin dalle origini, l'edificio era stato adibito da

istituzioni caritatevoli fiorentine « a dare rifugio ai fanciulli smarriti », cioè i bambini abbandonati dalle famiglie troppo povere per mantenerli, i figli illegittimi, gli orfani e i minori che erano vittime di situazioni sociali illecite.

Dalla seconda metà dell'Ottocento, il palazzo era la sede del tribunale per i minorenni.

L'immobile era pressoché anonimo nel fulgore degli edifici che lo circondavano, assurdamente concentrati in pochi chilometri quadrati, e che facevano di Firenze una delle città più belle al mondo. Ma anche quello non poteva considerarsi un luogo come un altro. Per via della sua origine: in precedenza era una chiesa. Per via dei resti di un affresco del Botticelli, raffigurante l'Annunciazione alla Vergine.

E per via della stanza dei giochi.

Oltre ai mattoncini con cui era impegnato Emilian, c'erano una casa delle bambole, un trenino, macchinine assortite, ruspe e camion, un cavallo a dondolo, una piccola cucina per preparare prelibatezze immaginarie nonché svariati peluche. C'era anche un tavolo basso con quattro sedioline e l'occorrente per disegnare.

Ma era una finzione, perché tutto in quella ventina di metri quadri serviva a occultare la vera natura di quel posto.

La stanza dei giochi era a tutti gli effetti un'aula di giustizia.

Una delle pareti era occupata da un grande specchio dietro cui si celavano il giudice, la pubblica accusa, ma anche gli imputati e i loro difensori.

Quello spazio era stato ideato per salvaguardare l'incolumità psichica delle piccole vittime alle quali veniva chiesto di rendere testimonianza in una condizione protetta. Per favorire la verbalizzazione, ogni oggetto presente nella stanza era stato scelto e pensato dagli psicologi infantili per avere un ruolo preciso nella narrazione o nell'interpretazione dei fatti.

Spesso i bambini si servivano dei peluche o delle bambole, sostituendosi nella recita ai loro carnefici e sottoponendo i pupazzi allo stesso trattamento ricevuto. Alcuni preferivano disegnare piuttosto che parlare, altri inventavano delle favole e le disseminavano di riferimenti a ciò che avevano subito.

Ma, a volte, certe rivelazioni avvenivano inconsciamente.

Proprio per questo, dai poster alle pareti, allegri personaggi di fantasia vegliavano sui giochi dei piccoli ospiti insieme a invisibili microcamere. Ogni parola, gesto o comportamento veniva registrato per diventare una prova utile ai fini del verdetto. Ma c'erano sfumature che gli occhi elettronici non erano in grado di carpire. Dettagli che, a soli trentatré anni, Pietro Gerber aveva già imparato a individuare con precisione.

Mentre continuava a costruire il fortino di mattoncini colorati insieme a Emilian, lo studiava attentamente, sperando di cogliere anche il più piccolo segno di apertura.

La temperatura interna era di ventitré gradi, le lampade sul soffitto irradiavano un leggero bagliore azzurro e, in sottofondo, un metronomo batteva un ritmo di quaranta battiti per minuto.

L'atmosfera più adatta a favorire un completo rilassamento.

Se qualcuno chiedeva a Gerber in cosa consistesse il suo lavoro, lui non rispondeva mai « psicologo infantile specializzato in ipnosi ». Usava un'espressione coniata da chi gli aveva insegnato tutto e che riassumeva meglio il senso della sua missione.

Addormentatore di bambini.

Gerber era consapevole del fatto che molti reputassero l'ipnosi una specie di pratica alchemica per controllare la mente altrui. Oppure credevano che l'ipnotizzato perdesse il controllo di se stesso e della propria coscienza e finisse in balia dell'ipnotizzatore che poteva spingerlo a dire o fare qualsiasi cosa.

In realtà, era semplicemente una tecnica per aiutare persone che si erano smarrite a entrare in contatto con se stesse.

Non si perdeva mai il controllo, né la coscienza – la riprova era che il piccolo Emilian stava giocando come sempre. Grazie all'ipnosi il livello di veglia si abbassava affinché cessasse il disturbo del mondo esterno: escludendo ogni interferenza, aumentava la percezione di sé.

Ma il lavoro di Pietro Gerber era ancora più particolare: consisteva nell'insegnare ai bambini a mettere ordine nella loro fragile memoria – sospesa fra gioco e realtà – e a distinguere ciò che era vero da ciò che non lo era.

Tuttavia, il tempo a disposizione con Emilian stava scadendo e l'esperto poteva immaginare l'espressione contrariata della Baldi, il giudice minorile, nascosta dietro lo specchio insieme agli altri. Era stata lei a nominarlo consulente per quel caso, ed era stata sempre lei a istruirlo su ciò che avrebbe dovuto chiedere al bambino. A Gerber toccava il compito di individuare la strategia migliore per indurre Emilian a fornirgli quelle informazioni. Se non avesse ottenuto qualcosa nei successivi dieci minuti, avrebbero dovuto rimandare l'udienza a un'altra data. Lo psicologo, però, non voleva arrendersi: era già la quarta volta che si incontravano, c'erano stati piccoli passi avanti ma mai veri progressi.

Emilian – il bambino spettro – avrebbe dovuto ripetere in sede giudiziale il racconto che aveva fatto un giorno, inaspettatamente, alla maestra di scuola. Il problema era che, da allora, non aveva più accennato alla « storia dello scantinato ».

Niente racconto, niente prova.

Prima di dichiarare fallito anche quel tentativo, l'ipnotista si concesse un ultimo approccio.

«Se non vuoi parlare dello scantinato, non fa niente» disse. Quindi, senza attendere la reazione del minore, smise di erigere il fortino. Invece, prese alcuni mattoncini colorati e iniziò una seconda costruzione proprio accanto.

Emilian se ne accorse e si fermò a fissarlo, interdetto.

«Stavo disegnando nella mia cameretta quando ho sentito la filastrocca...» disse dopo un po', con un filo di voce e senza guardarlo in faccia.

Gerber non mostrò alcuna reazione, lo lasciò parlare.

«Quella del bambino curioso. La conosci?» Emilian si mise a ripetere, cantilenando: «*C'è un curioso bambino – gioca in un angolino – nel buio che tace – lui sente una voce – c'è uno spettro burlone – che lo chiama per nome – al curioso bambino – vuole dare un bacino*».

«Sì, la conosco» ammise lo psicologo, continuando a giocare come se quella fosse una normale conversazione.

«Così sono andato a vedere da dove veniva...»

«E l'hai scoperto?»

«Veniva dallo scantinato.»

Per la prima volta, Gerber era riuscito a portare la

mente di Emilian fuori dalla stanza dei giochi: adesso erano a casa del bambino. Doveva tenerlo lì il più a lungo possibile.

« Sei andato a vedere cosa c'era nello scantinato? » domandò.

« Sì, sono sceso. »

L'ammissione di Emilian era importante. Come ricompensa, lo psicologo gli porse un mattoncino colorato, permettendogli di partecipare alla costruzione del nuovo fortino.

« Immagino fosse buio. Non avevi paura ad andare là sotto da solo? » affermò per testare una prima volta l'attendibilità del piccolo testimone.

« No » replicò il bambino, senza alcun tentennamento. « C'era una luce accesa. »

« E cos'hai trovato laggiù? »

Ancora un'indecisione. Gerber smise di passargli mattoncini.

« La porta non era chiusa a chiave come le altre volte » riprese il bambino. « Mamma dice che non la devo aprire mai, che è pericoloso. Ma quella volta la porta era un po' aperta. Si poteva vedere dentro... »

« E tu hai sbirciato? »

Il piccolo annuì.

« Non sai che sbirciare è sbagliato? »

La domanda poteva produrre effetti imprevedibili. Sentendosi rimproverato, Emilian poteva rintanarsi in se stesso e non raccontare più nulla. Ma se voleva rendere inoppugnabile la deposizione, Gerber doveva correre il rischio. Un bambino che non era in grado di comprendere il valore negativo delle proprie azioni non poteva essere considerato un testimone attendibile di quelle altrui.

« Lo so, ma me lo sono scordato che sbirciare è sbagliato » si giustificò il piccolo.

« E cosa hai visto nello scantinato? »

« C'erano delle persone... » disse soltanto.

« Erano bambini? »

Emilian scosse il capo.

« Allora erano adulti. »

Il bambino annuì.

« E cosa facevano? » lo incalzò lo psicologo.

« Non avevano i vestiti. »

« Come quando vai in piscina o al mare, o come quando fai la doccia? »

« Come quando fai la doccia. »

L'informazione rappresentava un prezioso progresso nella deposizione: per i bambini la nudità degli adulti era un tabù. Ma Emilian aveva superato l'ostacolo dell'imbarazzo.

« E avevano delle maschere » aggiunse, senza che Gerber glielo avesse domandato.

« Maschere? » si finse stupito lo psicologo, che conosceva la storia riportata dalla maestra di Emilian. « Che tipo di maschere? »

«Di plastica, con l'elastico dietro, quelle che coprono soltanto la faccia» disse il piccolo. «Animali.»

«Animali?» ripeté lo psicologo.

Il bambino iniziò a elencare: «Un gatto, una pecora, un maiale, un gufo... e un lupo, sì, era un lupo» ribadì.

«Perché indossavano quelle maschere, secondo te?»

«Giocavano.»

«Che gioco era? Lo conoscevi già?»

Il bambino ci pensò su un momento. «Facevano le cose di internet.»

«'Le cose di internet'?» Gerber voleva che Emilian fosse più esplicito.

«Leo, il mio compagno di scuola, ha un fratello più grande che ha dodici anni. Una volta il fratello di Leo ci ha fatto vedere un video su internet, erano tutti nudi e si abbracciavano in modo strano e si davano strani baci.»

«E ti è piaciuto quel video?»

Emilian fece una smorfia. «E poi il fratello di Leo ci ha detto che dovevamo mantenere il segreto perché quello era un gioco da grandi.»

«Capisco» affermò lo psicologo, senza far trasparire alcun giudizio dal tono di voce. «Sei molto coraggioso, Emilian, io mi sarei spaventato a morte.»

«Non avevo paura perché li conoscevo.»

Lo psicologo si arrestò: il momento era delicato. « Sapevi chi erano le persone con le maschere? »

Il bambino spettro dimenticò per un attimo il fortino e sollevò lo sguardo sulla parete con lo specchio. Dietro quel vetro, cinque individui erano in silenziosa attesa delle sue parole.

Un gatto, una pecora, un maiale, un gufo. E un lupo.

In quel momento, Gerber sapeva di non poter aiutare Emilian. Sperò che il piccolo si servisse dell'esperienza dei suoi appena sei anni di vita per trovare da solo il coraggio di pronunciare i veri nomi dei protagonisti di quell'incubo.

« Papà, mamma, nonno, nonna. E padre Luca. »

Per un bambino la famiglia è il posto più sicuro della terra. Oppure, il più pericoloso – ripeté Pietro Gerber dentro di sé.

« Va bene, Emilian: ora conteremo insieme all'indietro. Dieci... »

2

Al termine dell'udienza, Gerber guardò il cellulare a cui aveva tolto la suoneria e trovò solo una telefonata da un numero che non conosceva. Mentre si chiedeva se fosse il caso di richiamare, la Baldi lo trafisse con una domanda.

« Che ne pensi? »

Il giudice non aveva nemmeno aspettato che Gerber richiudesse la porta dell'ufficio alle loro spalle. Probabilmente, il dubbio l'assillava da quando avevano finito di ascoltare Emilian.

Lo psicologo sapeva bene che il magistrato aveva fretta di condividere con lui un'impressione sulla testimonianza. Ma la vera domanda era un'altra.

Emilian aveva detto la verità?

« I bambini hanno una mente plastica » dichiarò l'esperto. « A volte creano falsi ricordi, ma non sono propriamente bugie: loro sono sinceramente convinti di aver vissuto certe esperienze, anche le più assurde. La loro fantasia è così vivida da fargli sembrare vere cose che non lo sono, ma è anche così acerba da non permettergli di discernere ciò che è reale da ciò che non lo è. »

Alla Baldi, ovviamente, ciò non bastava.

Prima di andare a sedersi alla scrivania, la donna si diresse alla finestra e, nonostante il mattino d'inverno rigido e cupo, la spalancò come fosse piena estate.

« Di là ho una coppia di giovani genitori adottivi che hanno desiderato a lungo l'affidamento di un bambino, due nonni affettuosi che farebbero la gioia di qualsiasi nipote e un prete che da anni si batte per strappare minori come Emilian a condizioni di profondo disagio familiare e assicurargli un futuro d'amore... E quel delizioso frugoletto ci viene a raccontare un rito orgiastico pagano e sacrilego. »

Il giudice cercava di stemperare il disappunto col sarcasmo, Gerber comprendeva la sua frustrazione.

Emilian era nato in Bielorussia, l'ipnotista aveva letto e riletto il suo fascicolo. Secondo i documenti, quando aveva due anni e mezzo era stato sottratto alla famiglia naturale dopo aver patito ogni genere di maltrattamento. Mamma e papà si divertivano a mettere alla prova la sua voglia di stare al mondo, come in un gioco di sopravvivenza. Lo lasciavano per giorni senza cibo o a piangere e sguazzare nei propri escrementi. Per fortuna, si era detto Gerber, i bambini non avevano memoria prima dei tre anni. Però, era normale che da qualche parte, nella mente di Emilian, ci fossero ancora i segni di quella prigionia.

Padre Luca l'aveva trovato in un istituto, notandolo subito fra decine di bambini: Emilian aveva un ritardo nell'apprendimento e parlava a malapena. Il sacerdote, che dirigeva un'associazione per le adozioni a distanza molto attiva nell'ex paese sovietico, gli aveva trovato una famiglia: una coppia di giovani sposi appartenenti alla sua comunità religiosa che, dopo interminabili e costose procedure burocratiche, alla fine erano riusciti a portarlo in Italia.

Dopo solo un anno trascorso in una famiglia felice, Emilian aveva già recuperato il divario coi coetanei e parlava abbastanza correntemente l'italiano. Ma, quando tutto sembrava essersi messo per il meglio, aveva cominciato a manifestare i sintomi di una precoce anoressia.

Rifiutando il cibo, era diventato il bambino spettro.

I genitori adottivi lo avevano portato da un dottore all'altro, senza badare a spese, ma nessuno era riuscito ad aiutarlo. Per tutti, però, l'origine dei gravi disturbi alimentari era da ricercare nel passato di solitudine e violenza.

Nonostante l'impossibilità di trovare una cura, i genitori non si erano arresi. La madre adottiva aveva perfino lasciato il lavoro per dedicarsi totalmente al figlio. Vista la situazione, non c'era da stupirsi che la Baldi fosse molto contrariata per l'ennesima sfortuna che si stava abbattendo sulla donna e il marito.

«Non credo ci siano alternative» la trattenne, però, Gerber. «Dobbiamo continuare ad ascoltare ciò che ha da dire Emilian.»

«Non lo so se mi va di starmene lì a sentirlo» affermò il magistrato con una punta di amarezza. «Quando sei piccolo non hai altra scelta che volere bene a chi ti ha messo al mondo, anche se ti fa del male. Il passato di Emilian in Bielorussia è un buco nero, adesso invece si trova in una situazione completamente ribaltata e ha appena scoperto di possedere un'arma potente: l'amore della sua nuova famiglia. Usa impunemente quello stesso amore contro di loro, come i veri genitori facevano con lui. E questo soltanto per sperimentare cosa si prova a stare dalla parte dell'aguzzino.»

«La vittima che diventa carnefice» convenne Gerber, che continuava a rimanere in piedi, intirizzito, davanti alla scrivania.

«Sì, proprio così» ribadì il giudice con fermezza, puntandogli un dito in faccia per sottolineare che aveva centrato il fulcro della faccenda. Aveva voglia di sfogarsi.

Anita Baldi era stata il primo magistrato con cui Gerber aveva avuto a che fare quando era ancora un tirocinante, il che in pratica la autorizzava a usare con lui un tono informale. L'esperto, però, non si era mai azzardato a fare altrettanto. Negli anni aveva apprezzato le lezioni e le sfuriate, probabilmente era la persona più giusta e compassionevole che avesse conosciuto nell'ambiente. Le mancava qualche mese alla pensione, non si era mai sposata e aveva dedicato l'esistenza a occuparsi con tutta se stessa dei figli che non aveva avuto. Sul muro alle sue spalle erano appesi i disegni che facevano per lei i bambini che passavano per quelle buie stanze. Il suo tavolo era ingombro di incartamenti legali fra cui erano sparse caramelle colorate.

In mezzo a quei documenti, c'era il fascicolo di Emilian. Gerber lo fissò pensando che per il bambino spettro, purtroppo, non era bastato cambiare paese, nome e città per ottenere anche una nuova vita. Per questo stavolta Anita Baldi si sbagliava.

« Le cose non sono così semplici » dichiarò lo psicologo infantile. « Temo che ci sia dell'altro. »

A quella frase, il giudice si sporse in avanti. « Cosa te lo fa pensare? »

« Ha notato quando il bambino ha sollevato gli occhi sullo specchio? » domandò, ma l'intuito gli diceva che la Baldi non aveva una spiegazione.

« Sì, e allora? »

« Nonostante il leggero stato di trance, Emilian sapeva che qualcuno lo stava osservando dall'altra parte. »

« Tu sostieni che abbia intuito il trucco? » chiese,

stupita. «Allora è ancora più probabile che la sua fosse solo una recita» concluse la Baldi, soddisfatta.

Gerber aveva una convinzione. «Emilian ci ha voluti lì, e voleva che ci fosse anche la sua nuova famiglia.»

«Perché?»

«Ancora non lo so, ma lo scoprirò.»

Il giudice ponderò bene il parere di Gerber. «Se Emilian ha mentito, l'ha fatto con uno scopo preciso. E lo stesso se ha detto la verità» sentenziò, cogliendo finalmente il senso delle parole dello psicologo.

«Diamogli fiducia e vediamo dove vuole condurci col suo racconto» affermò Gerber. «È probabile che non venga fuori nulla e che si contraddica da solo, oppure che tutto questo sia finalizzato a qualcosa che ancora ci sfugge.»

Non avrebbero dovuto attendere molto: nei casi che riguardavano i minori, i tempi della giustizia erano più rapidi e la nuova udienza era fissata già la settimana seguente.

Un tuono scosse l'aria fuori dalla finestra. Sulla città si stava addensando un temporale e, anche dal terzo piano, si potevano sentire le voci dei turisti che provenivano da via della Scala mentre si affrettavano a cercare riparo.

Pietro Gerber pensò che avrebbe dovuto andarsene subito se non voleva beccarsi l'acquazzone, anche se il suo studio distava poche traverse dal tribunale.

« Se non c'è altro... » disse soltanto, accennando un passo verso l'uscita nella speranza che il giudice lo congedasse.

« Come stanno tua moglie e tuo figlio? » chiese Anita Baldi, cambiando argomento.

« Stanno bene » rispose, sbrigativo.

« Devi tenerti stretta quella ragazza. E Marco quanti anni ha adesso? »

« Ne ha due. » Intanto continuava a guardare fuori.

« I bambini si fidano di te, io lo vedo, sai » disse l'altra, tornando a parlare di Emilian. « Tu non li convinci soltanto ad aprirsi, li fai sentire al sicuro. » Poi fece una pausa accorata.

Perché dovevano sempre fare una « pausa accorata »? si disse Gerber. Quella breve sospensione era il preludio a una frase che conosceva bene.

Infatti il giudice aggiunse: « Lui sarebbe fiero di te ».

Sentendo nominare indirettamente il *signor B.*, Pietro Gerber si irrigidì.

Per fortuna, in quel momento, il cellulare che aveva in tasca cominciò a squillare. Lo prese e controllò il display.

Di nuovo il recapito sconosciuto da cui l'avevano cercato mentre era in udienza.

Pensò a un genitore o al tutore di uno dei suoi giovani pazienti. Però si accorse che il numero aveva un prefisso internazionale. Probabile che fosse qualche scocciatore – un call center che voleva rifilargli qualche offerta «irrinunciabile»? Chiunque fosse, era la scusa perfetta per andarsene.

«Se non le dispiace» disse, sollevando il telefono per farle capire che aveva un impegno.

«Certo, vai pure» lo autorizzò finalmente la Baldi con un gesto della mano. «Porta i miei saluti a tua moglie e da' un bacione a Marco.»

Gerber scendeva a perdifiato le scale del tribunale, sperando di fare in tempo a evitare la tempesta.

«Come ha detto, scusi?» chiese all'interlocutore.

Interferenze, scariche – la linea era molto disturbata. Sicuramente dipendeva dallo spessore dei muri dell'antico palazzo.

«Aspetti, non la sento» disse al cellulare.

Superata la soglia dell'edificio, si ritrovò per strada nell'esatto istante in cui cominciava a diluviare. Fu subito arruolato nel fuggifuggi di passanti che cercavano di salvarsi dall'apocalisse. Bavero del vecchio Burberry alzato e mano sull'orecchio, provava a capire cosa volesse quella voce femminile.

«Ho detto che mi chiamo Theresa Walker, siamo colleghi» ripeté la donna, in inglese ma con un accento che lo psicologo non aveva mai sentito. « La chiamo da Adelaide, in Australia. »

Gerber si stupì nello scoprire che quella telefonata proveniva addirittura dall'altro capo del pianeta.

« Cosa posso fare per lei, dottoressa Walker? » disse accelerando il passo mentre l'acqua si abbatteva rabbiosa su ogni cosa.

« Ho trovato il suo numero sul sito della Federazione Mondiale per la Salute Mentale » asserì la donna per accreditarsi. Poi aggiunse: « Vorrei sottoporle un caso ».

« Se ha la pazienza di aspettare, fra quindici minuti sarò nel mio studio e potrà spiegarmi meglio » affermò lui, saltellando fra le pozzanghere, mentre svoltava in una viuzza.

« Non posso aspettare » ribatté lei, con tono allarmato. « Sta arrivando. »

« *Chi* sta arrivando? » chiese lo psicologo. Ma, proprio mentre formulava la domanda, si sentì attraversare da un presentimento.

E la pioggia diventò pesante.

3

Un brivido serpeggiante.

Gerber non avrebbe saputo definire in altro modo la consistenza lenta e oleosa di quella sensazione. E forse fu proprio per questo che cercò rifugio in uno dei tanti portoni della via.

Doveva capire bene.

« Cosa sa dell'A.S.? » proseguì la Walker.

A.S., ovvero « Amnesia Selettiva ».

Gerber rimase spiazzato. Il tema era abbastanza dibattuto, la questione controversa. Per alcuni psicologi si trattava di un disturbo difficile da diagnosticare, altri ne negavano fermamente l'esistenza.

« Non molto » asserì, ed era vero.

« Ma lei come si pone rispetto all'argomento? »

« Sono scettico » ammise. « Stando alla mia esperienza professionale, è impossibile sottrarre *singoli ricordi* a una memoria. »

Secondo i sostenitori della teoria opposta, invece, si trattava di un meccanismo di autodifesa posto in atto dalla psiche in maniera inconscia. Avveniva soprattutto nell'infanzia. Orfani affidati a nuove famiglie dimenticavano all'improvviso di essere stati adottati; bambini che avevano subito traumi severi o abusi cancellavano totalmente quelle esperienze. Una volta anche Gerber aveva avuto un caso simile: un minore che aveva assistito all'omicidio della madre da parte del padre che poi si era suicidato. Anni dopo, lo psicologo l'aveva incontrato di nuovo: andava al liceo ed era convinto che i genitori fossero morti entrambi per cause naturali. Tuttavia, l'episodio non era stato sufficiente a persuadere Gerber a cambiare idea.

«Anch'io credevo che non fosse possibile» dichiarò, inaspettatamente, la dottoressa Walker. «Alla base di questa presunta perdita di memoria non c'è un'origine fisiologica, come una lesione cerebrale. E nemmeno lo shock può spiegarla perché, quando si manifesta, l'evento traumatizzante è avvenuto da tempo.»

«Direi che la rimozione è più che altro frutto di una scelta» convenne Gerber. «Ecco perché è improprio parlare di amnesia.»

«Ma il punto è se sia davvero possibile *scegliere* di dimenticare qualcosa» proseguì l'altra. «È come se la psiche stabilisse autonomamente che per sopravvivere al trauma è necessario negarlo con tutte le forze: ci nasconde quel pesante fardello al solo scopo di permetterci di andare avanti.»

Molti avrebbero considerato una benedizione la capacità di scordarsi delle cose brutte, pensò Gerber.

Era anche la chimera di ogni industria farmaceutica: trovare una pillola capace di far dimenticare gli episodi più cupi della nostra vita. Ma l'ipnotista riteneva che gli eventi che ci capitano – anche i peggiori – contribuiscano a renderci ciò che siamo. Sono parte di noi, anche se facciamo di tutto per dimenticarli.

«Nei bambini in cui si è creduto di diagnosticare l'AS, i ricordi infantili sono tornati ad affiorare in età adulta senza alcun preavviso» rammentò lo psicologo. «E le conseguenze del brusco ritorno della memoria sono sempre imprevedibili, spesso dannose.»

L'ultima frase attirò particolarmente l'attenzione della Walker, poiché non disse più nulla.

«Ma perché queste domande?» chiese Pietro Gerber mentre la pioggia rimbombava nell'androne del palazzo che gli offriva riparo. «Qual è lo strano caso che voleva sottopormi?»

«Qualche giorno fa, una donna di nome Hanna Hall si è presentata nel mio studio per sottoporsi a una terapia d'ipnosi: lo scopo iniziale era mettere ordine in un passato travagliato. Nel corso della prima seduta, però, è accaduto qualcosa...»

La Walker si concesse un'altra lunga pausa. Gerber immaginò che stesse andando in cerca delle parole più adatte per spiegare cosa l'avesse turbata.

«In tanti anni, non mi era mai capitato di assistere a una scena simile» si giustificò la professionista prima di proseguire. «La seduta era iniziata nel migliore dei modi: la paziente rispondeva alla terapia ed era collaborativa. Improvvisamente, però, Hanna ha iniziato a urlare.» Si fermò, non riusciva a proseguire il racconto. «Nella sua mente era riemerso il ricordo di un omicidio risalente a quando era soltanto una bambina.»

«Non capisco: perché non l'ha convinta ad andare dalla polizia?» intervenne Gerber.

«Hanna Hall non ha raccontato come è avvenuto il crimine» specificò la collega. «Però io sono convinta che ci sia del vero.»

«D'accordo, ma perché adesso lo sta riferendo a me?»

«Perché la vittima è sepolta in Italia, in un luogo imprecisato nelle campagne toscane, e nessuno ne ha mai saputo nulla» affermò l'altra. «Hanna Hall sostiene di aver rimosso l'accaduto e per questo sta venendo lì: vuole ricordare cosa è successo.»

Hanna Hall stava arrivando a Firenze. Anche se non la conosceva, l'informazione lo mise in allerta.

«Mi scusi: stiamo parlando di un'adulta, giusto?» la interruppe Gerber. «C'è un errore, dottoressa: dovrebbe chiamare qualcun altro perché io sono uno psicologo infantile.»

Non aveva intenzione di offendere la collega, ma si sentiva a disagio e non sapeva il perché.

«Quella donna ha bisogno di aiuto e io da qui

non posso fare niente» proseguì Theresa Walker, incurante del suo tentativo di scaricarla. «Non possiamo ignorare ciò che ha detto.»

«*Noi?*» Gerber era stizzito: perché avrebbe dovuto sentirsi coinvolto?

«Sa meglio di me che non è consigliabile interrompere di colpo una terapia d'ipnosi» insistette l'altra. «Che ciò potrebbe comportare un grave danno per la psiche.»

Lo sapeva, ed era anche contro le regole deontologiche. «I miei pazienti hanno al massimo dodici, tredici anni» protestò.

«Hanna Hall afferma che l'omicidio è avvenuto prima che lei ne compisse dieci» tenne duro l'interlocutrice, che non aveva intenzione di arrendersi.

«Potrebbe trattarsi di una mitomane, l'ha considerato?» replicò Gerber, che proprio non voleva avere a che fare con la vicenda. «Consiglio vivamente uno psichiatra.»

«Sostiene che la vittima è un bambino di nome Ado.»

La frase rimase sospesa nel fragore della pioggia. Pietro Gerber non ebbe più la forza di ribattere.

«Forse c'è un innocente, sepolto chissà dove, che merita che si conosca la verità» proseguì, con calma, la collega.

«Cosa dovrei fare?» cedette lo psicologo.

«Hanna non ha nessuno al mondo, si figuri che

non possiede nemmeno un cellulare. Però ha promesso che, una volta arrivata a Firenze, mi avrebbe avvisata: quando lo farà, la indirizzerò a lei.»

«Sì, ma cosa dovrei fare?» chiese di nuovo Gerber.

«Ascoltarla» rispose semplicemente la Walker. «Dentro quell'adulta c'è una bambina che ha solo voglia di parlare: qualcuno dovrebbe entrare in contatto con lei e ascoltarla.»

I bambini si fidano di te, io lo vedo, sai.

Aveva detto così il giudice Baldi poco prima.

Tu non li convinci soltanto ad aprirsi, li fai sentire al sicuro... Lui sarebbe fiero di te.

Il *signor B.* non si sarebbe tirato indietro.

«Dottoressa Walker, lei è certa che dopo tutti questi anni ne valga davvero la pena? Anche se con l'ipnosi riuscissimo a recuperare dalla mente di quella donna il ricordo di ciò che è accaduto a questo Ado, ormai sarà corrotto dal tempo e dalle esperienze, contaminato dalla vita trascorsa dopo allora.»

«Hanna Hall dice di sapere chi è l'assassino del bambino» lo interruppe l'altra.

Gerber si bloccò. Di nuovo la sensazione sgradevole provata all'inizio della telefonata. «E chi sarebbe?» si ritrovò a chiedere.

«Lei stessa.»

4

Che aspetto ha la bambina che ha commesso l'omicidio di un altro bambino? Dopo aver accettato di valutare quello strano caso, Pietro Gerber se l'era chiesto a lungo.

La prima volta che vide quella bambina con le sembianze di una donna adulta, alle otto di un grigio mattino d'inverno, Hanna Hall era seduta a metà dell'ultima rampa di scale che portavano al pianerottolo del suo studio.

L'addormentatore di bambini – Burberry sgocciolante e mani in tasca – si bloccò a guardare quella fragile creatura che non aveva mai visto prima, riconoscendola all'istante.

Hanna era incorniciata dal debole bagliore della finestra, invece lui era nascosto nella penombra. La donna non si accorse della sua presenza. Guardava fuori, la pioggia che cadeva fitta e sottile nella strettoia di via dei Cerchi, in fondo alla quale s'intravedeva una sezione di piazza della Signoria.

Gerber si sorprese perché non riusciva a distogliere lo sguardo da lei. La sconosciuta gli suscitava un'insolita curiosità. Li separavano pochi gradini e, da dove si trovava, gli sarebbe bastato allungare il braccio per sfiorare i lunghi capelli biondi raccolti in una coda con un semplice elastico.

Gli venne lo strano impulso di accarezzarla perché gli fece subito pena.

Hanna Hall indossava un maglioncino nero a collo alto, di una taglia più grande del necessario, che le copriva anche i fianchi. Jeans neri e stivaletti neri con un po' di tacco. Una borsetta nera, portata a tracolla e custodita sulle gambe.

Gerber si meravigliò che non avesse con sé un cappotto o qualcosa di più caldo. Sicuramente, come molti stranieri in visita a Firenze, aveva sottovalutato il clima in quella stagione. Chissà perché pensavano tutti che in Italia fosse sempre estate.

Hanna era curva, le braccia conserte in grembo, una sigaretta sospesa tra le dita della mano destra che spuntavano appena da una manica troppo lunga. Avvolta da una sottile coltre di fumo e assorta nei suoi pensieri.

Allo psicologo fu sufficiente un'occhiata per capire tutto di lei.

Trent'anni, abbigliamento dozzinale, aspetto poco curato. Il nero le serviva a rendersi invisibile. Il leggero tremito delle mani era un effetto collaterale dei farmaci che assumeva, antipsicotici o antidepressivi. Unghie smangiucchiate e sopracciglia rade rivelavano un perdurante stato ansioso. Insonnia, vertigini e occasionali attacchi di panico.

Non c'era un nome per quella patologia. Però lui aveva visto decine di persone simili a Hanna Hall: avevano tutte lo stesso aspetto un attimo prima di precipitare nell'abisso.

Tuttavia, Pietro Gerber non doveva curare l'adulta, non era di sua competenza. Come aveva detto Theresa Walker, lui doveva parlare alla bambina.

«Hanna?» domandò dolcemente, cercando di non impaurirla.

La donna si voltò di scatto. «Sì, sono io» confermò, in perfetto italiano.

Aveva lineamenti gentili. Niente trucco. Piccole rughe intorno a occhi azzurri incredibilmente tristi.

«La aspettavo per le nove» le disse.

La donna sollevò il braccio con il piccolo orologio di plastica che portava al polso. «E io mi aspettavo di vederla arrivare per quell'ora.»

«Allora mi scusi per l'anticipo» replicò Gerber, con un sorriso. Ma lei rimase seria. Lo psicologo capì che non aveva colto l'ironia, ma attribuì la cosa al fatto che, nonostante la donna parlasse bene l'italiano, esisteva comunque un gap linguistico.

La superò, frugandosi nelle tasche in cerca delle chiavi, e andò ad aprire lo studio.

Una volta all'interno, si sfilò l'impermeabile bagnato, accese le luci nel corridoio e passò in rassegna le stanze per controllare che fosse tutto in ordine, facendo intanto strada all'insolita paziente.

«Di solito il sabato mattina non c'è nessuno.»

Anche lui avrebbe dovuto essere a Lucca da amici insieme a moglie e figlio, ma aveva promesso a Silvia che sarebbero partiti il giorno dopo. Con la coda dell'occhio vide che Hanna sputava un po' di saliva in un fazzoletto di carta già usato e vi spegneva la sigaretta per poi riporre il tutto nella borsa. La donna lo seguiva docilmente, senza dire nulla, cercando di orientarsi nella grande mansarda dell'antico palazzo.

«Ho preferito incontrarla oggi perché non volevo che qualcuno si facesse troppe domande sulla sua presenza qui» o che lei si sentisse in imbarazzo, pensò Gerber, ma non lo disse. Di solito quel posto brulicava di bambini.

«Di cosa si occupa esattamente, dottor Gerber?»

L'altro si arrotolò le maniche della camicia sul pullover arancione, cercando di fornirle la versione meno complicata. «Seguo minori con problemi psicologici di varia natura. Spesso i casi mi vengono affidati dal tribunale, ma a volte sono i familiari a portarli da me.»

La donna non commentò. Si teneva stretta alla tracolla, Gerber pensò che fosse intimorita da lui e cercò di metterla a proprio agio.

«Le preparo un caffè? O magari preferisce un tè...» le propose.

« Il tè va bene. Due zollette, grazie. »

« Glielo porto, intanto può accomodarsi nella mia stanza. »

Le indicò una delle due porte in fondo al corridoio, l'unica aperta. Ma Hanna stava per entrare in quella di fronte.

« No, quella no » la precedette, un po' bruscamente.

Hanna si bloccò. « Mi scusi. »

Quella stanza non veniva aperta da tre anni.

Lo studio dell'addormentatore di bambini, situato nel sottotetto, era un luogo confortevole.

Il soffitto che digradava verso destra, le travi a vista, il pavimento di quercia, il camino di pietra. C'era un grande tappeto rosso cosparso di giocattoli di legno o di stoffa, scatole di latta contenenti matite e pastelli. Nel mobile libreria, i testi scientifici si alternavano a quelli di favole o da colorare.

E c'era una sedia a dondolo che conquistava subito i piccoli pazienti: di solito era lì che volevano stare durante le sedute.

I bambini non notavano che in quella stanza mancava una scrivania. Il posto dello psicologo era una Eames Lounge Chair in pelle nera con le classiche finiture in palissandro, con accanto un tavolino di ciliegio su cui erano ordinatamente collo-

cati un vecchio metronomo, che serviva nelle sedute di ipnosi, un taccuino, una stilografica e una cornice portafotografie che Pietro Gerber teneva coperta, a pancia sotto.

A parte tutto questo, non c'erano altri arredi.

Quando lui tornò da Hanna Hall con due tazze
fumanti e già zuccherate, la trovò in piedi in mezzo
alla stanza: si guardava intorno stringendo la borsetta, incerta su dove mettersi.

«Mi spiace» disse subito, rendendosi conto che
era inibita dalla sedia a dondolo. «Aspetti un secondo.»

Posò i tè sul tavolino e, poco dopo, tornò con
una poltroncina di velluto recuperata dalla sala d'a-
spetto.

Hanna Hall si accomodò. Teneva la schiena drit-
ta, le gambe serrate e le mani sempre accostate al
grembo, sopra la borsetta.

«Ha freddo?» chiese Gerber porgendole il tè.
«Certo che ha freddo» si rispose da solo. «Il sabato
il riscaldamento non parte. Ma rimediamo subito...»

Si avvicinò al camino e cominciò a trafficare con
la legna per accendere un bel fuoco.

«Se vuole, può fumare» affermò, immaginando
che fosse una tabagista compulsiva. «Agli altri pazienti non lo permetto prima che compiano almeno
sette anni.»

Ancora una volta, la battuta di Gerber non fece presa sull'umore della donna. Hanna, che non aspettava altro, ne approfittò subito per accendersi una sigaretta.

«Così lei è australiana» buttò lì lo psicologo mentre sistemava della carta sotto i legnetti, solo per cominciare a instaurare un clima confidenziale.

La donna confermò con un cenno del capo.

«Non ci sono mai stato» aggiunse.

Gerber prese un fiammifero da una scatola su una mensola, lo accese e lo infilò in mezzo alla piccola catasta. Quindi si chinò nel camino e soffiò delicatamente per dare ossigeno alla fiamma che, dopo qualche secondo, prese vita. Infine si raddrizzò e guardò la propria opera con soddisfazione. Si pulì i palmi delle mani strofinandoseli sui pantaloni di vigogna e andò a sedersi sulla sua poltrona.

Hanna Hall non smise mai di seguirlo con lo sguardo, come se lo stesse studiando. «Adesso mi ipnotizzerà o cosa?» chiese. Sembrava tesa.

«Non oggi» rispose lui, con un sorriso tranquillizzante. «Faremo solo una chiacchierata preliminare, per conoscerci meglio.»

In realtà, doveva prima valutare se prenderla o meno come paziente. Aveva promesso alla Walker che avrebbe avviato una terapia con Hanna solo se ci fossero state le condizioni per ottenere dei risultati. Ma ciò dipendeva spesso dalla predisposizione dei singoli soggetti: su molti l'ipnosi non aveva alcun effetto.

« Di cosa si occupa? » chiese Gerber di punto in bianco.

Sembrava una cosa da poco, invece era la domanda più dura per un paziente. Se la tua vita è vuota non esiste una risposta.

« Cosa intende? » chiese infatti l'altra, sospettosa.

« Ha un lavoro? Ne ha mai avuto uno? Oppure, come passa le sue giornate? » cercò di semplificare.

« Ho dei risparmi da parte. Quando i soldi finiscono, faccio qualche traduzione dall'italiano. »

« Lo parla molto bene » si complimentò lui con un sorriso.

La conoscenza delle lingue presupponeva una notevole apertura verso gli altri e una predisposizione a sperimentare sempre nuove esperienze. Ma Theresa Walker aveva detto che Hanna non aveva nessuno e, addirittura, non possedeva nemmeno un cellulare. I pazienti come la Hall erano prigionieri del loro piccolo mondo e ripetevano sempre le stesse abitudini. Sarebbe stato interessante scoprire come mai, a parte l'inglese, la donna conosceva così bene l'italiano.

« Ha trascorso parte della sua vita in Italia? »

« Solo l'infanzia, sono andata via a dieci anni. »

« Si è trasferita in Australia con i suoi familiari? »

Hanna attese un momento prima di rispondere.

« Veramente, non li ho più visti da allora... Sono cresciuta in un'altra famiglia. »

Gerber registrò l'informazione che Hanna era stata adottata. Quel punto era molto importante.

« Adesso vive stabilmente a Adelaide? »

« Sì. »

« È un bel posto? Le piace stare lì? »

La donna si fermò a pensare. « Non me lo sono mai chiesto » rispose soltanto.

Gerber pensò che quei convenevoli fossero sufficienti e passò subito al sodo. « Come mai ha deciso di sottoporsi all'ipnosi? »

« Un sogno ricorrente. »

« Vuole parlarmene? »

« Un incendio » disse soltanto.

Strano, Theresa Walker non gliene aveva accennato. Gerber annotò il dettaglio sul proprio taccuino. L'ipnotista decise di non forzare Hanna, ci sarebbe stato tempo per tornare sull'argomento. « Cosa si aspetta di ottenere con la terapia? » domandò, invece.

« Non lo so » ammise l'altra.

I bambini erano più facili da esplorare con l'ipnosi. Rispetto agli adulti, opponevano meno resistenza a lasciarsi permeare dalla mente di qualcun altro.

« Ha fatto solo una seduta, giusto? »

« Veramente, è stata la dottoressa Walker a propormi quella strada» disse lei, sbuffando del fumo grigio dalle narici.

«E lei cosa pensa di questa tecnica? Lo dica francamente...»

«Devo ammettere che al principio non ci credevo. Me ne stavo lì, rigida e con gli occhi chiusi, sentendomi una stupida. Assecondavo tutto ciò che diceva – quella roba sul rilassamento – e intanto mi prudeva il naso e pensavo che, se me lo fossi grattato, lei ci sarebbe rimasta male. Sarebbe stata la prova che ero ancora vigile, no?»

Gerber annuì, divertito.

«La seduta era iniziata e fuori c'era un bel sole. Così, quando la dottoressa Walker mi ha detto di riaprire gli occhi, pensavo che fosse passata appena un'ora. Invece era già buio.» Fece una pausa. «Non me n'ero accorta» ammise, stupita.

Nessun accenno all'urlo di cui aveva parlato la psicologa, emesso mentre Hanna era sotto ipnosi. Anche questo a Gerber parve strano.

«Lei sa perché la sua terapista l'ha mandata da me?»

«E lei sa perché io sono qui?» domandò l'altra, evidenziando la gravità di quel motivo. «Forse anche lei sospetta che io sia pazza.»

«La dottoressa Walker non lo pensa affatto» la tranquillizzò. «Però la ragione che l'ha portata a Firenze è alquanto singolare, non trova? Lei sostiene che, più di vent'anni fa, è stato ucciso un bambino di cui ricorda soltanto il nome. »

« Ado » disse lei, per rimarcare la propria verità.

« Ado » ripeté lo psicologo, per darle ragione. « Ma non sa dire dove e perché è avvenuto questo omicidio e, in più, si dichiara colpevole ma non ne è nemmeno tanto sicura. »

« Ero una bambina » si schermì l'altra, quasi ritenesse più essenziale difendersi dall'accusa di avere una memoria fragile piuttosto che da quella di essere capace di uccidere in tenera età. « La notte dell'incendio mamma mi ha fatto bere l'acqua della dimenticanza, per questo ho scordato tutto... »

Prima di proseguire, Gerber appuntò sul notes anche quell'espressione bizzarra.

« Però, quasi sicuramente, non esistono più prove materiali di quel crimine, lo capisce, vero? Se c'era un'arma, adesso chissà dov'è finita. E se pure si riuscisse a trovarla, non è detto che sia collegabile al delitto. E poi, senza un cadavere, non si può parlare di omicidio... »

« Io so dov'è Ado » reagì la donna. « È ancora sepolto accanto al casale dell'incendio. »

Gerber tamburellò con la stilografica sul notes. « E dove si trova questo casale? »

« In Toscana... ma non saprei dire esattamente dove. » Affermandolo, Hanna abbassò gli occhi.

« Capisco che possa essere frustrante, ma non deve pensare che io non le creda: anzi, sono qui apposta per aiutarla a ricordare e per stabilire insieme a lei se quel ricordo è reale oppure no. »

« Lo è » ribatté Hanna Hall, ma con gentilezza.

« Voglio spiegarle una cosa » provò Gerber, con pazienza. « È acclarato che i bambini non hanno memoria prima dei tre anni » affermò, rammentando ciò che aveva pensato a proposito di Emilian. « Da quel momento in poi, non ricordano automaticamente: imparano a farlo. In quest'opera di apprendimento, realtà e fantasia si aiutano a vicenda ma così, inevitabilmente, si mescolano... Per questo motivo, noi qui adesso non possiamo permetterci di escludere il dubbio, no? »

La donna parve acquietarsi. Poi spostò lo sguardo sul grande abbaino da cui si scorgeva la torre di Palazzo Vecchio, schermata da una fitta coltre di pioggia scura.

« Lo so, è una vista per pochi privilegiati » la precedette lo psicologo, pensando che ammirasse il monumento.

« A Adelaide non piove quasi mai » fu invece il commento lamentoso dell'altra.

« La pioggia la immalinconisce? »

« No, mi fa paura » affermò Hanna, in maniera del tutto inaspettata.

Gerber pensò ai mille inferni che quella donna

aveva dovuto attraversare per essere lì, di fronte a lui. E a tutti quelli che aveva ancora davanti a sé.

«Le capita spesso di avere paura?» le chiese, con delicatezza.

Lei lo fissò coi suoi intensi occhi azzurri. «Ogni momento.»

Gli sembrò sincera.

«E lei ha paura, dottor Gerber?»

Domandandolo, la donna guardò la cornice portafotografie a pancia sotto sul tavolino di ciliegio. In quello scatto, lo psicologo posava insieme alla moglie e al figlio di due anni davanti a un panorama alpino. Ma Hanna Hall non poteva saperlo. Come non poteva sapere che per lui era importante avere quella foto accanto a sé, ma la teneva coperta perché non sarebbe stato opportuno mostrare il ritratto della sua famiglia felice a bambini con gravi problemi di affettività. Però Gerber immaginò che il gesto di fissare la cornice fosse comunque intenzionale. Qualunque fosse lo scopo, lo mise a disagio.

«Mia madre diceva sempre che chi non ha famiglia non sa cos'è la vera paura» proseguì la donna, per fargli capire che aveva intuito chi c'era nell'immagine del portafotografie.

«Eppure c'è chi sostiene che la vita è un rischio, lo è per tutti» replicò lo psicologo per sviare l'argomento. «Se non accettassimo questo semplice assunto, rimarremmo soli per tutto il tempo.»

La donna sorrise debolmente, era la prima volta. Poi si sporse in avanti e parlò quasi sottovoce.

« E se le dicessi che ci sono cose da cui non può proteggere i suoi cari, mi crederebbe? Se le dicessi che alcuni pericoli che nemmeno immaginiamo sono già in agguato nelle nostre vite, mi crederebbe? Se le dicessi che esistono forze maligne in questo mondo da cui non si può sfuggire, mi crederebbe? »

In altre circostanze, Gerber avrebbe liquidato dentro di sé le parole della paziente come semplici farneticazioni. Ma il fatto che quella discussione fosse partita dalla sua foto di famiglia lo turbò oltremodo.

« A cosa si riferisce? » si ritrovò a domandare.

Hanna Hall cullava la tazza di tè fra le mani. Abbassò lo sguardo sulla bevanda calda e disse: « Lei crede agli spettri, ai morti che non muoiono, alle streghe? »

« Ho smesso di crederci tanto tempo fa » sdrammatizzò lui.

« È proprio questo il punto... Perché da bambino ci credeva? »

« Perché ero ingenuo e non possedevo le conoscenze che ho acquisito da adulto: l'esperienza e la cultura ci aiutano a superare le superstizioni. »

« Solo per questo? Non ricorda almeno un episodio della sua infanzia in cui è accaduto qualcosa d'inspiegabile? Qualcosa di misterioso di cui è stato testimone? »

« Veramente, non mi sovviene nulla del genere » sorrise di nuovo lo psicologo. « Forse ho avuto un'infanzia banale. »

« Avanti, ci pensi bene: è impossibile che non ci sia qualcosa. »

« D'accordo » le concesse Gerber. « Una volta un paziente di otto anni mi raccontò una storia: era estate e giocava col cugino in una villa al mare, a Porto Ercole. Erano soli ed è scoppiato un temporale. Hanno sentito sbattere la porta d'ingresso e sono andati a vedere, pensando che qualcuno fosse entrato in casa. » Fece una pausa. « Sulla scala che saliva al piano di sopra c'erano delle impronte di piedi bagnati. »

« E sono andati a controllare? »

Scosse il capo. « Le impronte si fermavano a metà della rampa. »

La storia era realmente accaduta, ma Gerber aveva omesso un dettaglio: uno dei protagonisti era lui. Poteva ancora avvertire la sensazione provata molti anni prima alla vista delle impronte bagnate: il sapore amaro in bocca e quell'oscuro solletico nella pancia.

« Scommetto che quei bambini non hanno raccontato nulla ai genitori » dichiarò Hanna Hall.

Infatti, era proprio così. Lo psicologo lo rammentava benissimo: lui e il cugino non avevano avuto il coraggio di parlarne per il timore di non essere creduti o, ancor peggio, di essere derisi.

Hanna si bloccò, sovrappensiero.

«Potrebbe darmi un foglio di quel blocco e prestarmi un momento anche la stilografica?» domandò, indicando ciò che lui aveva in mano.

La richiesta gli sembrò insolita e in più lo spiazzava: solo due persone avevano impugnato quella penna. La donna sembrò accorgersi della sua titubanza, ma prima che potesse interrogarlo sul motivo, lui decise comunque di accontentarla: strappò un foglio dal notes e tolse il cappuccio alla stilografica.

Allungandole gli oggetti, le sfiorò leggermente la mano.

Hanna sembrò non badarci. Scrisse qualcosa sul foglietto, ma lo cancellò subito, scarabocchiandoci sopra, come se avesse avuto un improvviso ripensamento. Piegò il pezzo di carta e lo mise nella borsetta.

Alla fine, restituì la penna.

«Grazie» disse soltanto, senza aggiungere una spiegazione. «Tornando alla sua storia, lo chieda a chi vuole: ogni adulto ha il ricordo di un evento inspiegabile risalente all'infanzia» affermò, sicura. «Da grandi, però, tendiamo a liquidare quegli episodi come frutto dell'immaginazione solo perché, quando ci sono accaduti, eravamo troppo piccoli per razionalizzarli. »

Era ciò che aveva fatto anche lui, d'altronde.

« E se invece da bambini possedessimo un talento speciale per vedere cose impossibili? E se nei primissimi anni delle nostre vite avessimo davvero la capacità di guardare oltre la realtà, di interagire con mondi invisibili, e poi invece perdessimo questa abilità diventando adulti? »

Allo psicologo scappò una breve risata nervosa, ma era solo una maschera perché quelle parole gli provocarono un'impalpabile inquietudine.

Hanna Hall colse la sua esitazione. Allungò una mano fredda per artigliargli il braccio. Poi parlò con una voce che gli ghiacciò il cuore.

« Quando Ado veniva a trovarmi di notte, nella casa delle voci, si nascondeva sempre sotto il mio letto... Ma non è stato lui a chiamarmi per nome quella volta... Sono stati gli estranei. » Poi concluse: « Regola numero due: gli estranei sono il pericolo ».

5

«Non mi avevi mai raccontato la storia di te e tuo cugino nella casa al mare» disse Silvia dal divano del salotto, assaporando un sorso di chardonnay.

«Perché l'avevo rimosso, non certo perché me ne vergognassi» obiettò lui mentre, in maniche di camicia e con un canovaccio buttato su una spalla, finiva di sciacquare l'ultimo tegame prima di riporlo insieme al resto nella lavastoviglie.

La moglie aveva preparato la cena, perciò toccava a Pietro Gerber rassettare la cucina.

«Però ti ha terrorizzato ugualmente ricordarti del dettaglio delle impronte bagnate sulle scale, giusto?» lo incalzò Silvia.

«Certo che mi ha terrorizzato» non faticò ad ammettere l'ipnotista.

«E adesso, ripensandoci, credi che si trattasse davvero di un fantasma?» lo provocò.

«Se all'epoca fossi stato da solo, adesso penserei di essermelo immaginato... Però con me c'era anche Iscio.»

«Iscio» stava per Maurizio, ma lo chiamavano così fin da bambino. Era un destino che, prima o poi, toccava sempre a qualcuno in tutte le famiglie: magari la tua sorellina più piccola sbagliava a pronunciare il tuo nome e, siccome tutti lo trovavano tenerissimo, quella specie di verso incomprensibile ti rimaneva appiccicato a vita.

« Forse dovresti telefonare a Iscio » lo canzonò lei.

« Non è divertente... »

« No, aspetta, ci sono: questa Hanna Hall potrebbe avere facoltà paranormali e sta cercando di rivelarti qualcosa, un segreto... Magari è come il bambino che in quel film con Bruce Willis diceva: 'Vedo la gente morta'... »

« Quel film è l'incubo di ogni psicologo infantile, perciò non scherzare » replicò Gerber, reggendole il gioco.

Poi richiuse lo sportello della lavastoviglie e avviò il programma più ecologico. Si asciugò le mani, gettò lo strofinaccio sul tavolo e recuperò il proprio bicchiere di vino per raggiungere Silvia.

Dopo aver abbassato le luci, si sedette all'altro capo del divano e lei distese le gambe, mettendogli i piedi in grembo per farseli scaldare. Marco dormiva nel suo lettino e adesso Gerber aveva soltanto voglia di prendersi cura della moglie. Aveva avuto una settimana difficile. Prima Emilian – il bambino spettro – col racconto dell'orgia di familiari mascherati da animali insieme a un prete, poi le farneticazioni di Hanna Hall.

«Seriamente» disse a Silvia. «Secondo quella donna tutti noi da bambini abbiamo vissuto un episodio di cui non possediamo una spiegazione razionale. A te, per esempio, è capitato?»

«Avevo sei anni» replicò l'altra, senza pensarci troppo. «La notte in cui mia nonna morì, alla stessa ora suonò la sveglia ed ebbi l'impressione che qualcuno si sedesse sul mio letto.»

«Cazzo, Silvia!» esclamò Gerber, che non si aspettava un simile racconto. «Mi sa che non dormirò mai più!»

Scoppiarono entrambi a ridere e andarono avanti di gusto per almeno un minuto. Era felice di averla sposata ma anche che lei fosse una psicologa, per questo si sentiva libero di parlarle dei propri casi. Ma Silvia aveva il buon senso di prestare privatamente i propri servigi in qualità di consulente matrimoniale. Il che era molto meno stressante che avere a che fare con bambini problematici, nonché di gran lunga più redditizio.

Per l'umore non c'è medicina migliore che ridere insieme a chi si ama. A differenza di tante altre donne, e soprattutto di Hanna Hall, Silvia trovava addirittura divertenti le sue freddure. Per questo adesso Pietro Gerber si sentiva sollevato. Ma durò poco.

«La psicologa Theresa Walker mi ha detto che la Hall si è autoaccusata di aver ucciso un bambino di nome Ado quando anche lei era molto piccola» rammentò, rabbuiandosi. «Hanna ha vissuto in Toscana con la famiglia d'origine fino ai dieci anni, poi si è trasferita a Adelaide ed è stata cresciuta da un'altra famiglia. Sostiene di aver rimosso finora il ricordo dell'omicidio e di essere tornata in Italia solo per scoprire se è vero oppure no.»

Quando Ado veniva a trovarmi di notte, nella casa delle voci, si nascondeva sempre sotto il mio letto... Ma non è stato lui a chiamarmi per nome quella volta... Sono stati gli estranei.

«Regola numero due: gli estranei sono il pericolo» ripeté Gerber, ricordando le parole precise della presunta assassina.

«Che cos'è questa 'casa delle voci'?» chiese Silvia.

«Non ne ho proprio idea» rispose, scuotendo il capo.

«È carina?» domandò la moglie, con tono malizioso.

Si finse scandalizzato. «Chi?»

«La paziente...» sorrise lei.

«Ha tre anni meno di me... e uno più di te» descrisse, assecondandola. «Bionda, occhi azzurri...»

«Uno schianto, insomma» commentò Silvia. «Ma almeno hai preso informazioni su questa Theresa Walker?»

Gerber aveva controllato le referenze e la scheda personale della collega sul sito della Federazione Mondiale per la Salute Mentale, lo stesso da cui la psicologa si era procurata i suoi contatti. Accanto alla foto di una graziosa sessantenne, con il viso incorniciato da vaporosi capelli rossi, c'era un curriculum di tutto rispetto.

«Sì, la terapista è a posto» confermò.

Silvia appoggiò per terra il bicchiere con lo chardonnay, si tirò su e gli prese le guance fra le mani perché potessero guardarsi negli occhi. «Tesoro» disse. «Questa Hanna Hall è priva di senso dell'umorismo: me l'hai detto tu che non capiva le tue battute.»

«E allora?»

«L'incapacità di elaborare l'ironia è un primo indizio di schizofrenia. In più qui abbiamo addirittura paranoie, deliri e visioni.»

«Quindi, secondo te, non me ne sono accorto.»

Il *signor B.* se ne sarebbe accorto, si disse. Lui l'avrebbe capito.

«Ma è normale. Tu tratti soltanto bambini, al massimo preadolescenti. Non sei abituato a riconoscere certi sintomi perché di solito compaiono in seguito» lo giustificò la moglie, per farlo sentire meglio.

Gerber ci pensò su. «Sì, hai ragione» ammise, ma una parte di sé gli diceva che Silvia si sbagliava.

Gli schizofrenici si limitavano a raccontare le paranoie, i deliri e le visioni. Riportandogli alla memoria l'episodio della casa al mare, Hanna Hall aveva voluto fargli provare ciò che provava lei. E ci era quasi riuscita.

E se le dicessi che ci sono cose da cui non può proteggere i suoi cari, mi crederebbe? Se le dicessi che alcuni pericoli che nemmeno immaginiamo sono già in agguato nelle nostre vite, mi crederebbe? Se le dicessi che esistono forze maligne in questo mondo da cui non si può sfuggire, mi crederebbe?

Come programmato, trascorsero la domenica andando a pranzo dagli amici che abitavano a Lucca. Erano un gruppo nutrito, più o meno una ventina di persone, così Pietro Gerber ebbe modo di mimetizzarsi fra le chiacchiere e le risate altrui e nessuno si accorse che quel giorno era particolarmente taciturno.

Continuava ad assillarlo un'idea.

I bambini hanno la mente plastica, si ripeteva ripensando a ciò che aveva detto alla giudice Baldi a proposito di Emilian. A volte creano falsi ricordi e si convincono di averli vissuti realmente. La loro fantasia è così vivida da fargli sembrare vere cose che non lo sono, ma è anche così acerba da non permettergli di discernere la differenza fra ciò che è reale e ciò che non lo è.

E tutto questo valeva anche per il Pietro Gerber bambino.

Prima di mettersi a tavola, lo psicologo si appartò un momento in veranda per fare una telefonata. Se Silvia gliel'avesse chiesto, avrebbe detto che si trattava del caso di un giovane paziente.

« Pronto, Iscio, sono Pietro. »

« Ehi, come va? Come stanno Silvia e Marco? » domandò, sorpreso, suo cugino.

« Stanno bene, grazie, e voi come state? »

Iscio era più grande di lui di appena un anno, viveva a Milano, lavorava in borsa e aveva fatto carriera in una banca d'affari. Non si vedevano dal funerale del *signor B.*, risalente a tre anni prima, e si sentivano solo per gli auguri di Natale.

« Ieri con Silvia parlavamo di te. »

« Davvero? » finse di stupirsi il cugino che sicuramente si stava domandando la ragione della telefonata. « A che proposito? »

« Sai, pensavo di riaprire la villa di Porto Ercole l'estate prossima e volevo invitare te, Gloria e le ragazze. »

Non era vero. Odiava quella casa. Era piena di inutili ricordi. Ma perché non l'aveva ancora messa in vendita?

« È un po' prematuro chiedermelo adesso » gli fece notare Iscio, visto che era inverno.

« Vorrei riunire tutta la famiglia » provò a giustificarsi Gerber, perché la cosa non sembrasse troppo strana. «Non abbiamo mai occasione di stare insieme.»

«Pietro, va tutto bene?» chiese di nuovo il cugino, con tono lievemente preoccupato.

«Certo» rispose l'altro, ma il suono delle sue parole non sembrava credibile nemmeno a lui stesso. «Ti ricordi quando ci sorpresero a fumare la pipa del nonno nella rimessa delle barche?»

«E ricordo anche quante ce ne diedero quel giorno» confermò l'altro, divertito.

«Già: restammo in punizione per un'intera settimana... E quella volta che pensavamo che fosse entrato in casa un fantasma durante il temporale?» buttò lì, per far sembrare casuale anche quel ricordo.

«E chi se lo scorda!» esclamò il cugino, scoppiando anche in una fragorosa risata. «Ancora adesso, il pensiero mi terrorizza.»

Gerber ci rimase male. In realtà sperava che Iscio gli dicesse che l'episodio non era mai accaduto. Sarebbe stato consolatorio scoprire che si trattava di una falsa memoria creata nell'infanzia.

«A quasi venticinque anni di distanza, come te lo spieghi?»

«Non lo so: sei tu lo psicologo, dovresti dirmelo tu.»

«Forse ci siamo solo suggestionati a vicenda» affermò Gerber e forse era andata davvero così.

Dopo qualche altra frase di rito, chiuse la telefonata e si sentì stupido.

Perché aveva fatto quella chiamata? Cosa gli stava succedendo?

Nel tardo pomeriggio, sulla strada del ritorno, mentre Marco dormiva nel seggiolino della macchina e Silvia leggeva le ultime notizie sul tablet, Gerber si domandava se fosse davvero il caso di intraprendere una terapia con Hanna Hall.

Temeva di non poterle essere d'aiuto.

Il giorno precedente, al termine del loro primo breve incontro, le aveva dato appuntamento per quel lunedì. In realtà, dopo che la donna gli aveva afferrato il braccio, lo psicologo aveva concluso il colloquio preliminare con un pretesto. Hanna non si aspettava che finissero così presto ed era disorientata.

Gerber sentiva ancora il gelo delle dita della donna sulla pelle. Aveva omesso di raccontare quel particolare a Silvia perché sapeva già cosa gli avrebbe detto in proposito. Avrebbe saggiamente consigliato di contattare la dottoressa Walker per informarla che interrompeva ogni rapporto con Hanna.

Fra terapista e paziente doveva sempre esserci una distanza invalicabile, una specie di campo di forza o di barriera invisibile. Se uno dei due superava il confine, anche per poco, avveniva come una specie di contaminazione e la terapia ne sarebbe risultata irrimediabilmente compromessa.

Lo psicologo *osserva*, diceva sempre il *signor B.*: come il documentarista non interviene per salvare il cucciolo di gazzella dalle fauci del leone, egli non interferisce con la psiche del paziente.

Però, chissà perché, Pietro Gerber continuava a chiedersi se fosse stato lui a incoraggiare il gesto della Hall. E in che modo.

Nel caso, sarebbe stato molto grave.

Giunti a casa, mentre Silvia preparava la cena per Marco, inventò una scusa per andare in studio ma promise che sarebbe tornato presto.

Una volta arrivato nella mansarda di via dei Cerchi, si diresse subito nella propria stanza.

Accese la luce e gli apparve la scena da cui aveva cercato di fuggire per tutta la giornata, senza riuscirci. La poltroncina dove si era seduta Hanna Hall era ancora al suo posto. E sul tavolino di ciliegio, accanto al metronomo, c'erano le due tazze di tè che avevano sorseggiato insieme. Nell'aria si avvertiva l'odore stantio lasciato dalla sigaretta della donna.

Gerber si diresse alla libreria. Aprì un cassetto e ne estrasse un portatile con cui andò a sedersi sulla sua poltrona, appoggiandoselo sulle ginocchia.

Quando il computer si avviò, andò in cerca del programma di videosorveglianza.

Lo studio era monitorato da un sistema di dieci microcamere mimetizzate negli oggetti più impensabili – un robot su una mensola, il dorso di un libro, una lampada a forma di unicorno, quadri e suppellettili varie.

Gerber aveva l'abitudine di videoregistrare le sedute. Le conservava in un archivio. Lo faceva per precauzione, visto che lavorava con minori e non voleva diventare il protagonista di una delle loro pericolose fantasie. Ma lo faceva anche perché così aveva modo di studiare meglio i piccoli pazienti e, eventualmente, correggere la propria strategia terapeutica.

Il giorno prima, dopo aver accolto Hanna Hall, mentre preparava il tè per entrambi nella stanza accanto, aveva azionato il sistema senza che lei potesse accorgersene.

Aprì il file con la data di quel sabato e iniziò a osservare le immagini del loro primo incontro. C'era una parte che lo interessava più di ogni altra.

Potrebbe darmi un foglio di quel blocco e prestarmi un momento anche la stilografica?

Rammentò che la richiesta gli era parsa insolita e l'aveva spiazzato, soprattutto per quel che riguardava la penna.

Quella penna un tempo apparteneva al *signor B.*

E, a parte Pietro Gerber, nessuno aveva l'autorizzazione a maneggiarla. In verità, non è che ci fosse scritta sopra l'avvertenza di non toccare. Semplicemente, Pietro evitava che accadesse.

Allora come gli era saltato in mente di prestarla a una completa estranea? Avrebbe potuto negargliela, inventando una scusa. Perché, invece, gliel'aveva concessa?

La risposta arrivò quando sullo schermo apparve l'immagine di lui che passava il foglio e la penna alla paziente. Era come ricordava.

Nel farlo, *le aveva sfiorato la mano.*

Si era trattato di un gesto intenzionale oppure era semplicemente capitato? E Hanna se n'era accorta? Era a causa di questa piccola confidenza che si era sentita autorizzata ad afferrargli il braccio poco dopo?

Mentre gli interrogativi gli affollavano i pensieri, Gerber rivide la scena in cui la donna prendeva un appunto e poi lo cancellava rapidamente. Si scorgeva Hanna che, dopo aver ripiegato il foglietto, lo riponeva nella borsetta e infine gli restituiva la stilografica.

Gerber mise in pausa la registrazione e andò in cerca di una ripresa migliore. Forse una delle microcamere era in una posizione più vantaggiosa rispetto alle altre.

Infatti, una si trovava in un quadro nella parete alle spalle della paziente.

Lo psicologo avviò il filmato e, quando arrivò al

momento esatto in cui Hanna compilava la nota, provò a leggere cosa avesse scritto.

L'appunto constava di un'unica parola.

Ma poi la donna era stata troppo veloce a cancellarla con uno scarabocchio. Allora Gerber rallentò la registrazione, però risultava lo stesso incomprensibile.

Non si diede per vinto. Tornò indietro, stoppò il fotogramma un attimo prima che Hanna cassasse la parola e provò a ingrandire.

Non era molto pratico con lo zoom, non aveva mai dovuto usarlo prima. Ma dopo un paio di tentativi, arrivò a restringere l'occhio dell'obiettivo sul foglio di carta.

Non c'era modo di mettere a fuoco quelle poche lettere indistinte. L'unico forse era avvicinarsi il più possibile con la faccia allo schermo. Lo fece, sentendosi anche un po' ridicolo. Ma l'esperimento fu premiato e, con un po' di sforzo, riuscì a leggere.

Pietro Gerber si alzò di scatto dalla poltrona. Il portatile ricadde ai suoi piedi, sul pavimento. Ma lui rimase a fissarlo, incredulo.

Su quel foglietto c'era scritto « ISCIO ».

Ma lui non aveva mai detto a Hanna Hall il nomignolo del cugino.

6

Non ci aveva dormito la notte.

Era stato a rigirarsi nel letto, in cerca di una spiegazione. Ma quelle che gli venivano in mente non gli procuravano alcun sollievo.

Hanna Hall conosceva la storia del fantasma della villa di Porto Ercole ma aveva finto di credere alla sua versione che fosse accaduta a un paziente di otto anni. Come aveva fatto a saperla? Aveva preso informazioni su di lui? Ma come avrebbe potuto nel poco tempo che aveva avuto a disposizione prima che si incontrassero senza essersi *mai visti*? Se pure Hanna avesse saputo chi era suo cugino, Iscio era un nome che usavano *esclusivamente* in famiglia: come faceva lei a conoscere un dettaglio tanto intimo? E quando durante l'incontro preliminare avevano parlato di strani episodi risalenti all'infanzia, come sapeva che Gerber avrebbe raccontato *proprio* l'aneddoto del fantasma a Porto Ercole se lui non l'aveva mai accennato nemmeno a Silvia?

Nel corso della nottata insonne, lo psicologo aveva preso una decisione: l'indomani avrebbe chiamato la dottoressa Walker per dirle di essere dispiaciuto ma che avrebbe comunque rinunciato all'incarico. Sì, era la cosa più saggia da fare. Ma, quando fuori aveva iniziato ad albeggiare, aveva ancora le idee confuse. Sicuramente non sarebbe riuscito ad andare avanti senza venire a capo del mistero e, soprattutto, non poteva scrollarsi di dosso quella storia senza sapere se si stava sbagliando.

Uscì di casa molto presto, salutando Silvia con un bacio frettoloso. Sentì lo sguardo della moglie che lo accompagnava fino alla porta ma, per sua fortuna, lei non fece domande.

Tornò in studio.

C'era soltanto l'uomo che si occupava delle pulizie. Gerber si chiuse nella propria stanza per riguardare a mente lucida il video dell'incontro preliminare con Hanna Hall. Molte cose cambiano radicalmente se le si osserva con gli occhi del mattino, diceva sempre il *signor B.* per invogliarlo ad alzarsi presto per ripassare le materie su cui l'avrebbero interrogato a scuola. Aveva ragione e, infatti, lui aveva imparato a rimandare ogni decisione fondamentale della propria vita alle prime ore della giornata.

Era sicuro che riguardando il video si sarebbe ricreduto su ciò che aveva visto poche ore prima.

Però, quando arrivò al punto incriminato della registrazione, invece di sembrargli tutto più chiaro, la questione si complicò ulteriormente. La sera prima era riuscito a ingrandire il fotogramma e a metterlo a fuoco, sia pure avvicinando lo sguardo allo schermo. Adesso non era più capace di ripetere la fortunosa combinazione di gesti e procedure.

Il risultato era che non era più sicuro che la donna avesse scritto in stampatello proprio «ISCIO».

Quando rinunciò del tutto, emise uno sbuffo di frustrazione. Da lì a un'ora, Hanna Hall avrebbe citofonato e lui non aveva ancora una strategia per affrontarla. In più, era personalmente ed emotivamente coinvolto. Anche se la situazione non poteva essere paragonata a quelle in cui psicologo e paziente annullano la necessaria distanza terapeutica, Pietro Gerber non era più convinto di essere sufficientemente obiettivo.

Gli restava pochissimo tempo per prendere una decisione.

Sull'insegna fuori dall'antico Rivoire, in piazza della Signoria, c'era scritto a lettere dorate FABBRICA DI CIOCCOLATA A VAPORE. Il locale storico, sito al piano terra di Palazzo Lavison, risaliva al 1872.

Oltre che dal freddo di quel triste inverno, era un rifugio per l'olfatto.

Pietro Gerber se ne stava in piedi a farsi coccolare dai profumi della pasticceria appena sfornata, tenendo una tazzina di caffè in mano.

La vide apparire dalla vetrina, stava svoltando

sulla piazza da via Vacchereccia. Una macchia nera in coda a un gruppo di turisti che sciamavano verso gli Uffizi. Hanna Hall indossava gli stessi vestiti del sabato prima: maglioncino, jeans, stivaletti e borsetta. Portava sempre i capelli raccolti e, ancora una volta, il suo abbigliamento era poco indicato ad affrontare la stagione.

Da dove si trovava, Gerber poteva guardarla senza essere notato. Immaginò il rumore dei suoi tacchi sul pavé lucido di pioggia, lì dove un tempo era tutto lastricato di cotto fiorentino per rendere più leggeri i passi delle dame.

La vide entrare in una tabaccheria e mettersi diligentemente in fila. Quando arrivò il suo turno, Hanna indicò un pacchetto fra quelli esposti dietro il bancone, quindi frugò nella borsa e tirò fuori alcune banconote accartocciate e delle monete che rovesciò davanti al venditore perché l'aiutasse a conteggiare quella valuta che non conosceva.

Quei piccoli gesti maldestri, che esprimevano insicurezza ma anche incapacità di prendere parte al difficile gioco della vita, convinsero Pietro Gerber a concederle un'altra possibilità.

Lei non era come gli altri giocatori, si disse lo psicologo. Lei partiva già svantaggiata.

Forse quella donna non era così diabolica come aveva pensato dopo il video. Forse aveva davvero bisogno di qualcuno che l'ascoltasse. Altrimenti, non si sarebbe sobbarcata un viaggio dall'altra parte del mondo per scoprire se un avvenimento tanto tragico come l'assassinio di un bambino di nome Ado era realmente accaduto e, soprattutto, se lei stessa ne era in qualche modo responsabile.

« Che sigarette fuma? » chiese poco dopo mentre Hanna si accendeva la prima, seduta nella solita poltroncina dello studio.

La donna sollevò lo sguardo dalla fiamma dell'accendino. « Le Winnie » disse, poi estrasse dalla borsetta un pacchetto di Winfield e gliele mostrò. « Sono australiane, da noi le chiamiamo così. »

Gerber approfittò del gesto per intravedere nella borsa il foglietto del notes su cui Hanna aveva scritto il nome di Iscio.

« Le piace fumare? » domandò, prima che lei si accorgesse che stava sbirciando.

« Sì, ma devo controllarmi. E non per una questione di salute » ci tenne a precisare l'altra. « Dalle mie parti è un vizio un po' caro: un pacchetto costa quasi venti euro e, entro i prossimi anni, il governo vuole raddoppiare il prezzo per far smettere tutti. »

« Perciò qui in Italia può darsi alla pazza gioia » commentò lui. Ma la donna lo guardò stranita. Gerber aveva dimenticato che Hanna non possedeva il senso dell'umorismo, la diagnosi di schizofrenia aveva un'ulteriore conferma.

Poco prima, lo psicologo le aveva consegnato una specie di piattino che una paziente di cinque anni aveva realizzato per lui con la pasta modellabile. Il manufatto, dalla forma irregolare e riccamente decorato con colori a smalto, nelle intenzioni dell'artefice avrebbe dovuto somigliare a un posacenere.

Rispetto alla volta precedente, Hanna era meno tesa e l'atmosfera sembrava più rilassata. Lo psicologo aveva voluto ricreare le stesse condizioni del loro primo incontro: camino acceso, tazze di tè e nessuno che potesse disturbarli.

«Credevo che non volesse rivedermi» affermò Hanna, di punto in bianco.

«Cosa gliel'ha fatto pensare?»

«Non lo so... Forse la sua reazione alla fine della chiacchierata di sabato scorso.»

«Mi spiace che abbia tratto questa conclusione» disse, ed era rammaricato che lei l'avesse capito.

Hanna strizzò lievemente i liquidi occhi azzurri. «Allora mi aiuterà, vero?»

«Per quanto mi è possibile, lo farò» le assicurò Gerber.

Aveva riflettuto a lungo su come approcciare la Hall. Come concordato con la sua omologa australiana, avrebbe dovuto dimenticare l'adulta e parlare alla bambina. E c'era una cosa che funzionava sempre coi suoi piccoli pazienti e li aiutava a ricostruire più facilmente ciò che gli era capitato.

Ai bambini piaceva essere ascoltati.

E se un adulto dava prova di ricordare *esattamente* cosa avevano detto in precedenza, si sentivano ricompensati e trovavano in se stessi la fiducia necessaria per andare avanti col racconto.

« L'altra volta ha detto una cosa al termine del nostro incontro... » Gerber cercò di non sbagliare citando la frase e ripeté: « 'Quando *Ado* veniva a trovarmi di notte, nella *casa delle voci*, si nascondeva sempre sotto il mio letto. Ma non è stato lui a chiamarmi per nome quella volta. Sono stati gli *estranei*' ».

L'ipnotista aveva annotato sul taccuino i tre elementi che l'avevano colpito.

« Mi tolga una curiosità... Come avrebbe potuto Ado chiamarla per nome se era morto? »

« Ado non parlava molto » specificò Hanna. « Sapevo solo quando era con me o quando non c'era. »

« E come faceva a saperlo: lo vedeva? »

« Lo sapevo » ripeté la paziente, senza aggiungere altre spiegazioni.

Gerber non insistette. « Lei rammenta molte cose della sua infanzia, ma fra queste reminiscenze del passato non c'è il ricordo di come è stato ucciso

Ado. È esatto? » volle mettere in chiaro ancora una volta.

« È esatto. »

Nessuno dei due fece riferimento al fatto che Hanna ritenesse di essere l'assassina del bambino.

« In realtà, probabilmente lei ha rimosso una serie di ricordi, non solo quello. »

« Come può affermare una cosa del genere? »

« Perché quegli eventi costituiscono il percorso mentale che conduce alla memoria di quel preciso episodio. »

Come le molliche nella fiaba di Pollicino. Era così che gli piaceva spiegarlo ai suoi piccoli pazienti. Gli uccellini del bosco avevano mangiato il pane, impedendo al povero protagonista di ritrovare la strada di casa.

« Dobbiamo ricostruire il percorso, e lo faremo con l'ipnosi. »

« Allora, è pronta ad andare? » le domandò.

L'aveva fatta spostare sulla sedia a dondolo, poi le aveva detto di chiudere gli occhi e di cullarsi al ritmo del metronomo che si trovava sul tavolino di ciliegio.

Quaranta battiti per minuto.

« Che succede se non dovessi riuscire a risvegliarmi? »

Aveva sentito ripetere la domanda mille volte dai suoi piccoli pazienti. Era una paura comune anche negli adulti.

« Nessuno rimane sotto ipnosi, a meno che non lo voglia » rispose come sempre. L'ipnotista, a dispetto di quanto mostravano nei film, non aveva il potere di tenere prigioniero il soggetto nella sua mente. « Allora, che ne dice: cominciamo? »

« Sono pronta. »

Le microcamere nascoste nella stanza stavano già registrando la prima seduta d'ipnosi. Pietro Gerber rilesse gli appunti sul proprio notes per stabilire da dove iniziare.

« Le spiego come funziona » aggiunse. « L'ipnosi è come una macchina del tempo, ma non sarà necessario raccontare i fatti seguendo un ordine cronologico. Andremo avanti e indietro nei suoi primi dieci anni di vita. Partiremo sempre dalla prima immagine che le viene in mente oppure da una sensazione. Di solito, si comincia dagli affetti più cari... »

Hanna Hall si aggrappava ancora alla borsa che teneva sempre in grembo, ma Gerber notò che il tremore delle dita cominciava a placarsi. Segno che si stava rilassando.

« Fino all'età di dieci anni, non ho mai saputo il vero nome dei miei genitori. E nemmeno il mio » affermò Hanna, pescando quello strano dettaglio in chissà quale buco oscuro della propria mente.

« Come è possibile? »

« Conoscevo bene i miei genitori » specificò la donna. « Ma non sapevo come si chiamassero davvero. »

« È da qui che vuole iniziare a raccontare questa storia? » chiese l'ipnotista.

« Sì » fu la risposta di Hanna Hall.

7

Non vedo nulla. La prima sensazione è il richiamo di un campanello. Come quelli che si mettono al collo dei gatti – *un campanellino*. Ma questo non è al collo di un gatto. È su di me, legato con un nastro di raso rosso alla mia caviglia di bambina.

Non so cosa è accaduto a Ado ma, in qualche modo, questo suono c'entra con ciò che è successo. Anche se ancora ne ignoro il motivo, questo suono mi riporta indietro nel tempo. A mamma e papà.

La mia famiglia mi vuole bene. La mia famiglia mi ama.

Quindi per me è normale che i miei genitori mi abbiano legato un campanello alla caviglia per venire a riprendermi dalla terra dei morti.

Sono una bambina, perciò per me questa e tutte le altre stranezze costituiscono la regola.

Mamma dice sempre che in ogni cosa si nasconde un po' di magia e, quando non obbedisco o combino un guaio, invece di punirmi mi ripulisce l'aura. Papà ogni sera si infila nel mio letto per raccontarmi le fiabe della buonanotte: chissà perché gli piace inventare storie sui giganti. Papà mi proteggerà sempre.

La mia è una famiglia felice.

I miei genitori non sono come gli altri genitori. Però questo lo scoprirò soltanto dopo la notte dell'incendio, quando cambierà ogni cosa. Ma adesso siamo ancora all'inizio, e all'inizio non posso ancora saperlo.

Non ricordo l'aspetto dei miei genitori. Ma conosco i dettagli. A molti queste piccole cose potranno sembrare insignificanti. Ma per me non lo sono. Perché sono solo mie, nessun altro può possederle.

Non so se mio padre è alto o basso, magro o grasso. Non sono in grado di descrivere i suoi occhi oppure il naso. Ma che senso avrebbe per me parlare del colore dei suoi capelli? Per me conta solo che sono così ricci e folti che non riesce a tenerli in ordine. Una volta, nel tentativo di domarli, gli si è incastrato un pettine in testa e mamma ha dovuto sforbiciare parecchio per liberarlo.

Le mani di mio padre sono callose e, quando mi prende il viso, odorano di fieno. Nessun altro può conoscere questo particolare. Ed è proprio questo che fa di lui *mio* padre. Ed è per questo insignificante dettaglio che lui non sarà *mai* il padre di qualcun altro. E io sarò per sempre *sua* figlia.

Mamma ha una voglia rosa sulla caviglia sinistra. Non è vistosa, anzi è piccolissima: una piccola cosa preziosa. Devi essere molto attento e, soprattutto, devi starle molto vicino per notarla. Perciò se non sei sua figlia o l'uomo che la ama, non puoi vederla.

Non so da dove provengono i miei genitori, né quale sia il loro passato. Non mi parlano mai dei miei nonni e non mi hanno mai detto se, da qualche parte, hanno fratelli o sorelle. Sembra che stiamo insieme dalla nascita. Intendo dire che era così anche nelle nostre vite precedenti.

Soltanto noi tre.

Mamma è convinta che ci si può reincarnare, e che transitare da un'esistenza all'altra è semplice come passare da una stanza all'altra. Tu non cambi mai, cambia solo l'arredamento. Allora, ovviamente, non può esistere un prima e un dopo.

Siamo noi, e sarà così per sempre.

A volte, però, qualcuno rimane incastrato sulla soglia. E quella è la terra dei morti, dove il tempo si ferma.

La mia famiglia è un luogo. Sì, un luogo. Forse per la maggior parte delle persone è una cosa quasi normale conoscere la propria terra d'origine, il posto da cui provengono. Per me non lo è.

Quel posto per me sono mia madre e mio padre.

Il fatto è che non abitiamo mai abbastanza nello stesso luogo per sentirlo veramente nostro. Ci spostiamo in continuazione. Non ci fermiamo mai per più di un anno.

Con mamma e papà individuiamo un punto sulla cartina – uno a caso, seguendo l'istinto – e ci andiamo. Di solito è un posto nella parte colorata di verde, a volte in quella marrone o marroncina, vicina a qualche macchia blu. Però sempre lontano dalle linee nere o dai pallini rossi – *bisogna stare alla larga dalle linee nere e dai pallini rossi!*

Viaggiamo perlopiù a piedi, attraversando prati e colline o percorrendo sempre vie secondarie. Oppure andiamo in una stazione e saliamo su un treno merci, di notte, quando sono vuoti.

Il viaggio è la parte più bella, quella che mi diverte di più. Le giornate passate a scoprire il mondo. E le notti sotto le stelle: ci basta accendere un fuoco, papà prende la vecchia chitarra e mamma canta le dolci e malinconiche melodie con cui sono abituata ad addormentarmi da quando sono nata.

Il nostro viaggio finisce sempre con la promessa di ricominciare a viaggiare. Ma quando giungiamo a destinazione, inizia un'altra vita. Per prima cosa, perlustriamo la zona in cerca di una casa abbandonata. Siccome nessuno vuole più quelle abitazioni, diventano nostre. Anche se per poco.

Ogni volta che arriviamo in un posto diverso, cambiamo i nostri nomi.

Ognuno ne sceglie uno nuovo. Possiamo decidere quello che vogliamo e gli altri non possono obiettare. Ed è così che dobbiamo chiamarci a vicenda da allora in poi. Spesso prendiamo in prestito i nomi dai libri.

Io non sono Hanna, non ancora. Invece, sono *Biancaneve, Aurora, Cenerentola, Bella, Shahrazād...* Quale bambina al mondo può dire di essere sempre stata una principessa? Tranne le vere principesse, ovviamente.

Le scelte di mamma e papà, invece, sono più semplici. Tanto per me non fa differenza, io non uso mai i loro nuovi nomi: per me restano sempre e soltanto «mamma e papà».

C'è una condizione, però. Quei nomi non devono uscire dalla famiglia. E, soprattutto, non dobbiamo mai, mai, mai rivelarli a nessun altro.

Regola numero tre: non dire mai il tuo nome agli estranei.

Dopo aver deciso come battezzarci, mamma ci fa eseguire il rito per *purificare* la nostra nuova dimora. Consiste nel correre per le stanze e urlare i nostri nomi nuovi di zecca. Lo facciamo con tutto il fiato che abbiamo nei polmoni. Chiamandoci a vicenda da una parte all'altra, quei suoni diventano familiari. Impariamo a fidarci di quei nomi. E a essere diversi, pur rimanendo uguali.

Ecco perché ogni nuova casa diventa per me la casa delle voci.

La nostra non è una vita facile. Ma ai miei occhi, mamma e papà la fanno apparire come un grande gioco. Sono capaci di trasformare ogni avversità in divertimento. Se qualche volta non abbiamo cibo a sufficienza, per dimenticare la fame papà prende la sua chitarra e ci mettiamo tutti e tre nel lettone e passiamo la giornata al calduccio a raccontarci storie. O quando piove dal tetto rotto, ce ne andiamo in giro per casa con gli ombrelli aperti e piazziamo pentole e tegami per far risuonare le gocce e inventare canzoni.

Ci siamo noi tre e basta. Non ci sono altre mamme e altri papà, e nemmeno altri figli. Anzi, non sospetto nemmeno che esistano altri bambini.

Per quanto ne so, sono l'unica sulla faccia della terra.

Non possediamo beni di valore né denaro. Non avendo contatti con nessuno, non ne abbiamo bisogno.

Mamma pianta un orto da cui ricava splendide verdure in tutte le stagioni. E, ogni tanto, papà va a caccia con l'arco.

Spesso abbiamo animali da cortile: polli, tacchini, oche e, in un'occasione, anche una capra per il latte. Una volta anche una quarantina di conigli, ma solo perché non siamo riusciti a controllare la situazione. Si tratta sempre di bestie scappate da qualche fattoria e che nessuno reclama mai.

Però abbiamo sempre tanti cani che fanno la guardia.

Non ci seguono nei nostri spostamenti, perciò non devo affezionarmi troppo. Ovviamente, quando viaggiamo ci portiamo dietro l'essenziale. Una volta che ci stabiliamo, rimediamo in giro tutto ciò di cui abbiamo bisogno – vestiti, pentole, coperte. Di solito, è tutta roba che la gente getta via o dimentica da qualche parte.

I posti che scegliamo sono sempre zone di campagna che i contadini hanno abbandonato per trasferirsi in cerca di miglior fortuna. Dalle case in rovina si possono recuperare un sacco di attrezzi ancora utili. Una volta troviamo un mucchio di stoffe e una vecchia macchina da cucire – una Singer a pedali – e mamma passa l'estate a confezionarci un magnifico guardaroba per l'inverno.

Non abbiamo bisogno del progresso.

Ovviamente, io so che esistono il telefono, la tv,

il cinema, l'elettricità e i frigoriferi, ma non abbiamo mai posseduto nulla di tutto ciò, a parte le torce elettriche che conserviamo in caso d'emergenza.

Nonostante questo, io conosco lo stesso il mondo e sono ben istruita. Non vado a scuola, ma mamma mi insegna a leggere e a scrivere e papà mi dà lezioni di matematica e geometria.

Il resto lo trovo nei libri.

Anche quelli li racimoliamo in giro e, ogni volta che ce n'è uno nuovo, è una festa.

Il mondo nelle pagine dei libri è affascinante e al tempo stesso minaccioso come una tigre in gabbia. Ammiri la bellezza, la sua grazia, la potenza... ma sai che se allunghi un braccio fra le sbarre per accarezzarla, lei non esiterà a sbranartelo. O almeno questo è ciò che mi viene spiegato.

Ci teniamo alla larga dal mondo, sperando che il mondo si tenga alla larga da noi.

Grazie ai miei genitori, la mia infanzia è una specie di avventura. Non mi domando mai se esiste una ragione precisa per cui viviamo così. Per quanto ne so, quando ci stanchiamo di un posto, facciamo i bagagli e ripartiamo. Ma, anche se sono piccola, una cosa l'ho capita lo stesso. La causa dei nostri continui spostamenti ha a che fare con un oggetto che ci portiamo sempre appresso.

Una piccola cassa di legno marrone, lunga più o meno tre spanne.

Sopra c'è un'incisione che papà ha realizzato con la punta arroventata di uno scalpello. Quando arriviamo in un posto nuovo, lui scava una buca profonda, la cala nel terreno e la seppellisce. La togliamo da lì solo quando dobbiamo andarcene di nuovo.

Non ho mai visto cosa c'è nella cassa, perché è sigillata con la pece. Ma so che dentro è rinchiuso l'unico componente della famiglia che non cambia mai il proprio nome: è marchiato a fuoco sul coperchio.

Per mamma e papà, Ado sarà sempre Ado.

8

Hanna tacque, come se avesse deciso di mettere da sola un punto a quel racconto. Poteva bastare, per il momento.

Pietro Gerber era ancora disorientato. Non sapeva cosa credere. Però c'era un lato positivo: per certi tratti, ascoltando la paziente aveva sentito la voce della bambina che albergava in lei. Intorno a quella, strato dopo strato, si era sedimentata la donna di trent'anni che aveva davanti adesso.

« D'accordo: ora voglio che inizi a contare alla rovescia insieme a me, poi aprirà gli occhi » le disse l'addormentatore di bambini, e cominciò partendo come sempre dal numero dieci, a ritroso.

Hanna lo imitò. Poi spalancò i suoi incredibili occhi azzurri nella penombra dello studio.

Gerber allungò una mano per fermare il dondolio della sedia. « Aspetti ad alzarsi » le raccomandò.

« Devo fare dei grandi respiri, giusto? » chiese lei, sicuramente rammentando le indicazioni della sua prima ipnotizzatrice, Theresa Walker.

« Esatto » convenne lui.

Hanna iniziò a inspirare ed espirare.

« Lei non ricorda i veri nomi dei suoi genitori naturali, giusto? » chiese Gerber, per verificare che avesse capito bene.

Hanna scosse il capo.

Era normale che i bambini dati in adozione non conservassero memoria della famiglia d'origine. Ma Hanna si era trasferita in Australia all'età di dieci anni, avrebbe dovuto ricordare i nomi dei veri genitori.

« Anch'io sono diventata Hanna Hall solo al mio arrivo a Adelaide » specificò la donna.

« E quando ha vissuto in Toscana, vi spostavate in continuazione. »

La donna annuì per confermare anche quel secondo dato.

Mentre lo psicologo ne prendeva nota, l'altra chiese educatamente: « Posso approfittare della toilette? »

« Certo: è la seconda porta a sinistra. »

La donna si alzò ma, prima di andare, si sfilò la tracolla della borsetta e l'appese alla spalliera della sedia a dondolo.

Il gesto non sfuggì a Pietro Gerber.

Quando Hanna uscì dalla stanza, lui rimase a fissare quell'oggetto nero in similpelle, che gli oscillava davanti come un pendolo. Al suo interno custodiva il foglietto del notes che aveva passato alla Hall durante il loro incontro preliminare e su cui lei forse aveva scritto il nome di Iscio. Non poteva conoscere il soprannome di mio cugino, si ripeté. Quel pensiero stava diventando un'ossessione. Ma per scoprire l'inganno, avrebbe dovuto violare la privacy della paziente, frugare fra le sue cose, tradire la sua fiducia.

Il *signor B.* non l'avrebbe mai fatto. Anzi, avrebbe sicuramente deprecato perfino la tentazione di provarci.

I secondi passavano e Pietro Gerber non riusciva a prendere una decisione. La verità era lì, a portata di mano. Prendere e leggere quell'appunto, però, significava farsi coinvolgere ancora di più in quello strano rapporto. Ed era già abbastanza insolito che Hanna Hall fosse fra le sue pazienti.

Poco dopo, la donna tornò dal bagno, sorprendendolo a fissare la sedia a dondolo.

«Mi scusi, credo che sia finito il sapone» disse soltanto.

Gerber cercò di dissimulare l'imbarazzo. «Mi spiace, dirò all'uomo delle pulizie di provvedere, grazie.»

Hanna recuperò la borsetta e se la rimise a tracolla. Prese il pacchetto di Winnie, ne accese una ma rimase a fumare in piedi.

«Prima ha detto che i suoi genitori le avevano messo un campanello alla caviglia per venire a riprenderla dalla terra dei morti » citò quasi testualmente Gerber. « Ho capito bene? »

« Sì » confermò l'altra. « Uno di quei campanellini che di solito si mettono al collo dei gatti. Il mio aveva un bel nastro di raso rosso » ripeté.

« Ed è capitato? » la incalzò, scrutando bene nei suoi occhi. « Le è capitato di morire e che venissero a riprenderla? »

La donna non distolse lo sguardo. « Da piccola, sono morta varie volte. »

« Anche Ado aveva un campanello come il suo? »

« No... Ado non ce l'aveva, per questo è rimasto lì. »

Sicuramente, Hanna poteva leggergli in faccia tutto lo scetticismo, il sospetto, la diffidenza. Forse si sentiva compatita, ma Gerber non aveva altri strumenti per aiutarla a distinguere ciò che era reale da ciò che non lo era. Solo così avrebbe potuto liberarla: dimostrandole che i suoi demoni non esistevano.

« I bambini sanno cose che gli adulti non conoscono, Hanna? Tipo come si fa a tornare dal mondo dei morti? »

« Sì, è così: gli adulti hanno dimenticato quelle cose » affermò l'altra con un filo di voce, mentre gli occhi si riempivano di una strana nostalgia.

Gerber poteva sentire la sua voce interiore: forse Hanna avrebbe voluto piangere di rabbia e gridare il proprio disappunto perché lui si rifiutava di ammettere la possibilità che esistano forze oscure che si muovono intorno a noi. Perché era come gli altri e si ostinava a essere ottuso.

Invece la donna trasse una profonda boccata dalla sigaretta e disse: « Suo figlio la chiama mai nel bel mezzo della notte perché c'è un mostro sotto il suo lettino? »

Anche se non tollerava che fosse tirata in ballo di nuovo la sua famiglia, Pietro Gerber annuì, cercando di apparire conciliante.

« Per rassicurarlo, da bravo papà lei si china per controllare e dimostrargli che in realtà non c'è niente di cui aver paura » asserì Hanna. « Però mentre solleva le coperte, anche lei prova un brivido segreto pensando per un solo istante che potrebbe essere tutto vero... Può negarlo? »

Per quanto fosse un uomo estremamente razionale, *non poteva*.

« D'accordo, per oggi basta così » le annunciò, mettendo fine all'incontro. « Riprenderemo domani alla stessa ora, se per lei va bene. »

Hanna non disse nulla. Ma prima di congedarsi, con un gesto da consumata fumatrice, si leccò rapidamente pollice e indice e schiacciò con le dita la punta della Winnie, come se spremesse la testa di un insetto. La sigaretta esalò un piccolo sbuffo di fumo. Quando fu sicura di averla spenta, invece di riporla nel posacenere di pasta modellata che le aveva dato Gerber, Hanna prese il foglietto che teneva ripiegato nella borsetta, vi accartocciò il mozzicone e lo lanciò nel cestino che stava in un angolo della stanza.

Pietro Gerber seguì con lo sguardo la parabola della pallina di carta, finché non andò a depositarsi insieme agli altri rifiuti.

Hanna sembrò accorgersene, ma non disse niente. Anzi, forse era proprio ciò che voleva: stanare la sua curiosità.

«Allora, buona giornata» disse, prima di lasciare la mansarda.

Gerber attese di riconoscere il rumore della porta d'ingresso che si richiudeva, sentendosi un idiota. È incredibile che io sia cascato in un trucchetto così banale, si disse. Scosse il capo e rise di se stesso, ma la risata nascondeva tutta la sua frustrazione. Poi si alzò dalla poltrona e, senza fretta, si diresse verso il cestino dei rifiuti. Guardò in basso, aspettandosi perfino di non trovare nulla, come la sciocca vittima di un gioco di prestigio.

Invece il foglietto appallottolato era lì.

Calò il braccio per recuperarlo. Lo prese, iniziò ad aprirlo, sicuro che da quel momento sarebbero cambiate molte cose.

Ma lui doveva sapere.

Il foglio veniva proprio dal suo notes. E l'inchio-

stro con cui era stata vergata la parola, poi cancella-
ta con uno scarabocchio, era quello della stilografica che non aveva mai prestato a nessuno.

Solo che il nome scritto in stampatello non era
« ISCIO ».

Bensì « ADO ».

« Allora, l'ha trovata bene? »

« L'aspetto è trascurato, fuma parecchio e ho notato il tremore alle mani, ma non le ho chiesto se
prende farmaci. »

« A me ha detto che per un periodo ha assunto lo
Zoloft, ma poi ha smesso perché c'erano troppi effetti collaterali » lo informò Theresa Walker.

A Adelaide erano le nove e trenta del mattino,
mentre a Firenze era mezzanotte. Silvia e Marco
dormivano nei propri letti e, in cucina, Pietro Gerber cercava di tenere basso il tono di voce per non
svegliarli.

« Le ha detto dove alloggia e quanto tempo si fer-
merà a Firenze? »

« Ha ragione, avrei dovuto informarmi. Rime-
dierò. »

Lo psicologo aveva passato l'ultimo quarto d'ora
a riassumere al telefono in inglese lo strano racconto della Hall riguardo alla propria infanzia.

« C'è qualcosa che l'ha particolarmente colpita,
dottor Gerber? »

« Hanna ha accennato un paio di volte a un incendio» ricordò, spostando il cellulare da un orecchio all'altro. «Durante la seduta, ha fatto riferimento proprio a una 'notte dell'incendio'.»

... La notte dell'incendio mamma mi ha fatto bere l'acqua della dimenticanza, per questo ho scordato tutto...

«Non saprei» disse la collega. «A me non l'ha menzionata.»

«Strano, perché mi ha detto di aver cercato risposte nell'ipnosi proprio a causa di quel sogno ricorrente.»

«Il sogno potrebbe essere collegato a un evento del passato: qualcosa che l'ha segnata.»

Gerber, infatti, aveva pensato a una cesura fra un prima e un dopo. «La donna si riferisce all'infanzia come fosse un blocco separato dal resto della sua esistenza... D'altronde, 'Hanna Hall' è un'identità assunta solo dopo i dieci anni d'età. È come se l'adulta e la bambina non fossero la stessa persona, ma due individui diversi.»

«Forse, mentre lei approfondisce il suo passato lì in Toscana, io dovrei indagare sul suo presente australiano» propose Theresa Walker, precedendolo.

«È un'ottima idea» convenne lui.

In effetti, a parte il fatto che si manteneva con i guadagni di un lavoro saltuario come traduttrice, non sapevano altro della paziente.

«Conosco un investigatore privato» gli assicurò

la Walker. «Gli chiederò il favore di fare qualche ricerca.»

«Dovrei provare a mettermi in contatto con i genitori naturali della donna» affermò Gerber. «Sempre che siano ancora vivi, s'intende.»

«Suppongo che non sarà facile risalire a loro dopo vent'anni.»

«Sì, ha ragione.»

Chissà che fine avevano fatto. Gerber rammentò la decisione di condurre un'esistenza solitaria in luoghi appartati, i continui spostamenti e la vita precaria.

Ci teniamo alla larga dal mondo, sperando che il mondo si tenga alla larga da noi.

«Sceglievano un posto su una cartina e ci andavano, ma tenendosi a distanza da 'linee nere e pallini rossi'.»

«Strade principali e centri abitati» tradusse la collega. «Perché?»

«Non ne ho idea, ma Hanna è convinta di aver vissuto una specie di avventura e che i genitori rendessero più lieve il peso degli stenti trasformando il disagio in un gioco creato solo per lei... Il tutto dominato da una sorta di spirito new age: il padre cacciava con l'arco e la madre si occupava di strani riti, pulizia dell'aura e cose simili.»

«Eravamo negli anni Novanta: è un po' anacronistico» rifletté una scettica Walker.

«Durante il nostro primo incontro, Hanna ha fatto riferimento a fantasmi, streghe e morti che non muoiono: sembrava fermamente convinta che fosse tutto vero.»

Quindi per me è normale che i miei genitori mi abbiano legato un campanello alla caviglia per venire a riprendermi dalla terra dei morti.

«Non mi preoccuperei della famiglia stramba o delle superstizioni» asserì la psicologa. «La cosa che mi dà più da pensare sono i nomi.»

Theresa Walker aveva ragione: il fatto che Hanna Hall avesse cambiato più volte il proprio nome nel corso dell'infanzia impensieriva anche Gerber.

L'*identità* di un individuo si forma nei primi anni di vita. Il nome non fa semplicemente parte di essa, ne è il fulcro. Diventa la calamita intorno alla quale si raccolgono tutte le peculiarità che definiscono chi siamo e ci rendono in qualche modo unici. L'aspetto, i segni particolari, i gusti, l'indole, pregi e difetti. A sua volta, l'identità è fondamentale per definire la *personalità*. La trasformazione della prima rischiava di far degradare la seconda verso qualcosa di pericolosamente indefinito.

Sostituire il proprio nome con un altro, anche soltanto una volta nella vita, era destabilizzante e provocava gravi danni all'autostima. Per questo la legge rendeva estremamente complessa la procedura per il cambio d'identità. Chissà quali conseguenze aveva prodotto il processo di continua metamorfosi in Hanna Hall.

Sono Biancaneve, Aurora, Cenerentola, Bella, Shahrazād... Quale bambina al mondo può dire di essere sempre stata una principessa?

Mentre sentiva la voce della paziente che ripeteva quelle frasi nella sua mente, Gerber aprì il barattolo di ceramica in cui Silvia teneva i biscotti e affondò una mano per prenderne uno al cioccolato. Lo addentò distrattamente.

« Hanna ha tenuto a ribadire che la sua era una famiglia felice » disse mentre spalancava il frigo in cerca del latte.

« E pensa che affermi il falso? »

A Gerber tornò in mente Emilian, il bambino spettro. « Contemporaneamente a questo caso, sto seguendo quello di un seienne bielorusso che dice di aver visto i genitori adottivi impegnati in una specie di rito orgiastico in cui erano coinvolti anche i nonni e un prete... Sostiene che indossavano strane maschere di animali: gatto, pecora, maiale, gufo e lupo » elencò con esattezza. « Il tribunale mi ha affidato il compito di stabilire se sta mentendo, però la questione non può ridursi soltanto a questo... Per un bambino la famiglia è il posto più sicuro della terra, oppure il più pericoloso: ogni psicologo infantile lo sa bene. Solo che un bambino non sa distinguere la differenza. »

La Walker ci rifletté un momento. « Hanna da piccola non era al sicuro, secondo lei? »

« C'è la faccenda delle regole » rispose. « La Hall ne ha citate un paio: *'Gli estranei sono il pericolo'* e poi *'Non dire mai il tuo nome agli estranei'*. »

« Forse per capire quali e quante fossero queste regole – e, soprattutto, a cosa servissero – dovreste prima approfondire la questione 'estranei' » suggerì la Walker.

« Infatti, lo pensavo anch'io. »

« C'è altro? »

« Ado » rispose lo psicologo.

Si frugò nella tasca del pigiama dove aveva messo il foglietto del notes con l'appunto preso dalla donna.

ADO.

« Hanna mi ha chiesto in prestito della carta e la stilografica per annotarsi il nome. Mi sono domandato perché abbia avvertito l'impellenza di fare una cosa del genere. »

« E che spiegazione si è dato? »

« Forse ha voluto semplicemente attirare la mia attenzione. »

La Walker soppesò l'informazione lasciandosi sfuggire un breve verso di commento. « Lei registra le sue sedute coi bambini, vero? »

« Sì » ammise Gerber. « Conservo i video di ogni incontro. » Probabilmente anche la collega lo faceva con i soggetti che aveva in cura. A quel punto, avrebbe dovuto raccontarle la storia di Iscio e l'illusione di aver visto il nome del cugino scritto sul foglio che aveva consegnato alla paziente, ma non voleva dare l'impressione di essersi lasciato suggestionare dalla Hall. Invece concluse: «E poi credo che alla fine Hanna abbia gettato intenzionalmente quella carta nel cestino dei rifiuti perché io la trovassi».

Il gesto colpì la Walker. «Continui a registrare le sue sedute con Hanna» si raccomandò.

«Certo, stia tranquilla» le assicurò lui, abbozzando anche un sorriso.

«Dico sul serio» insistette l'altra. «Sono più vecchia di lei, so di cosa parlo.»

«Si fidi di me.»

«Mi scusi, a volte sono troppo zelante coi colleghi più giovani.» Però il tono sembrava veramente preoccupato anche se, per il momento, la psicologa non volle spiegarne il motivo.

«Magari sarebbe utile che mi mandasse il video della prima seduta di ipnosi di Hanna a Adelaide.»

«Non sono così all'avanguardia, faccio ancora le cose alla vecchia maniera» confessò l'altra.

«Vuol dire che prende appunti per tutto il tempo?» si stupì Gerber.

«No, no» replicò divertita la Walker. «Ho un registratore digitale: le farò pervenire l'audio della seduta al suo indirizzo mail.»

«Perfetto, grazie.»

Theresa Walker sembrava contenta che alla fine lui avesse voluto tentare la terapia con Hanna.

«Quanto ai suoi onorari...»

«Non è un problema» la precedette Gerber. Hanna Hall non avrebbe potuto permettersi di pagare alcunché, era evidente a entrambi.

«Queste chiamate intercontinentali ci costeranno una fortuna» rise Theresa Walker.

«Però aveva ragione lei: quella donna ha bisogno di aiuto e, dal racconto che ha fatto durante la prima ipnosi, penso che ci sia ancora molto da esplorare nella sua memoria.»

«Che effetto sta avendo Hanna su di lei?» chiese di punto in bianco la collega.

Gerber si trovò spiazzato, non sapeva cosa rispondere. Tacque per un secondo di troppo e la Walker parlò per lui.

«Stia attento» disse.

«Lo farò» promise Gerber.

Al termine della telefonata, rimase un altro po' seduto in cucina, a pensare davanti a un bicchiere di latte freddo, mangiando ancora un paio di biscotti al cioccolato. In penombra, illuminato dalla sola luce del frigo aperto.

Si domandava che effetto stesse avendo Hanna Hall su di lui e perché non avesse saputo rispondere alla Walker.

Ogni paziente si rifletteva nel terapeuta. Ma accadeva anche il contrario, era inevitabile. Specie quando si trattava di bambini. Per quanto ogni psicologo cercasse di rimanere distaccato, diventava impossibile non farsi coinvolgere emotivamente da certi racconti dell'orrore.

Il *signor B.* gli aveva insegnato molti modi per sopravvivere a tutto questo. Metodi con cui creare una specie di corazza invisibile, ma senza perdere la necessaria empatia.

«Perché se l'orrore ti segue fino a casa, non puoi più salvarti» diceva sempre.

Gerber si alzò da tavola, mise il bicchiere vuoto nell'acquaio e richiuse il frigo. Si mosse a piedi scalzi nella casa silenziosa, diretto in camera da letto.

Silvia era rintanata sotto le coperte e con entrambe le mani raccolte fra guancia e cuscino. Lo psicologo la guardò e si sentì in colpa. C'era qualcosa che lo accomunava a Hanna Hall. Per questo era così premuroso e attento con la paziente, per questo si sentiva in obbligo di aiutarla.

Anch'io non so più chi sono, si disse. Era il segreto che lo tormentava da tre anni e che non riusciva a confidare a Silvia.

Prima d'infilarsi sotto le coperte insieme alla moglie, andò a dare un'occhiata a Marco. Anche lui dormiva serenamente nel lettino, vegliato da una lampada notturna a forma di cactus e nella stessa posizione della madre. Era identico a lei anche in quello, si disse. E il pensiero lo consolò.

Poi si protese verso il cuscino e gli posò un bacio leggero sulla fronte. Il bambino accennò una debole protesta ma non si svegliò. Era al calduccio, ma il padre sapeva che di lì a qualche ora avrebbe scalciato via le coperte e sarebbe toccato a lui venirgliele a rimboccare. Stava per andarsene a dormire, ma poi si bloccò ancora un istante sulla soglia.

Suo figlio la chiama mai nel bel mezzo della notte perché c'è un mostro sotto il suo lettino?

La voce di Hanna Hall s'insinuò di nuovo fra i suoi pensieri. Lui scosse il capo, si disse che era facile lasciarsi suggestionare a quell'ora della notte. Però non si mosse.

Continuava a fissare la fessura buia sotto il letto di Marco.

Avanzò di un passo, poi due. Quando fu di nuovo accanto al lettino, si chinò dandosi dello stupido e ripetendosi che non c'era nulla da temere. Però il suo cuore non era d'accordo e batteva più forte del normale.

... mentre solleva le coperte, anche lei prova un brivido segreto pensando per un solo istante che potrebbe essere tutto vero...

Gerber si lasciò convincere dalla vocina che lo invitava a controllare quale segreto si celasse nell'oscurità annidata sotto il sonno di suo figlio. Afferrò un lembo del copriletto e lo sollevò di scatto. La luce verdognola della lampada cactus lo precedette in avanscoperta nell'antro buio. Pietro Gerber fece spaziare lo sguardo.

Nessun mostro, solo giocattoli che si erano smarriti là sotto chissà come.

Riabbassò il lembo. Provò un senso di sollievo ma era anche arrabbiato con se stesso per aver ceduto a una paura ingiustificata. Sbuffò e si decise ad andarsene a dormire. Fece un paio di passi, Marco si mosse appena nel lettino e Gerber lo sentì...

Un suono metallico, argentino.

Lo psicologo si voltò, pietrificato. Pregando e supplicando che fosse solo nella sua testa. Ma il suono si ripeté. E proveniva da sotto le coperte di Marco. Era un richiamo. Ed era per lui.

Si riavvicinò al letto e, con un gesto netto, scoprì il bambino.

Non era un'allucinazione. Mentre tutta la sua razionalità svaniva, rimase a fissare, impotente, quell'oggetto anomalo, venuto direttamente dall'inferno di Hanna Hall.

Qualcuno aveva legato un nastro di raso rosso alla caviglia sinistra di suo figlio. E a quel nastro era appeso un campanellino.

10

Si erano accordati per vedersi alle sette e mezzo, così Hanna non avrebbe incrociato gli altri pazienti che iniziavano ad arrivare più o meno verso le nove.

Gerber uscì di casa per recarsi in studio già verso le sette. Ancora una volta, non aveva dormito un granché. Ma, in questo caso, la ragione era seria. Mentre percorreva le vie del centro storico, camminando a passo spedito, poteva sentire il suono stonato del campanellino custodito nella tasca della giacca.

Un richiamo dalla terra dei morti.

Non sapeva come quel nastro di raso rosso fosse finito alla caviglia del figlio. Lo terrorizzava l'idea che Hanna si fosse avvicinata così tanto alla sua famiglia. E non riusciva a comprendere quale potesse essere il suo vero scopo.

Una domanda lo torturava più delle altre: *quando* poteva essere avvenuto l'incontro fra Marco e Hanna Hall?

Il giorno prima, il bambino era uscito di casa soltanto per andare al nido ed era stata la tata a portarlo e a riprenderlo nel pomeriggio. Niente passeggia-

ta al parco, perché c'era brutto tempo. Nessuna festicciola di compleanno in ludoteca, nessun fuori
programma. L'unica risposta era che il contatto fosse avvenuto nel tragitto fra casa e asilo, escludendo
il mattino perché Hanna era già insieme a lui.

Gerber non aveva detto nulla a Silvia riguardo
alla scoperta di quella notte, non voleva che entrasse in agitazione, ma era seccato dall'averle dovuto nascondere qualcosa. Anche se il segreto che
le celava da tre anni era certamente peggiore di
questo, pure stavolta si disse che lo faceva soltanto
per proteggerla.

«Accompagna tu Marco all'asilo oggi, andrò io a
riprenderlo» si era raccomandato prima di uscire di
casa.

Silvia, che stava dando il biberon al figlio, gli aveva domandato il motivo dell'insolita richiesta. Ma
lui era uscito fingendo di non aver sentito.

Non poteva pretendere spiegazioni da Hanna
Hall, perché avrebbe quasi sicuramente negato ogni
coinvolgimento. Non poteva nemmeno interrompere bruscamente ogni rapporto con lei perché,
non avendo prove, sarebbe stato tacciabile di negli-
genza nei confronti di una paziente. E, infine, qualcosa lo sconsigliava dall'adottare soluzioni drastiche
perché non si poteva prevedere come avrebbe reagi-
to sentendosi respinta.

Si domandò cosa avrebbe fatto al suo posto il *si-*

gnor B. Certamente quel bastardo non si sarebbe fatto coinvolgere fino a questo punto.

Dopo quindici minuti, Gerber varcò la soglia dello studio e si trovò davanti l'uomo delle pulizie. «Buongiorno» lo salutò, distratto.

Ma quello lo fissò, stranamente a disagio.

«Che succede?» chiese lo psicologo.

«Ho detto di aspettarla fuori, ma mi ha spiegato che l'aveva autorizzata lei e non sapevo come comportarmi» tergiversò l'altro.

Gerber avvertì nell'aria l'odore delle Winnie di Hanna. Anche lei era in anticipo.

«Non si preoccupi, è tutto a posto» disse per tranquillizzare l'uomo, anche se non era per niente «tutto a posto».

Seguì la scia lasciata dalla sigaretta lungo il corridoio della grande mansarda. Si aspettava di trovarla nella sua stanza ma, arrivato a metà strada, si accorse che la porta di fronte era aperta. Accelerò il passo nell'improbabile tentativo di impedire ciò che era già avvenuto, mosso più dalla collera che dall'urgenza. Quella donna aveva passato il segno, era stata avvertita di non farlo, che era proibito.

Il *signor B.* non avrebbe voluto che una sconosciuta entrasse lì.

Ma quando arrivò sull'uscio di quella parte dello studio che non veniva violata da tre anni, Gerber si bloccò.

Hanna era di spalle, in piedi al centro della stanza, il braccio con la sigaretta sollevato e appoggiato elegantemente contro il fianco. Fumava e si guardava intorno. Stava per chiamarla, ma fu lei a voltarsi. Indossava ancora gli stessi vestiti e aveva con sé un sacchetto di carta da cui spuntava un pacco regalo. Gerber non si domandò cosa fosse, era troppo furioso.

«Cos'è questo posto?» chiese lei con aria innocente, indicando la moquette verde prato, il soffitto azzurro attraversato da delicate nuvole bianche e piccole stelle luminose, gli alti alberi di cartapesta con le chiome dorate, collegati fra loro da lunghe liane di corda.

Appena mosse un passo nella foresta di suo padre, i propositi bellicosi di Gerber svanirono senza che se ne rendesse conto ed emerse in lui un'ondata di nostalgia.

Era l'effetto che faceva quel posto a ogni bambino.

Per rispondere alla domanda di Hanna, lo psicologo si voltò verso un tavolino con un giradischi: sul piatto c'era un vinile impolverato. Gerber azionò una leva a scatto e il braccio automatico andò a posarsi delicatamente sul solco. Dopo un paio di giri a vuoto, partì un'allegra canzoncina.

«Sono l'orso e *Mowgli*» affermò dopo qualche secondo Hanna Hall, riconoscendo le voci. «*Lo stretto indispensabile*» aggiunse stupita, rammentando il titolo del brano. «*Il libro della giungla.*»

La versione animata da Disney del classico di Kipling.

«Questo era lo studio di mio padre» si ritrovò a confidarle Gerber, meravigliando anche se stesso. «Qui riceveva i suoi piccoli pazienti.» È lui che mi ha insegnato tutto ciò che so, pensò, ma non lo disse.

«Questo era lo studio del dottor Gerber senior» constatò Hanna, ponderando l'informazione.

«I bambini, però, lo chiamavano *signor Baloo.*»

Aveva richiuso la stanza ed era ancora un po' scosso. Tornando nel proprio studio, trovò Hanna che fumava sulla sedia a dondolo come se niente fosse, il sacchetto col pacco regalo appoggiato per terra, pronta per una nuova seduta di ipnosi.

La donna non si rendeva conto di aver invaso uno spazio molto privato e, soprattutto, di aver riaperto vecchie ferite. Era come se fosse dispensata dal mondo degli altri. Non era in grado di connettersi con le emozioni del prossimo. Sembrava non conoscesse il galateo elementare della convivenza fra individui. Forse era per via dell'isolamento a cui era stata costretta da piccola. Il che, in effetti,

faceva ancora di lei una bambina che doveva imparare molte cose della vita.

La Walker aveva ragione: Hanna Hall costituiva
un pericolo. Ma non perché fosse potenzialmente
violenta, bensì per via della sua innocenza. Il cucciolo di tigre gioca col cucciolo umano. Ma il primo non sa di poter uccidere l'altro. E l'altro non sa
che potrebbe essere ucciso dal primo, diceva sempre
suo padre. Il rapporto fra lui e Hanna era riassumi-
bile in quel paragone, perciò doveva stare molto attento con lei.

Gerber s'infilò una mano in tasca e tastò il nastro
rosso col campanello perché gli servisse da memen-
to. Quindi andò a sedersi sulla sua poltrona, fingendo di trafficare con il cellulare prima di spegnerlo
per avviare la seduta. Voleva che lei percepisse il
suo disappunto.

«È vero che non si può interrompere di colpo
una terapia con l'ipnosi altrimenti ci possono essere
serie conseguenze per il paziente?» lo interrogò
Hanna con candore, per far cessare il silenzio opprimente.

«Sì, è vero» dovette confermare lo psicologo.

L'atteggiamento era infantile ma la domanda nascondeva un duplice significato subliminale. Hanna
voleva sapere se era arrabbiato con lei, chiedeva di
essere rassicurata. Ma era anche un modo per dirgli

che ormai erano legati e che lui non si sarebbe potuto sciogliere da quel vincolo tanto facilmente.

« Ho riflettuto su quanto mi ha raccontato la volta scorsa » disse Gerber, cambiando argomento. « Mi ha descritto sua madre e suo padre servendosi di pochi dettagli: la voglia sulla caviglia di lei e i capelli ingovernabili di lui. »

« Perché, lei come descriverebbe i suoi genitori? » replicò la Hall, invadendo ancora una volta la sua sfera personale.

« Non stiamo parlando di me. » Si sforzò di mantenersi calmo. Se avesse dovuto scegliere un modo, però, avrebbe detto che sua madre era immobile, muta e sorridente. Questo perché, da quando lui aveva più o meno l'età di Marco, l'unico ricordo di lei era impresso nelle foto di famiglia custodite in un album rilegato in pelle. Quanto a suo padre, l'unica cosa che si poteva dire del *signor B.* era che fosse l'uomo più premuroso del mondo coi bambini.

« Ha notato che, quando si chiede a un adulto di descrivere i genitori, non ti racconta mai come erano da giovani, ma di solito tende a descrivere due vecchi? » affermò Hanna. « Ho pensato spesso a questa cosa e mi sono data una spiegazione: secondo me è perché, quando veniamo al mondo, loro ci sono già. E allora crescendo non riesci a immaginare che i tuoi possano aver avuto vent'anni, anche se magari all'epoca eri pure presente nella loro vita. »

Gerber ebbe l'impressione che Hanna lo stesse depistando. Forse parlare dei genitori relegando il racconto alla propria infanzia era un modo per non dover affrontare una dolorosa realtà. Forse i suoi erano morti o avevano continuato senza di lei la propria scelta eremitica. Ad ogni modo, non voleva fare una domanda diretta, confidava che fosse lei a rivelargli l'accaduto quando fosse stata pronta.

«I suoi genitori avevano optato per un'esistenza nomade...»

«Da piccola ho vissuto in varie zone della Toscana: Aretino, Casentino, Garfagnana, sugli Appennini, in Lunigiana e in Maremma...» confermò Hanna. «Ma l'ho scoperto soltanto dopo. Solo dopo ho saputo come si chiamavano quei luoghi. Se all'epoca mi avessero chiesto dove mi trovavo, non avrei saputo cosa rispondere.»

«Alla fine della scorsa seduta ha alluso al fatto che la causa di quei continui spostamenti potesse essere legata a Ado» le rammentò Gerber. «Alla piccola cassa con il nome inciso sul coperchio che vi portavate dietro in tutti i posti in cui avete abitato.»

«Ado era seppellito sempre accanto alla casa delle voci» confermò Hanna.

«Per capire che rapporto ci fosse fra lei e Ado, dovremo procedere per gradi.»

«D'accordo.»

«Gli *estranei*» disse lo psicologo.

« Cosa vuole sapere? »

Gerber lesse ciò che aveva annotato in precedenza sul proprio taccuino. « Mi ha parlato di *regole*, citandomene un paio... »

« 'Regola numero cinque: se un estraneo ti chiama per nome, scappa' » cominciò a elencare Hanna. « 'Regola numero quattro: non avvicinarti mai agli estranei e non lasciarti avvicinare da loro. Regola numero tre: non dire mai il tuo nome agli estranei. Regola numero due: gli estranei sono il pericolo. Regola numero uno: fidati soltanto di mamma e papà.' »

« Quindi mi sembra che queste cinque regole abbiano determinato il vostro rapporto con il resto dell'umanità » dedusse lo psicologo. « Ogni altro individuo, al di fuori dei suoi genitori, era da considerarsi una potenziale minaccia: allora il mondo era popolato di soli esseri malvagi » concluse con un evidente parossismo.

« Non tutti » specificò Hanna Hall. « Non ho mai detto questo. »

« Allora mi spieghi meglio, per favore... »

« Gli estranei si nascondevano fra la gente comune. »

A Gerber venne in mente un vecchissimo film in cui gli extraterrestri si sostituivano alle persone mentre queste dormivano e poi vivevano tranquillamente in mezzo alla gente senza che nessuno se ne accorgesse.

« Se gli estranei non erano diversi da tutti gli altri, voi come facevate a riconoscerli? »

« Non potevamo » rispose Hanna, sgranando gli occhi azzurri e fissandolo come se fosse un ragionamento banalissimo.

« E allora stavate lontano da tutti. Mi sembra un po' eccessivo, non trova? »

« Cosa sa dei serpenti? » domandò allora la donna, inaspettatamente.

« Nulla » replicò Gerber.

« Quando ne vede uno è capace di distinguere se è velenoso o meno? »

« No » dovette ammettere lo psicologo.

« Allora cosa fa per evitare il rischio? »

Gerber fece una pausa. « Li evito tutti. »

Era in imbarazzo. Il ragionamento di Hanna non permetteva obiezioni.

« Perché avevate paura degli estranei? » domandò.

La donna si assentò con lo sguardo, persa in chissà quali immagini oscure. « Gli estranei prendevano le persone, le portavano via dai loro cari » disse. « Nessuno sapeva dove andavano a finire, né cosa gli capitasse dopo. O forse io ero ancora troppo piccola, e nessuno me l'aveva mai voluto raccontare... L'unica cosa che sapevo era che quelle persone non tornavano più indietro. Mai più. »

Senza aggiungere alcun commento, Gerber avviò il metronomo. A quel segnale, Hanna chiuse gli occhi e cominciò a dondolarsi sulla sedia.

11

La prima volta che percepisco la presenza degli estranei ho circa sette anni.

Per me, fino a quel momento, c'eravamo soltanto *noi* e *gli altri*.

Nella mia breve esistenza, non ho incontrato molte persone. Gli altri sono sempre minuscoli e distanti, passano all'orizzonte e puoi misurarne l'altezza con l'indice e il pollice. Ma io so che esistono. So che vivono tutti insieme, di solito in grandi città. Ma so anche che alcuni di loro sono come noi. Si spostano da un posto all'altro, invisibili. Ognuno ha i suoi motivi per allontanarsi dal mondo. C'è chi scappa da una guerra o da qualcosa di brutto che gli è capitato, chi si è perso, chi è andato via e non vuole più tornare indietro oppure chi, semplicemente, sta da solo perché non accetta che qualcun altro gli dica cosa deve fare.

Noi che apparteniamo a questa categoria di girovaghi siamo una specie di comunità. Anche se non ci siamo mai ritrovati insieme nello stesso posto, ci lasciamo dei segni in giro, che solo noi sappiamo interpretare. Mio padre ne è capace. Un albero con la corteccia incisa con un determinato simbolo, delle pietre sistemate in un certo modo all'angolo di una strada. Indicano una pista da seguire o segnalano un pericolo da evitare. Ci dicono dove troveremo cibo o da bere. Dove la gente potrebbe fare caso a noi e dove invece passeremmo inosservati.

Anche noi facciamo la nostra parte. Ogni volta che ripartiamo da una casa delle voci, abbiamo il dovere di prepararla per chi arriverà dopo. Papà lo chiama «il codice del viandante». Dentro ci sono precetti come: non inquinare l'acqua, lascia sempre le cose meglio di come le hai trovate, non togliere ad altri la possibilità di abitare lì.

Grazie a questi insegnamenti, ho una visione positiva degli esseri umani in generale, anche se non ne incontriamo mai.

Ma tutto questo è finito alla fattoria degli Ström.

La zona è disabitata per chilometri. Abbiamo piantato una tenda ai margini di un grande bosco. Papà non ha sotterrato la cassa di Ado perché è una sistemazione provvisoria. La cassa sta nella tenda insieme a noi. Siamo qui da circa una settimana.

Stavolta il viaggio per raggiungere la zona in cui abbiamo scelto di stabilirci è durato più del previsto, quasi un mese. È la fine di novembre e comincia già a fare freddo. Per scaldarci abbiamo solo sacchi a pelo e alcune coperte. La mattina presto, mamma accende un fuoco per preparare da mangiare e papà si carica lo zaino in spalla e va a perlustrare i dintorni. Torna solo quando comincia a fare buio.

Una sera, sto per addormentarmi nella tenda quando sento parlare i miei genitori vicino al fuoco.

«Se non troviamo presto una casa, ci toccherà passare l'inverno qui» dice papà.

Il suo tono di voce non mi piace. Non è allegro come al solito, è preoccupato.

«Non possiamo tornare indietro?» propone mamma.

«No, non possiamo» risponde lui, netto come non lo è mai stato.

«Ma le provviste stanno finendo.»

«Secondo la mappa, tanto tempo fa qui vicino c'era una miniera di carbone. Accanto avevano costruito un villaggio per i minatori e le loro famiglie: ormai sarà disabitato.»

«Potremmo fermarci lì: devo piantare l'orto, ormai c'è rimasto tempo per un solo raccolto.»

«Non so se è una buona idea» afferma papà. «L'area è abbastanza isolata e, probabilmente, nessuno ci mette piede durante l'inverno... Ma un villaggio nasconde troppe insidie ed è difficile da sorvegliare. »

« Allora come faremo? È una follia restare qui, lo sai anche tu. »

« Da domani non tornerò indietro al tramonto come ho fatto finora » le dice. « Mi spingerò più avanti che posso, finché non trovo una sistemazione. »

Dal mio sacco a pelo riesco a sentire mamma che comincia a singhiozzare. Papà si avvicina per abbracciarla, lo so perché vedo spostarsi la sua ombra sulla tela della tenda.

« Andrà tutto bene » le assicura.

Vorrei piangere anch'io.

Papà è partito una mattina presto e sono già passati due giorni. Mamma è sempre triste, taciturna, ma cerca di non darmelo a vedere.

All'alba del terzo giorno, mentre raccogliamo legnetti per un nuovo falò, vediamo papà che sbuca dal bosco. Ha uno strano sorriso stampato sulla faccia.

« Ho trovato un posto » ci annuncia poco dopo, sfilandosi lo zaino. Lo apre e ci fa guardare dentro.

Scatolette: fagioli, carne e tonno.

« Dove hai preso questa roba? » domanda mamma, che non riesce a credere ai propri occhi.

« C'è una fattoria a un paio di giorni di cammino, ma per arrivarci bisogna attraversare un fiume. »

Guardano subito me. Papà mi ha insegnato a nuotare molto presto, ma per la corrente di quel fiume è necessaria tanta forza nelle braccia.

« Ce la posso fare » dico.

Quando arriva il momento, ho paura di guadare quel fiume arrabbiato, ma me lo tengo per me. Papà mi lega una fune intorno alla vita, quindi se la incrocia intorno alle spalle. Fra noi c'è una distanza di un paio di metri. Mamma fa lo stesso con la cassa di Ado.

« Non aggrapparti alla corda, serve solo per sicurezza » si raccomanda papà. « Devi nuotare » mi intima prima di buttarci insieme in acqua.

All'inizio il terrore di non farcela è tale che non sento neanche freddo. Nuoto. Dopo una decina di metri, però, capisco che le forze mi stanno abbandonando. Le braccia mulinano in avanti senza che mi sposti di un centimetro. Il fiume mi sta prendendo, tirandomi giù dalle gambe. Comincio ad annaspare. Cerco la fune, non la trovo. Finisco sotto. Una, due, tre volte. Anche se so che non dovrei farlo, la quarta volta apro la bocca per mettermi a urlare. Papà me l'ha spiegato quando mi ha insegnato a nuotare: «Se stai annegando, l'ultima cosa da fare è chiedere aiuto». Infatti, appena ci provo, entra acqua gelida. Si fa strada nella gola, scende impetuosa dentro la pancia e riempie i polmoni al posto dell'aria.

Poi diventa tutto nero.

Un peso si abbatte contro il mio sterno. Poi un fiotto caldo mi sgorga improvviso dalla bocca e mi ricade addosso. Riapro gli occhi di colpo. Sento i ciottoli levigati sotto la schiena e capisco che sono distesa sul greto – non so come, ma lo capisco. Il cielo è bianchissimo, il sole una sfera fredda e opaca. Mio padre è sopra di me, dietro di lui c'è mamma: mi guarda spaventata mentre lui mi schiaccia di nuovo il torace con entrambe le mani. Un altro getto di acqua sparato nell'aria dai miei polmoni.

«Respira» mi urla papà.

Provo a inspirare ma riesco a immettere nell'organismo solo un filo sottile d'ossigeno. L'operazione viene ripetuta, più e più volte. Mi sembra di essere una di quelle pompe per gonfiare le ruote delle biciclette. Provo un bruciore intenso al petto. Ancora non lo so, ma papà mi ha appena incrinato una costola.

Però sono tornata dalla terra dei morti. E finalmente respiro. Poco, ma respiro.

Mio padre mi tira su e mi dà delle pacche energiche sulla schiena per farmi tossire. Intanto guardo in basso: l'acqua che è fuoriuscita dai miei polmoni forma piccoli rivoli che tornano mestamente a riunirsi col fiume. Penso che il fiume si sta ritirando da me, come un demone sconfitto che deve rinunciare a un'anima e tornarsene umiliato all'inferno.

Mamma mi stringe a sé, papà ci stringe entrambe. Stiamo lì, in ginocchio, a ringraziare Ado per non avermi preso con sé.

Papà accende subito un fuoco per farmi asciugare. Mentre aspetto, tremo dal freddo. Mamma mi sfila i vestiti e, dopo aver strappato delle strisce dal telo della tenda, me le lega intorno al torace, all'altezza di un livido che si allarga a vista d'occhio e che presto diventerà di mille colori.

« Ce la fai a camminare? » mi chiede.

« Sì, ce la faccio. »

La boscaglia è molto fitta. Papà ci fa strada in un intrico di rami che, senza che ce ne accorgiamo, ci graffiano la pelle sulle braccia, sugli stinchi e le ginocchia, sulla faccia. Il sole sparisce per lunghi minuti, coperto dalle chiome degli alberi. Poi riappare ma solo per scomparire di nuovo. Intorno è umido e siamo di nuovo bagnati.

Invece di due giorni di cammino, alla fine ce ne mettiamo quattro.

La piccola valle ci appare, lontana ma vicina. In mezzo scorre un torrente con accanto un rudere.

La fattoria degli Ström.

Il nome è inciso su una pietra grigia nei pressi della casa. C'è pure una data di fondazione: 1897. Entriamo e ci guardiamo intorno. La casa è grande ma la maggior parte delle stanze è vuota. Le uniche abitabili si trovano al piano terra.

C'è una grande stufa di ghisa che serve anche per cucinare. Ci sono i mobili. Una tavola ancora imbandita con scodelle smaltate. Una credenza con pentole e tegami. Nella dispensa è ammucchiato ogni genere di provvista – barattoli di riso e di biscotti, farina, zucchero, conserve, latte in polvere e condensato, formaggio, scatolette di fagioli, di tonno e di carne, perfino sciroppo di lamponi. Negli armadi sono stipate coperte e biancheria. E ci sono ancora alcuni vestiti appesi. I letti sono fatti.

Tutto riposa sotto una patina di polvere. La prima impressione è che in quel luogo il tempo si sia fermato. Gli abitanti originari hanno abbandonato il posto da un pezzo. Ma qualcuno è arrivato dopo. Ha sistemato la propria roba, riparato il tetto e la pompa dell'acqua e ha dissodato la terra per piantare un orto. Qualcuno che poi è ripartito e ha lasciato viveri, suppellettili e vestiario per quelli che sarebbero giunti in seguito, rispettando alla lettera « il codice del viandante ».

Qualcuno come noi.

Per prima cosa, papà scava una buca accanto a un castagno che sta al margine del bosco. Cala la cassa, la ricopre con la terra fresca. Ado starà al sicuro, protetto dal grande albero nodoso.

Mamma accende gli incensi per ingraziarsi la vecchia casa. Poi canta per lei e scaccia le energie negative. Quindi scegliamo i nostri nuovi nomi. Al mio ci penso da un pezzo e non vedo l'ora di chiamarmi così. *Cenerentola*. Come sempre, ci separiamo e facciamo il giro delle stanze urlandoli. Siamo felici. Nessuno di noi lo dice apertamente, ma la gioia dipende dalla consapevolezza di essere scampati a un sacco di guai. Alla probabilità di trascorrere l'inverno in una tenda, al freddo e senza cibo. Al fiume collerico che ha cercato di dividerci per sempre. Salgo le scale di corsa e la costola incrinata non mi fa più male. Quando giungo in soffitta, scopro qualcosa che non mi aspetto. Qualcosa che rischia di turbare la nostra contentezza, lo capisco appena lo vedo.

È il primo *segno*.

Qualcuno l'ha tracciato per terra con dei gessetti. Tre figure stilizzate, infantili. Un uomo, una donna, una bambina. Il sole filtra fra le travi del tetto e rischiara la penombra polverosa. Io guardo quegli esseri filiformi e penso subito una cosa.

Li conosco. Quella famiglia siamo noi.

Decido che non dirò niente a mamma e papà. Non voglio rovinare la loro felicità. Così cancello le linee di gesso strofinandoci sopra la suola delle scarpe.

Accendiamo la stufa di ghisa e per cena mamma prepara una zuppa calda. Papà è riuscito a trovare una bottiglia di vino rosso in dispensa, dice che ce ne sono anche altre. Mi è concesso di berne un dito, diluito con l'acqua del pozzo. A tavola non dico una parola, però quel vino mi porta lontano. Continuo a pensare al disegno. Siamo davvero noi quelle persone? Come è possibile? La risposta che mi do è che siamo già stati lì. Ma quando? E perché l'abbiamo dimenticato?

Mamma ha promesso che, appena avrà tempo, mi cucirà una bambola.

Il giorno seguente accade una cosa strana. Sto aiutando mamma a stendere le lenzuola nel retro, ma lei si ferma. La osservo portarsi una mano alla fronte per schermarsi gli occhi dal sole. Ha visto qualcosa. Lo sguardo è diretto alla stalla abbandonata, che dista un centinaio di metri da noi.

Da una finestrella di legno entrano ed escono nugoli di mosche.

Decidiamo di chiamare papà che sta spaccando la legna dall'altra parte della casa. Quando arriva si piazza accanto a noi a guardare la scena.

« Va bene » dice, serio. « Vado a controllare. »

Poco dopo, lo vediamo uscire dalla stalla. Si copre bocca e naso con la manica della camicia. Si piega verso terra per sputare. Poi fa un gesto per chiamare anche mamma.

Lei mi fissa. « Tu aspetta qui » ordina e lo raggiunge.

Quando papà va a prendere l'ascia e un bel po' di sacchi di calce, capisco che gli animali che appartenevano ai vecchi abitanti della fattoria sono tutti morti. Ma è il modo in cui sono morti che sconvolge i miei. Quella sera, mentre gioco in soggiorno, li vedo confabulare al tavolo della cucina. Capisco che le mucche nella stalla sono impazzite perché non avevano più cibo.

« Il codice del viandante » prescrive che, quando si riparte da un posto, gli animali devono essere liberati.

Quelle povere mucche, invece, erano rimaste imprigionate.

Le giornate passano e diventano sempre più corte. L'inverno si avvicina. Ogni mattina raccolgo dei fiori dal prato e li porto sotto il castagno. Li lascio lì per Ado. Ma poi mi fermo sempre a parlare un po' con lui delle cose che accadono qui e di cui, a quanto pare, mi rendo conto soltanto io.

I segni.

A parte le mucche morte e il disegno per terra, di notte le porte sbattono. Ma solo al piano di sopra, dove non c'è nessuno. Papà dice che è normale, che la fattoria è piena di spifferi. Ma allora perché di giorno non succede mai? Nessuno mi sa rispondere.

Mamma non mi ha ancora cucito la bambola, dice che ci sono troppe faccende da sbrigare e fra poco potrebbe iniziare a nevicare. Però ha ripetuto il rito per purificare la casa. Mamma dice sempre che le case ricordano le voci di chi vi ha abitato, le custodiscono. Di notte provo ad ascoltarle, ma parlano una lingua che non conosco, è fatta di sussurri e mi fa paura. Allora, per zittire le voci, nascondo la testa sotto le coperte.

È giorno. Indosso una lunga gonna di velluto che mi arriva alle caviglie, un cardigan a rombi colorati, un dolcevita, calzettoni di lana e scarponcini. Mamma mi ha detto che quando esco di casa devo mettere anche la sciarpa. Mi diverto a schiacciare le foglie accartocciate che ricoprono il prato davanti alla fattoria, mi piace il suono che fanno. Il vento cambia e all'improvviso diventa più freddo. Sulla nostra piccola valle scorrono nubi nere. L'erba del prato è secca, per questo noto solo adesso qualcosa che spunta dal terreno. È un lembo di stoffa. Mi avvicino, guardinga ma curiosa. Mi piego sulle ginocchia e osservo, cercando di capire cosa è stato sotterrato. Allungo una mano, sfioro lo scampolo colorato. Poi con le dita comincio a scavare tutto intorno. È un braccino. È morbido. Poi viene fuori anche l'altro, e le gambine ma senza i piedini. Infine la testa, più grande rispetto al resto del corpo. La bambola di pezza ora mi osserva dal suo unico occhio. Le ripulisco dalla terra i capelli di lana. Sono troppo contenta per quel dono inatteso. Non mi domando come sia finita là sotto, né chi ce l'abbia messa. Non mi chiedo nemmeno chi sia la bambina per cui è stata cucita. Decido che adesso è mia e che staremo insieme per sempre.

Invece, la bambola è un altro segno.

È arrivato l'inverno che avevamo atteso e anche temuto. La neve inizia a cadere copiosa. Nevica per giorni interi, di continuo. Poi smette, ma sappiamo che è per poco perché il cielo è ancora bianco e pesante.

Sono stufa di stare sempre chiusa in casa. Anche papà lo è, ma non dice nulla per non fare arrabbiare mamma che invece sostiene che in questa stagione si debba stare al calduccio. Un mattino, mentre facciamo colazione, papà ci comunica che andrà a caccia con l'arco. Ha notato le tracce di un bel cinghiale che si aggira nei dintorni, sarebbe un peccato lasciarselo scappare. Potremmo avere carne fresca per molto tempo e non essere costretti a mangiare sempre quella delle scatolette. Mamma lo sta ad ascoltare e annuisce con la solita espressione paziente, ma non è ancora del tutto convinta. Io passo con lo sguardo dall'uno all'altra per capire come andrà a finire. Papà tira fuori l'intero campionario di buone ragioni e le condisce con un bel po' di buon senso. Mamma lo lascia parlare, perché tanto sa che spetterà a lei l'ultima parola. Io spero che dica di sì, così almeno avremo qualcosa da fare nelle lunghe giornate. Tagliare e conservare la carne, conciare la pelle. E forse papà appenderà in casa la testa del cinghiale come portafortuna. Mamma alla fine si pronuncia, ma le sue parole non se le aspetta nessuno.

«Va bene, ma ci andremo insieme» sentenzia con un sorriso.

La gioia mi riempie la pancia e faccio scintille dagli occhi.

Io e mamma prepariamo una merenda di panini con il latte condensato e una borraccia di acqua fresca con lo sciroppo ai lamponi, mettiamo tutto in uno zaino di tela. Papà unge la corda dell'arco con il grasso, si infila a tracolla la faretra con una trentina di frecce appuntite. Lasciamo accesa la stufa in modo da trovare la casa calda al nostro ritorno. Indossiamo cappotti e cappelli di lana, pesanti scarponi.

I nostri passi affondano nella neve alta. Il bosco è quieto. È come se tutti i suoni fossero stati assorbiti dalla terra. Anche il più piccolo rumore rimbalza sulle pareti invisibili dell'eco, fino a perdersi lontano.

Papà ha scovato le tracce del cinghiale e, per sorprendere la preda, ci precede di qualche metro. Tengo la mano di mamma e so che devo fare silenzio. Osservo la scena, trepidante. Poi, chissà perché, sollevo lo sguardo al cielo. Mi blocco. Siccome non posso parlare, alzo solo la mano e indico a mamma cos'ho visto. Anche lei vede e si copre la bocca per non urlare. Papà, però, sente ugualmente il suo lamento strozzato. Torna verso di noi per capire cosa sta succedendo. Alla fine, quando guarda, anche lui non riesce più a muoversi.

Sul ramo di un albero, molto in alto, sono appese tre paia di scarpe da ginnastica. Due da adulti, uno da bambino. Oscillano come pendoli, lentamente, alla brezza ghiacciata del bosco.

Penso subito ai precedenti abitanti della fattoria degli Ström. Quelli che sono andati via prima che arrivassimo noi. Ma come si fa ad andar via da un posto senza le scarpe? mi domando. La risposta è che quelle persone non se ne sono mai andate. Sono ancora qui, oppure qualcuno le ha portate via.

E allora capisco che o loro sono morti oppure chi li ha presi è ancora molto vicino. E non so cosa mi fa più paura.

« Mamma, cos'è capitato a quelle persone? »

Lei tace, prova a sorridermi ma l'ansia è più forte: piega le labbra in modo innaturale e fa diventare quel sorriso una smorfia.

È sera. Il fuoco scoppietta nel camino del soggiorno. Papà è fuori e sta facendo il giro della casa per controllare non so bene che cosa. Alla fine, non abbiamo preso alcun cinghiale. Siamo tornati indietro, lasciando quelle scarpe a dondolarsi sull'albero.

«Vuoi che cuciamo un altro occhio alla tua bambola?» mi chiede mamma, cercando di distrarmi dal pensiero di ciò che è accaduto quel pomeriggio.

«No, grazie» rispondo io, educata. «La mia bambola sta bene così. Ha un occhio solo ma con quello riesce a vedere cose che noi, invece, non possiamo vedere. Cose invisibili.»

Mamma viene scossa da un brivido. Forse la mia bambola le fa paura.

Mentre dormo, la mia bambola di pezza vede mamma e papà che discutono in cucina.

«Dobbiamo andarcene subito da qui» dice mamma, quasi mettendosi a piangere.

«Non possiamo muoverci prima della primavera, lo sai anche tu: dobbiamo aspettare che la neve si sciolga» le risponde papà, provando a calmarla.

«E se dovessero venire a cercare anche noi?» gli domanda lei, fissandolo disperata.

La mia bambola non capisce chi sono queste persone che possono arrivare da un momento all'altro.

«Hai visto anche tu le scarpe sull'albero, le mucche nella stalla» prosegue mamma. «E non ci siamo mai chiesti da dove venga tutta la roba che c'è in casa e perché quelli prima di noi l'abbiano lasciata qui.»

«È vero: non ce lo siamo chiesto. Ma avevamo bisogno di un posto in cui stare e non saremmo sopravvissuti altrimenti.»

Mamma afferra papà per la camicia, lo tira a sé. «Se vengono, ce la portano via e non la rivedremo mai più...» E poi aggiunge: «Agli estranei non interessa niente di noi, vogliono solo farci del male».

La bambola sente quella parola. Estranei. E me la viene subito a riferire. È la prima volta che anch'io li sento nominare. Ed è anche la prima volta che ho chiara l'impressione che la nostra vita nomade non sia una scelta. Stiamo fuggendo da qualcosa, anche se non so cos'è.

L'inverno è lungo e, in attesa della primavera, stiamo attenti a nascondere la nostra presenza. Per esempio, accendiamo il fuoco nella stufa o nel camino solo quando è buio, quando è più difficile che qualcuno da lontano possa notare il fumo.

Passano i mesi e finalmente la neve inizia a sciogliersi intorno alla fattoria degli Ström. Ma non abbastanza per permetterci di andare via. Mamma è più agitata del solito e papà non riesce a calmarla. È convinta che gli estranei stiano per arrivare e che dobbiamo fare qualcosa per impedire il peggio. Io non so in cosa consista questo peggio di cui parla mamma. Ma ho paura lo stesso.

Un pomeriggio la trovo che sta cucendo qualcosa accanto alla finestra della sua stanza, dove c'è più luce. Non capisco cosa sia, però ha sfilato il bordo di raso da un vecchio vestito della festa e ha staccato qualcosa di argentato da una coccarda che abbiamo trovato in un baule. Papà invece si è chiuso nella stalla, ha portato con sé delle assi di legno e lo sento segare e martellare.

Dopo cena, prima di metterci a letto, papà siede sulla vecchia poltrona e mi prende sulle sue ginocchia. Mamma si accovaccia accanto a noi, sul tappeto. Hanno qualcosa per me. Un regalo. Gli occhi mi brillano per la gioia. Afferro subito il pacchetto marrone con il fiocco di rafia e lo scarto.

All'interno, un bracciale di raso rosso con un campanellino.

Mamma me lo lega alla caviglia e dice: « Domani faremo un bel gioco ».

Faccio fatica ad addormentarmi tanto sono eccitata. E, quando mi sveglio, mi precipito a fare colazione per scoprire finalmente qualcosa in più sul gioco misterioso. Grazie al campanello, i miei passi tintinnano allegri per la casa. I miei si sono già alzati e mi aspettano in soggiorno. Sono in piedi davanti al camino, mi sorridono e poi fanno un passo di lato: sul tappeto alle loro spalle c'è una

cassa di legno come quella di Ado. Però è un po'
più grande.

« Il gioco consiste nel resistere il più a lungo possibile qua dentro » mi spiega papà. « Su, avanti: pro-
viamoci. »

Sono perplessa. Non voglio entrare in quella cassa. Che razza di gioco è questo? Ma li vedo così contenti che mi spiace deluderli, così faccio come dicono. Mi stendo e li osservo dal basso mentre si spor-
gono sorridenti sopra di me.

« Adesso mettiamo il coperchio » dice papà. « Ma
sta' tranquilla, per ora lo appoggio soltanto. »

Quel « per ora » non mi piace. Ma non dico nulla. Facciamo la prova e loro contano insieme il tempo che passa, mentre io mi domando come farò a
vincere a questo gioco.

« Dopo colazione, chiuderemo il coperchio » mi
annuncia mamma. « Vedrai, sarà divertente. »

Non è divertente per niente. Questo gioco mi fa
paura. Quando papà inizia a inchiodare il coperchio, i colpi rimbombano intorno a me e dentro
la mia testa. Ogni martellata, un sussulto. Chiudo
gli occhi. Non sta succedendo davvero, è solo un
bruttissimo sogno. E mi metto a piangere. Sento
la voce di mamma.

« Non piangere » dice, col suo tono più severo.

È buio, qua dentro, ed è stretto: non posso muovere le braccia.

«Quando senti che non ce la fai più, agita la gamba col campanello: noi ti sentiremo e riapriremo la cassa» mi spiega papà.

«Però devi resistere il più possibile» si raccomanda mamma, e ricomincia a contare.

Le prime volte faccio suonare il campanello prima che arrivi a cento. Vorrei smettere, ma loro insistono, dicono che è importante. Non capisco perché ma non posso nemmeno ribellarmi. Non mi è permesso. Andiamo avanti così per tutto il giorno. A volte i miei pianti sono così inarrestabili che anche loro ci stanno male, me ne accorgo. Allora ci fermiamo un po', ma poi ricominciamo tutto da capo.

La sera sono così stanca e provata che non riesco nemmeno a cenare. Mamma e papà mi portano a letto, rimangono con me ad accarezzarmi le mani finché non mi addormento. Mi baciano e mi chiedono perdono. Poi, finalmente, anche loro piangono.

Il mattino dopo, mamma viene a svegliarmi. Mi fa vestire e mi porta fuori. Vedo papà in piedi sotto al vecchio castagno. Ha in mano una pala. Mentre ci avviciniamo, mi accorgo che ha scavato una buca accanto a dove è sepolto Ado. Ai suoi piedi c'è la mia cassa. Le lacrime iniziano a sgorgare da sole. *Perché mi fate questo?* Ho tanta paura. Mamma e papà non mi hanno mai fatto del male, per me questa paura è del tutto nuova e, per questo, più terrificante.

Mamma s'inginocchia davanti a me. « Adesso caleremo la cassa nella buca. Faremo le cose un po' alla volta, poi arriverà il momento in cui papà getterà sopra la terra. »

« Non voglio » dico fra i singhiozzi.

Ma lo sguardo di mamma è duro, non lascia spazio alla compassione. « Quando sentirai che ti manca l'aria, suonerai il campanello e ti tireremo fuori. »

« Non voglio » ripeto, sconvolta.

« Ascolta: tu sei una bambina speciale. »

Bambina speciale? Non l'ho mai saputo. Che significa?

« Per questo io e papà dobbiamo proteggerti dagli estranei. Gli estranei ti stanno cercando. Se vuoi vivere, devi imparare a morire. »

Dopo vari tentativi, arriva il momento della prova definitiva. Papà ha già inchiodato la cassa. Dopo un po', sento la terra piovere a manciate sul coperchio. Un rumore sparso, violento. Man mano che lo strato s'inspessisce sopra di me, i suoni si attenuano. Sento la pala conficcarsi nel terreno, ritmicamente.

E sento anche il mio respiro accelerato. Poi resta solo quello e il mio piccolo cuore che mi tuona nelle orecchie. Ma il silenzio tutt'intorno è peggio del buio. Penso a Ado. Non mi sono mai domandata cosa prova a stare chiuso nella sua cassa sottoterra. Adesso mi fa pena. Non ha nemmeno un campanello attaccato alla caviglia. Nessuno lo può aiutare. Quanto tempo è passato? Ho dimenticato di iniziare a contare. Il respiro diventa affannoso. Non resisterò a lungo. Agito la gamba e il suono del campanellino è assordante, mi dà fastidio. Però continuo. Non voglio più stare qua sotto. Non voglio morire. Però non succede niente. Perché non sento la pala che si conficca di nuovo nel terreno? E allora mi sorge un dubbio tremendo. E se mamma e papà non potessero sentirmi? Se si sono sbagliati? Inizio a urlare. So che non dovrei farlo, che è come quando stavo per morire nel fiume. «Se stai annegando, l'ultima cosa da fare è chiedere aiuto.» L'aria si consuma rapidamente e mi sento come una candela dentro un bicchiere capovolto. Il respiro si fa più sottile, la voce si esaurisce: non riesco più a emettere alcun suono. Gli occhi si chiudono, annaspo e inizio a tremare. Mi dibatto violentemente in questo spazio ristretto, in preda a spasmi e convulsioni, e non riesco a fermarmi.

Una mano invisibile si posa sulla mia bocca. Sono morta.

12

Hanna riemerse all'improvviso, sporgendosi dalla sedia a dondolo e sgranando gli occhi. Ma stava ancora soffocando.

« ... quattro, tre... » Pietro Gerber affrettò il conto alla rovescia per aiutarla a riprendere contatto con la realtà. « ... due, uno: respiri » la esortò. « Coraggio: respiri. »

Era rigida e si teneva stretta ai braccioli. Annaspava.

« Adesso non è più nella cassa, è passato » provò a convincerla l'ipnotista, prendendole la mano.

Gerber era talmente coinvolto dal racconto che nemmeno lui era più sicuro di trovarsi davvero nel proprio studio. Poteva sentire il suono del campanello custodito nella propria tasca. E provava lo stesso terrore di Hanna Hall. *E l'aveva toccata di nuovo.* Ma era stato il panico, si disse. E anche il pensiero di suo figlio che dormiva con quel maledetto nastro rosso alla caviglia.

Finalmente la donna si persuase: riprese contatto con la realtà che la circondava e ricominciò a respirare in maniera regolare.

«Brava, così» la spronò di nuovo il terapista, e intanto fece scivolare via la propria mano dalla sua.

Hanna continuava a guardarsi intorno, ancora non si fidava.

Gerber andò verso il mobile libreria. Aprì una delle ante e prese una bottiglia d'acqua, ne versò un po' in un bicchiere, lo porse alla paziente e si rese conto di stare tremando. Devo calmarmi, si disse. Temeva che lei se ne accorgesse.

«Sono morta» ripeté invece Hanna, fissandolo con occhi spaventati. «Io sono morta.»

«Non è mai accaduto.»

«E lei come lo sa?» chiese, quasi implorando.

Lo psicologo se ne tornò alla poltrona. «Se fosse successo, lei non sarebbe qui» fu la risposta più ovvia ma anche la meno appropriata che gli venne in mente: aveva sempre a che fare con una donna affetta da gravi paranoie, non doveva scordarlo. Sottolineare l'evidenza non sarebbe servito a far cambiare idea a chi viveva immerso in un embrione di paure.

«Avevo rimosso la fattoria degli Ström.»

«Mi spiace che il ricordo sia affiorato bruscamente e, soprattutto, che il risveglio dall'ipnosi sia stato traumatico.»

Hanna, però, sembrò riassorbire lo shock in un attimo. L'espressione del volto mutò, tornando quella asettica di sempre. Infilò una mano nella borsetta ed estrasse l'accendino e una Winnie, come se non fosse accaduto nulla.

Gerber si stupì del repentino cambiamento. Era come se due distinte personalità abitassero la stessa persona.

« Loro riuscivano a sentirmi... »

« Gli estranei? »

« I miei genitori... Da sopra la buca sentivano distintamente il suono del campanello, me lo rivelarono in seguito. Però non mi dissotterrarono subito. » Hanna aspirò una lunga boccata, studiando la reazione di Gerber. « Sapevano che avrei perso i sensi, ma lo scopo era verificare quanto tempo potessi resistere là sotto. Il campanello serviva a farmi credere che avrei potuto chiedere aiuto, ma in realtà era solo un modo per tenermi buona. »

« E pensa che abbiano fatto bene? »

« Gli estranei non sono mai venuti alla fattoria degli Ström e, con l'arrivo dell'estate, siamo andati via da lì. »

« Non era questa la domanda... » insistette lo psicologo.

Hanna ci pensò su. « Il compito di un padre e una madre è proteggere i propri figli. La cassa era il nascondiglio migliore che potessero escogitare: gli estranei non avrebbero dovuto trovarmi. I miei genitori dovevano impedirglielo a ogni costo... In fondo, ero una 'bambina speciale' » sorrise amaramente.

« In cosa pensa che consistesse il suo essere speciale? »

Hanna non disse nulla. Scrollò la cenere della sigaretta nel posacenere di pasta modellata e poi controllò l'ora.

« Fra poco arriveranno gli altri pazienti, forse è meglio che vada. »

Gerber non ebbe nulla da obiettare. Poi vide la donna che recuperava dal pavimento il sacchetto col pacco regalo che aveva portato con sé quella mattina.

« L'ho preso per il suo bambino. »

Lo psicologo si rese conto solo allora che nella carta colorata era avvolto un libro.

« Non posso accettarlo » disse, cercando di non essere scortese.

L'altra parve delusa. « Non volevo offenderla. »

« Non sono offeso. »

« Non pensavo che fosse sbagliato. »

« Non è sbagliato, è inopportuno. »

Hanna ci pensò un momento, come se cercasse di comprendere un senso che le sfuggiva. « La prego, non mi faccia tornare in albergo con questo » affermò, offrendogli di nuovo il pacco.

Sei entrata senza permesso nella stanza di mio padre. Ti sei avvicinata alla mia famiglia. Non so come, ma hai messo un campanello alla caviglia di mio figlio. Non ti permetterò di invadere ulteriormente la mia vita.

« Non è un bene per la terapia » le spiegò. « È necessario che fra noi ci sia sempre una distanza di sicurezza. »

« Sicurezza per chi? » replicò la donna.

« Per entrambi » fu la risposta netta di Pietro Gerber.

Rammentò di aver promesso a Theresa Walker che si sarebbe premurato di sapere dove alloggiava Hanna. Visto che aveva menzionato un albergo, pensò di approfittarne.

« In quale hotel di Firenze soggiorna? » domandò.

« Il Puccini: è vecchio e non è compresa la colazione, ma di più non potevo permettermi. »

Gerber memorizzò il nome. In caso di necessità – o di pericolo – avrebbe saputo dove rintracciarla.

La donna spense il mozzicone nel posacenere, recuperò le proprie cose e stava per andarsene. Ma poi tornò a voltarsi verso di lui.

« Secondo lei, dovrei provare rabbia nei confronti dei miei genitori per la storia della cassa? »

Le rigirò la domanda: « Sente di doverla provare? »

« Non lo so... Ogni volta che cambiavamo la casa delle voci, i miei genitori escogitavano un modo per tenermi al sicuro. La cassa era uno di quelli. Negli anni ci sono stati diversi nascondigli: intercapedini nei muri, scomparti nei mobili, una stanzetta segreta sotto il camino.» Poi Hanna fece una pausa. «Cosa sarebbe disposto a fare per difendere suo figlio?»

«Qualsiasi cosa» fu la replica immediata di Gerber. E rimarcò la frase per farle intendere che l'avvertimento comprendeva anche lei.

Appena Hanna Hall lasciò la mansarda, nella mente di Pietro Gerber iniziarono a vorticare idee angoscianti.

Se vuoi vivere, devi imparare a morire.

Per tentare di placare la propria inquietudine, l'ipnotista avvertì il bisogno di controllare la veridicità di alcuni punti del racconto della donna. Non erano molti gli elementi a sua disposizione. Cominciò dalla fattoria degli Ström.

Hanna aveva accennato a un villaggio di minatori abbandonato e lo psicologo ricordava alcuni insediamenti sulle colline metallifere fra le province di Grosseto, Pisa e Livorno.

La casa si trovava sicuramente nei pressi.

Ström, però, non era un cognome tipico toscano. Ma quando lo cercò su internet, Gerber scoprì che in effetti, alla fine dell'Ottocento, una famiglia di origine danese si era trasferita in quella zona per dedicarsi all'allevamento.

Aprendo una mappa con le foto satellitari, andò in cerca del fiume in cui Hanna aveva rischiato di annegare. Risalendone il percorso, localizzò una fitta area boschiva. Ingrandì ancora le immagini e individuò un rudere ormai quasi cancellato dalla vegetazione, accanto a un ruscello.

La fattoria era ancora lì. Con la stalla e il castagno sotto il quale Hanna Hall probabilmente aveva sperimentato cosa significasse essere sepolta viva.

Cosa sarebbe disposto a fare per difendere suo figlio?

Nelle ore successive, Gerber avrebbe dovuto dedicarsi ai suoi piccoli pazienti, però non riusciva a concentrarsi. L'esperienza di quella mattina l'aveva segnato. E, in più, l'ultima frase della Hall prima di congedarsi lo atterriva. Cosa intendeva dire? Era una minaccia?

Si stava verificando il peggiore fra gli inconvenienti che potevano sorgere nella sua professione: il paziente cercava di assumere il controllo. Di solito era una condizione sufficiente per un'immediata interruzione del rapporto. Ma, come ben sapeva, nel caso dell'ipnosi era sconsigliabile. Tuttavia, aveva l'impressione che la terapia gli stesse sfuggendo di mano.

Verso mezzogiorno, al termine di una seduta con una bambina di nove anni che aveva incubi frequenti, decise di prendersi una pausa e telefonare alla moglie.

«Sentivi la mia mancanza?» gli disse lei, allegra e sorpresa per l'inaspettata novità. «Di solito non mi chiami al mattino.»

Silvia si lamentava spesso del fatto che il marito avesse un pessimo tempismo. Ma quella volta sembrava farle piacere.

«Avevo voglia di fare due chiacchiere, tutto qui» si giustificò lui, a disagio.

«Giornata storta? Stamattina, a colazione, mi sembrava che lo fosse» disse la donna ricordando il modo in cui era uscito di casa, di fretta e scuro in volto.

«Ne ho avute di migliori» ammise Gerber.

«Non me ne parlare» si lamentò lei. «Stamane in studio ho dovuto sorbirmi una coppia di sposini che, passata la luna di miele, hanno sviluppato un reciproco istinto omicida.»

«Dopo tre anni, sono entrato nella stanza chiusa» la interruppe Gerber, senza sapere il perché e senza aggiungere dettagli su come era avvenuto l'ingresso nella foresta del *Libro della giungla*.

Silvia tacque per un lungo momento. «E come ti senti adesso?»

«Disorientato...»

Sua moglie e il *signor B.* non si erano mai conosciuti. E, ovviamente, il padre non aveva fatto nemmeno in tempo a veder nascere il nipotino. Pietro Gerber aveva incontrato la donna della sua vita pochi mesi dopo la morte del genitore. Il loro era stato un fidanzamento rapido. Amore a prima vista, avrebbe detto qualcuno.

La verità era che lui aveva bisogno di trovarla.

L'aveva cercata. Si era impegnato parecchio per questo. Sentiva la necessità di ripartire da una famiglia, visto che quella in cui era cresciuto ormai era solo un doloroso ricordo del passato. Forse la sua smania di sposarsi e avere un figlio non era stata proprio un bene. Probabilmente Silvia avrebbe avuto bisogno di un po' più di tempo. Era mancata la spensieratezza del primo periodo di fidanzamento, quando ancora non si sa nulla l'uno dell'altra ed è bello scoprirsi poco a poco. Infatti c'era stato un momento in cui la decisione di andare a convivere stava mettendo a repentaglio tutto. Anche se poi la cosa era rientrata, conservavano entrambi l'impressione di aver saltato qualche passaggio fra il trovarsi e la promessa di trascorrere il resto dell'esistenza insieme.

« Perché non mi parli mai di lui? »

Gerber non si rese conto che stava stringendo il cellulare, le nocche gli erano diventate bianche per la tensione. « Perché non riesco nemmeno a riferirmi a lui dicendo 'mio padre'... »

Se n'era accorta anche lei, ma non avevano mai affrontato l'argomento. Gerber aveva cominciato a chiamarlo *signor B.*, scimmiottando quel «signor Baloo» con cui erano soliti rivolgersi a lui i bambini che aveva in cura. Era soprattutto un modo per esprimere il proprio disprezzo per il genitore che non c'era più.

«Non hai mai voluto dirmi cosa è successo fra voi due» constatò Silvia con evidente dispiacere.

Ma Pietro non aveva la forza di confessarle il proprio segreto. «Possiamo cambiare argomento, per favore? Non so neanche perché l'ho tirato fuori.»

«Certo. Solo una cosa» insistette la moglie. «Se lo odi così tanto, perché fai il suo stesso lavoro?»

«Perché quando ho scoperto chi era veramente, ormai era troppo tardi.»

Silvia lasciò cadere il discorso. Lui gliene fu grato. Forse un giorno sarebbe stato in grado di dirle la verità, ma per ora poteva bastare.

«La mia assistente poco fa ha portato un pacco» disse lei, quando già si apprestavano a riattaccare. «Te ne avrei parlato a casa, ma visto che ci siamo...»

«Che pacco?» domandò, allarmato, Gerber.

«Sembra un libro: qualcuno l'ha lasciato al mio studio per Marco.»

Aveva chiuso rapidamente la telefonata, cercando soprattutto di non spaventare Silvia. Poi aveva recuperato l'impermeabile e, scendendo a perdifiato le scale del palazzo, aveva chiamato un taxi.

L'ansia lo divorava: l'idea che suo figlio – il suo bambino – potesse essere in pericolo per colpa sua lo rendeva fragile e furioso allo stesso tempo.

Diede al tassista l'indirizzo dell'asilo e lo pregò di fare più in fretta che poteva. Ciononostante, gli sembrò un viaggio lunghissimo.

Cosa sarebbe disposto a fare per difendere suo figlio?

Hanna Hall aveva detto « difendere », non « proteggere ». Chissà se la parola era stata scelta a caso. Ma gli sembrava che nessun segnale proveniente da quella donna fosse casuale.

Arrivato al nido, pagò la corsa e si precipitò all'entrata. Varcata la soglia, si arrestò, sorpreso e smarrito. Provò un'immediata sensazione d'impotenza.

Lo aveva accolto il suono argentino di decine di campanelli.

Seguendolo, percorse il lungo corridoio fino alla sala comune con un labirinto di tubi, scivoli e materassini dove finalmente venne ad accoglierlo una delle maestre.

« Il padre di Marco » affermò, cordiale, riconoscendolo. « Come mai è venuto a prenderlo così presto? »

Gerber vide il figlio che giocava insieme agli altri bambini ad arrampicarsi sulla struttura e a infilarsi nei cunicoli. Indossavano tutti un nastro di raso rosso alla caviglia. E a quel nastro era appeso un campanellino.

Lo psicologo si frugò in tasca ed estrasse quello che aveva slacciato dalla gambina del figlio quella notte. L'oggetto stregato che, secondo la storia di Hanna Hall, serviva per tornare indietro dalla terra dei morti.

«È un gioco sonoro che stiamo facendo da qualche giorno» spiegò la maestra, precedendo la sua domanda. «Si divertono tantissimo.»

Pietro Gerber, però, non sapeva se esserne o meno sollevato.

13

« Se Hanna Hall ha notato il campanello alla caviglia di Marco, vuol dire che ha mentito su quel particolare mentre era sotto ipnosi. »

« Il punto è che quella donna ha visto nostro figlio » gli fece notare Silvia, irritata. « Significa che ci osserva a distanza, forse addirittura ci segue. »

« Perché avrebbe dovuto inserire intenzionalmente una bugia nel suo racconto pur sapendo che, con grande probabilità, l'avrei scoperto? »

« Forse perché è una psicopatica? » gli fece notare la moglie.

Ma Pietro Gerber non si rassegnava. Era come la faccenda del foglietto con il nome Ado. Stranezze che contribuivano a infittire il mistero sulla donna e che lo facevano ammattire.

Silvia aveva ascoltato con insofferenza il resoconto del marito su tutto ciò che era accaduto con Hanna Hall fin dall'inizio. Come lui aveva immaginato, era preoccupata dalla piega che stava prendendo quella storia. Stavano discutendo da mezz'ora nel soggiorno di casa, avevano saltato la cena perché a nessuno dei due andava di mangiare. Troppa tensione in circolo. Dovevano trovare una soluzione in fretta, prima che fosse troppo tardi.

Seduta sul divano, Silvia continuava a sfogliare il libro che Hanna aveva regalato a Marco.

« *Un'Allegra Fattoria.* »

Non era allegra affatto, si era detto subito Pietro Gerber facendo una rapida analogia con la fattoria degli Ström. Ancora una volta, Hanna aveva voluto mandargli un inquietante messaggio in codice che si prestava a mille interpretazioni, molte delle quali erano spaventose anche solo da considerare.

Sembrava un crudele gioco di enigmi: ogni volta che lo psicologo provava a risolverne uno, scopriva che la soluzione ne celava un altro ancora più sibillino.

« Questa faccenda non mi piace » disse Silvia.

« Forse Hanna Hall sta solo cercando di dirmi qualcosa ed è colpa mia se non sono in grado di capirlo. »

Silvia si alzò di scatto dal divano, gettando per terra il libro di fiabe. « Perché la difendi? Possibile che tu non riesca ad accettare che ti sta manipolando? »

Era furiosa e Gerber non poteva biasimarla.

« Ti domandi se abbia mentito sul particolare del campanello ma non ti chiedi se, invece, tutta la sua storia sia una menzogna. È assurdo. »

« I suoi ricordi sono troppo vividi per essere frutto di immaginazione» replicò. «Dio santo, l'ho vista quasi soffocare oggi quando credeva di essere rinchiusa in una cassa sottoterra.»

Gerber si rese conto di aver alzato un po' troppo la voce e, siccome Marco stava già dormendo, tacque per un momento col timore di averlo svegliato. Ma non sentirono alcun pianto provenire dalla cameretta.

«Ascolta» disse, avvicinandosi alla moglie. «Se è un'impostora lo sapremo presto: la sua psicologa in Australia ha incaricato un investigatore perché assuma informazioni su di lei.»

Questo gli fece rammentare che Theresa Walker aveva promesso anche di inviargli via mail la registrazione audio della sua prima e unica seduta con Hanna, ma non l'aveva ancora fatto.

«E poi c'è un'altra cosa» aggiunse, serio. «All'inizio pensavo che la storia del bambino ucciso quando era piccola fosse un falso ricordo creato dalla psiche fragile e malata di una donna con un disperato bisogno di attenzione... Adesso sono convinto che Hanna Hall abbia detto la verità.»

Silvia parve placarsi. «Se non pensi che abbia mentito, cosa credi sia successo veramente?»

«Ricordi il caso di quella madre che negli anni Cinquanta fu condannata per l'assassinio del proprio bambino?»

« Sì, era nel programma dell'esame di criminologia all'università. »

« E ricordi anche qual era la mia tesi al riguardo? »

« Che era stato il figlio più grande a uccidere il fratello e che poi lei se n'era assunta la colpa, per salvarlo. »

È meglio essere considerata una madre assassina o la madre di un assassino? si era domandato Pietro Gerber, immaginando il dubbio in cui si era dibattuta quella donna.

« Cosa vuoi dirmi con questo? »

« Hanna Hall sostiene di aver ucciso Ado quando era ancora troppo piccola per rendersi conto della gravità del proprio gesto... Io penso che Ado fosse suo fratello. »

Silvia cominciò ad arrivarci. « Secondo te, i genitori hanno nascosto l'omicidio e, per impedire che gli portassero via la figlia, hanno iniziato a spostarsi da un luogo all'altro? »

Lui annuì.

« E cambiavano continuamente identità perché erano fuggitivi: così, se qualche ficcanaso avesse chiesto a Hanna come si chiamava, lei avrebbe risposto col nome di una principessa. »

« Ma c'è anche di più » affermò Gerber. « Come sai, la memoria non si può cancellare, se non con una lesione cerebrale. Più di ogni altro evento della vita, i traumi psicologici lasciano invisibili ma anche profonde cicatrici: i ricordi che vengono sepolti nell'inconscio prima o poi riaffiorano, a volte in altre forme... La madre che si sacrifica per il figlio, pensando così di salvarlo, in realtà sta lasciando libero un assassino che ha archiviato il ricordo della propria azione senza prima elaborarne la gravità e il significato e che, perciò, potrebbe ripeterla in qualsiasi momento. »

Il pensiero che Hanna potesse reiterare il proprio crimine gli provocò un brivido.

« I genitori di Hanna Hall sapevano che fuggire portandosi dietro un cadavere per nascondere le tracce non sarebbe bastato... » concluse Silvia.

« Dovevano nascondere l'accaduto soprattutto alla figlia » confermò lo psicologo. « E allora ecco pronta la storia degli 'estranei' e poi la famigliola scomparsa nella fattoria degli Ström. »

« Una messinscena. »

« Una specie di lavaggio del cervello » la corresse Gerber. « Seppellirla viva era la loro terapia. »

Per convincerla che era per il suo bene, la madre le aveva fatto credere di essere una « bambina speciale ».

Silvia si risedette sul divano lasciandosi cadere, era sconvolta. Pietro era contento che la moglie avesse approvato il suo ragionamento ma, soprattutto, era felice che fosse di nuovo dalla sua parte.

« La terrai lontana da noi, vero? » gli chiese lei, in ansia.

« Certo » la rassicurò. Non aveva alcuna voglia che Hanna interferisse ulteriormente con la loro vita.

Silvia si placò. Allora la lasciò tranquilla per qualche momento e andò a recuperare l'*Allegra Fattoria* dal pavimento. Il libro era finito per terra spalancato e con la copertina rivolta verso l'alto. Lo sollevò ma, prima di richiuderlo, Gerber guardò distrattamente una delle illustrazioni.

L'immagine lo colse del tutto impreparato. Iniziò a sfogliare freneticamente il regalo di Hanna Hall domandandosi il senso di quel nuovo, assurdo rompicapo.

L'unica cosa che riuscì a dire fu: « Mio Dio... »

14

Nella stanza dei giochi le cose non cambiavano mai.

Era una condizione indispensabile che l'ambiente risultasse familiare, imperturbabile. I giocattoli che si deterioravano con l'uso venivano prontamente rimpiazzati. I libri da colorare erano sempre intonsi, matite e pastelli sempre nuovi.

Ogni volta, veniva cancellato il passaggio degli altri ospiti. Ogni bambino doveva avere l'impressione che quel luogo fosse stato predisposto solo per lui, come un grembo materno.

L'ipnosi, per funzionare, aveva bisogno di abitudine. Ogni variazione dello status quo poteva essere distraente e, a volte, ciò era fatale per la terapia.

Il metronomo scandiva un tempo che esisteva solo fra quelle quattro mura. Quaranta battiti per minuto.

«Come va, Emilian? Stai bene?» chiese l'addormentatore di bambini quando fu sicuro che il piccolo era effettivamente entrato in una dimensione di trance leggera.

L'altro era impegnato a terminare un disegno di un treno a vapore e fece cenno di sì con la testa.

Erano entrambi seduti al tavolino basso, con davanti una pila di fogli e una bella scorta di colori fra cui scegliere.

Quel mattino, il bambino bielorusso indossava una T-shirt un po' aderente che metteva in evidenza i segni del deperimento dovuto all'anoressia. Gerber cercò di non lasciarsi condizionare dal suo aspetto: era in gioco l'esistenza di cinque persone.

«Ricordi quello che mi hai detto l'altra volta?» chiese.

Emilian annuì di nuovo. Gerber non aveva dubbi che se ne ricordasse.

«Puoi ripetermelo, per favore?»

Il piccolo si prese qualche momento. L'ipnotista era certo che avesse capito bene la richiesta, ma non sapeva se avrebbe acconsentito a ribadire il racconto. Tuttavia era importante per riprendere da dove avevano interrotto.

«Stavo disegnando come adesso e ho sentito la filastrocca del bambino curioso...» esordì a bassa voce Emilian, senza perdere la concentrazione. «Allora sono andato nello scantinato... Lì c'erano mamma e papà, nonno, nonna e padre Luca. Ma avevano delle maschere sulla faccia, maschere di animali» specificò. «Un gatto, una pecora, un maiale, un gufo e un lupo.»

«Però tu li hai riconosciuti lo stesso, giusto?»

Emilian emise due brevi versi di assenso, tranquillo.

« E cosa stavano facendo, te lo ricordi? »

« Erano nudi e facevano le cose di internet... »

Gerber rammentò che Emilian aveva scelto quell'efficacissima metonimia per descrivere la scena di sesso. Il fatto che avesse usato più o meno le stesse parole per confermare il racconto dell'udienza precedente era confortante. Il suo ricordo era nitido, netto. Non era stato inquinato da ulteriori fantasie.

Lo psicologo sollevò per un attimo lo sguardo sulla parete con lo specchio. Non poteva scorgere l'espressione di Anita Baldi, ma sapeva che il giudice minorile si stava chiedendo ancora una volta se quella versione dei fatti corrispondesse alla verità. Immaginò anche il volto teso degli imputati: chissà cosa stava passando in quel momento per la testa ai genitori adottivi di Emilian, ai suoi nonni e a padre Luca. La loro vita dipendeva da ciò che avrebbe detto o non detto un bambino di sei anni.

« Sei andato altre volte nello scantinato? »

Il piccolo fece cenno di no con il capo, del tutto disinteressato. Allora, per farlo tornare lì, Gerber iniziò a ripetere la filastrocca che Emilian aveva sentito la notte dei fatti e che l'aveva guidato fino alla scena incriminata.

« C'è un curioso bambino – gioca in un angolino – nel buio che tace – lui sente una voce – c'è uno spettro burlone – che lo chiama per nome – al curioso bambino – vuole dare un bacino.»

Emilian prese un pastello nero. Gerber si accorse che iniziava a modificare il proprio disegno.

«La merenda...» disse.

«Hai fame? Vuoi qualcosa da mangiare?» chiese l'ipnotista.

Emilian non rispose.

«È l'ora della merenda? Non capisco...»

Era possibile che il bambino stesse cercando di svicolare. Ma poi il piccolo sollevò lo sguardo su di lui e dopo sullo specchio: Gerber ebbe l'impressione che il discorso sulla merenda servisse a distrarre chi lo stava ascoltando dietro la barriera. Emilian voleva la sua attenzione – ma la sua soltanto. Così lo psicologo si centralizzò sul disegno. Ciò che vide non gli piacque affatto.

Il treno colorato si stava trasformando in un volto. Occhi affilati ma senza pupille, bocca enorme e denti aguzzi.

In quelle vaghe sembianze erano condensate tutte le angosce e le paure dell'infanzia. I mostri di quando sei bambino sono evanescenti, ricordò Gerber. Però ci sono. E tu li vedi.

Quando ebbe terminato, il bambino gli diede anche un nome.

«*Maci*» disse sottovoce, battezzandolo.

L'ipnotizzatore comprese che era giunto il momento di liberare quell'innocente dal proprio incubo. Nella stanza dei giochi dove tutto era sempre uguale e nulla cambiava mai, l'addormentatore di bambini introdusse un'inattesa novità. Scostò i fogli che erano davanti a Emilian, svelandogli ciò che aveva celato sotto di essi prima di cominciare la seduta. Il libro di favole che Hanna Hall aveva regalato a Marco: *Un'Allegra Fattoria*.

« Hai mai visto questo libro? » domandò.

Il bambino lo osservò un momento, ma non disse nulla. Lo psicologo iniziò a sfogliare il breve tomo illustrato. Nei disegni della fattoria ricorrevano sempre gli stessi, teneri protagonisti.

Un gatto, una pecora, un maiale, un gufo e un lupo.

Un'ora prima, su indicazione di Gerber, un'assistente sociale aveva effettuato una perquisizione nella cameretta del bambino e aveva rinvenuto una copia identica a quella.

L'ipnotista si accorse che piccole lacrime cominciavano a scivolare sul viso di Emilian.

« Tranquillo, va tutto bene » lo rincuorò.

Non andava bene affatto: una nuova, forte emozione aveva fatto il proprio ingresso nella quiete della stanza dei giochi. Il bambino spettro era stato scoperto e adesso si sentiva esposto, umiliato.

Allora Emilian chinò il capo sul proprio disegno.

Sommessamente, ripeté: «La mia merenda è sempre cattiva...»

Il piccolo tergiversava, era evidentemente confuso.

Gerber pensò che poteva bastare. «Ora comincerò a contare alla rovescia partendo da dieci, poi sarà tutto finito: te lo prometto.»

L'assistente sociale venne a prelevare Emilian dalla stanza dei giochi. Dopo la denuncia che aveva innescato il processo, il bambino era stato ospitato in istituto. Ma adesso Pietro Gerber non poteva sapere quale sarebbe stato il suo destino.

I genitori adottivi sarebbero stati disposti a occuparsene nuovamente dopo che lui li aveva additati come mostri?

Lo psicologo rimase ancora qualche momento nella stanza dei giochi. Si alzò dal proprio posto e andò a fermare il metronomo. Cercò conforto nel silenzio ovattato della sala, fissando il proprio volto nel riflesso dello specchio dietro il quale non c'era più nessuno. Era sfinito e si sentiva in colpa verso Emilian. Gli accadeva ogni qualvolta smascherava la bugia di un bambino. Perché sapeva che anche nella peggiore menzogna si nascondeva sempre un barlume di verità. Ed era fatta di paura e abbandono.

I genitori adottivi di Emilian non avevano commesso niente di sbagliato. Ma ciò che angustiava Gerber era che i veri responsabili l'avevano fatta franca. Non si nascondevano dietro inquietanti sembianze di animali. Purtroppo avevano l'aspetto della mamma e del papà che l'avevano messo al mondo.

Lo psicologo uscì in corridoio con il libro di Hanna Hall e lo consegnò al cancelliere perché fosse acquisito come prova a discarico. Si domandò come avesse fatto la sua paziente a sapere del caso di Emilian. E fu nuovamente costretto ad ammettere che non ci capiva nulla. Hanna era dotata di poteri sovrannaturali o si era trattato solo dell'ennesima coincidenza? Entrambe le circostanze erano assurde e perciò le escluse subito con fastidio.

Mentre si affannava a cercare una spiegazione plausibile, vide che poco distante da lui si era formato un capannello.

Gli imputati s'intrattenevano coi difensori e alcuni membri della loro confraternita religiosa venuti a sostenerli. Com'era prevedibile, erano sollevati. Non c'era ancora un verdetto, ma l'esito era ormai scontato. Marito e moglie, molto giovani, stringevano mani e ringraziavano. I nonni erano visibilmente commossi. Con ogni probabilità, quelle persone non avevano mai messo in conto di trovarsi in un'aula di giustizia, costretti a difendersi da un'accusa infamante. Ma assistendo a quegli abbracci,

Gerber non poté fare a meno di provare altra pena per il povero Emilian che aveva perso l'occasione di avere una famiglia.

«Quando pensi che mi consegnerai la tua relazione finale?»

L'ipnotista si voltò, incrociando subito lo sguardo della Baldi. «Appena deciderò se sia o meno il caso di risentire Emilian» disse.

Il magistrato si mostrò stupita. «Hai intenzione di risentirlo? Per quale motivo?»

«Non vogliamo capire perché ha raccontato quella bugia?» replicò lui.

«Purtroppo lo sappiamo già: la risposta è nel passato di violenza e soprusi subiti in Bielorussia. Ma per Emilian è più facile rivalersi sulla sua nuova famiglia. L'hai sentito, no? 'La mia merenda è sempre cattiva'» ripeté il giudice.

«Secondo lei, cercava una scusante?» Gerber stentava a crederlo.

«I bugiardi smascherati tendono comunque ad attribuire la loro colpa a qualcun altro: anche quelli di sei anni... 'Non mi piaceva la merenda, ecco perché ho inventato tutta quella storia dello scantinato'.»

«Allora lei pensa che quel bambino sia un sadico.»

«No» replicò la Baldi. «Penso che sia semplicemente un bambino.»

Smisero di parlare perché in quel momento padre Luca stava attirando l'attenzione dei propri accoliti: chiese loro di radunarsi in preghiera per Emilian. Poco dopo, si misero in cerchio, chinando il capo e tenendosi per mano, a occhi chiusi.

Fu allora che Gerber colse qualcosa di anomalo.

Mentre nessuno poteva vederla, sul volto della madre adottiva di Emilian – una donna abbastanza piacente – si formò un sorriso. Non esprimeva sollievo né gratitudine. Semmai, sembrava un sorriso soddisfatto e svanì non appena riaprì gli occhi insieme agli altri.

Gerber stava per farlo notare alla Baldi ma si bloccò perché il cellulare nella sua tasca cominciò a vibrare. Lo prese e lesse sul display un numero che ormai gli era familiare.

«Dottoressa Walker, mi aspettavo di sentirla ieri.» Calcolò che, se a Firenze era quasi mezzogiorno, a Adelaide dovevano essere più o meno le ventuno e trenta. «Doveva mandarmi via mail la registrazione audio della prima seduta d'ipnosi di Hanna Hall, ricorda?»

«Ha ragione, mi scusi.» Il tono di voce era agitato.

«Che succede?» domandò Gerber, intuendo che qualcosa non andava.

«Mi dispiace, mi dispiace» ripeté più volte la collega. «Mi dispiace averla coinvolta in tutto questo...»

15

Cosa stava cercando di dirgli? Per cosa avrebbe dovuto essere «dispiaciuta» Theresa Walker? Di che coinvolgimento stava parlando? Gerber provò la sensazione di essere stato ingannato.

Uscì in fretta dal tribunale e si ritrovò per strada, proprio come la prima volta in cui aveva parlato al telefono con la psicologa. In quell'inquietante déjà-vu, un vento gelido calava dai palazzi sferzandogli il volto: anche adesso, stava per cominciare a piovere.

«La prego, si calmi e cerchi di spiegarmi» disse nel tentativo di placare la collega.

«Avrei dovuto dirglielo subito, ma ho avuto paura... Poi lei mi ha chiesto di inviarle la registrazione della prima seduta con Hanna e allora ho compreso di aver commesso un errore.»

Tuttavia Gerber continuava a essere confuso. «Lei non mi ha mandato quel file di proposito? È questo che sta cercando di dirmi?»

«Sì» confessò l'altra. «Ma l'ho fatto in buona fede, mi creda... Quando l'avrà ascoltato, dovrà chiamarmi subito: il resto glielo dirò a voce.»

Cosa c'era in quella registrazione? Quale segreto

aveva deciso di nascondergli la Walker? E, soprattutto, perché era diventato un problema soltanto adesso? Gerber intuì che ci fosse dell'altro. Qualcosa di molto grave. Per il momento, lasciò perdere la registrazione e si concentrò su questo.

« D'accordo » tagliò corto. « Ma perché adesso è sconvolta? »

« Il mio amico investigatore ha terminato le indagini sul conto della nostra paziente. »

Gerber ricordava che la Walker avrebbe chiesto quel favore a un conoscente, ma non si aspettava che venisse fuori qualcosa di preoccupante. A quanto pareva, si sbagliava.

« In Australia risultano sei donne che si chiamano Hanna Hall » proseguì la psicologa. « Ma due soltanto si avvicinano ai trent'anni... Una è una biologa marina di fama internazionale, ma mi sono sentita di escludere subito che fosse la stessa persona con cui abbiamo a che fare. »

Gerber le diede ragione. « L'altra chi è? »

Theresa Walker fece una pausa e tirò su col naso, era spaventata. « L'altra un paio di anni fa ha cercato di rapire un neonato in pieno giorno, prelevandolo dal passeggino in un parco pubblico. »

Senza accorgersene, l'ipnotista rallentò progressivamente il passo fino a fermarsi del tutto.

« Non c'è riuscita solo perché la madre del bambino ha cominciato a urlare, mettendola in fuga. »

Non poteva credere a ciò che stava sentendo.

«Dottor Gerber, è ancora lì?»

«Sì» confermò, ma non poteva respirare. Chissà perché era sicuro che la storia non finisse così.

«In poche ore, la polizia è risalita a Hanna. Quando gli agenti sono andati da lei per arrestarla, in casa hanno trovato una pala e una piccola cassa di legno.»

Gerber si sentì improvvisamente spossato, aveva paura che il cellulare gli scivolasse di mano. Appoggiò la schiena al muro di uno stabile e si chinò, scosso da brividi, in attesa dell'epilogo peggiore.

«Al processo non è stato dimostrato, ma i poliziotti sospettavano che Hanna Hall avesse intenzione di sotterrare il neonato, ancora vivo.»

Il giorno che avrebbe sconvolto per sempre la vita di Pietro Gerber era iniziato con un'alba limpida. Il cielo d'estate a Firenze aveva una luce rosa, ma appena si posava sui tetti delle case diventava ambrata, specie al mattino.

Al termine del tirocinio, coi primi guadagni del lavoro di psicologo infantile, Pietro aveva subito affittato un appartamentino in via della Canonica. Era situato nel sottotetto di un vecchio palazzo senza ascensore e per arrivarci si era costretti a fare a piedi ben otto rampe di scale. Chiamarlo appartamento era azzardato. In effetti, constava di una stanzetta in cui entrava a malapena un letto a una piazza e mezzo. Non essendoci armadio, i vestiti erano appesi a una corda tirata sul soffitto. C'era un angolo cottura e il wc era nascosto da un paravento: quando un'ospite si fermava per la notte, bisognava fare a turno per usare il bagno mentre l'altro attendeva sul pianerottolo.

Però quel posticino gli permetteva di essere completamente indipendente. Non che gli dispiacesse vivere in casa con suo padre ma, compiuti trent'anni, riteneva che fosse importante avere un luogo proprio e assumersi l'onere di piccole incombenze come pagare le bollette o provvedere al proprio sostentamento.

Altro vantaggio era non dover ricorrere agli alberghi quando aveva qualche nuova conquista per le mani – l'angusta sistemazione era anche meno dispendiosa. Perché c'era una cosa a cui Pietro non avrebbe saputo rinunciare: le donne erano la sua grande passione.

A detta di tutte, il giovane Gerber era un bell'uomo. E ringraziava Iddio per non aver ereditato il naso di suo padre, né le sue inguardabili orecchie a sventola. Ciò che piaceva maggiormente alle ragazze era il suo sorriso: « magnetico », lo definivano di solito. Il potere delle *tre* fossette, diceva lui sottolineando il fatto che fossero insolitamente dispari.

A differenza di molti suoi coetanei, Pietro non era minimamente sfiorato dall'idea di mettere su famiglia. Non si immaginava a trascorrere l'intera vita con la stessa persona e non aveva alcuna intenzione di generare figli. I bambini gli piacevano, altrimenti non avrebbe scelto la stessa professione del padre. Li trovava magicamente complessi e questo li rendeva più interessanti degli adulti. Ciononostante, non si vedeva per niente nelle vesti del bravo genitore.

Quel mattino di luglio, Pietro Gerber si svegliò alle sei e quaranta. Il sole che filtrava dalle persiane scivolava dolcemente sulla schiena nuda dell'incantevole Brittany come un sudario dorato, mettendo in risalto la perfetta curva delle spalle. Pietro si voltò su un fianco per godersi lo spettacolo esclusivo della creatura addormentata a pancia sotto accanto a lui. I lunghi capelli castani, che però le scoprivano un'allettante porzione di collo, le braccia incrociate sotto il cuscino come una venere danzante, il lenzuolo che l'avvolgeva fino alla vita lasciando intravedere le natiche scolpite.

Si conoscevano da meno di un giorno e la sera stessa si sarebbero detti addio prima che un aereo la riportasse in Canada. Ma Pietro aveva deciso che avrebbe reso indimenticabili le sue ultime ore a Firenze.

Aveva preparato un programmino impeccabile.

L'avrebbe portata a fare colazione con le paste del Caffè Gilli, poi a comprare acqua di colonia e creme di bellezza all'Officina Profumo-Farmaceutica vicino a Santa Maria Novella. Non si poteva sbagliare: le ragazze ci andavano matte. Quindi, dopo un giro turistico particolareggiato alla scoperta di segreti che di solito non si trovavano nelle guide, il tour si sarebbe concluso con una corsa in Duetto Alfa Romeo a Forte dei Marmi per i favolosi spaghetti alla versiliese di Lorenzo. Ma nel frattempo, mentre aspettava che la sua giovane amica si svegliasse, Pietro si mise a pensare a suo padre. Perché quelle passioni gliele aveva trasmesse lui.

Il *signor Baloo* amava la sua città.

Appena poteva, gli piaceva andarsene a zonzo per riscoprire cose, odori, persone di Firenze. Tutti lo conoscevano, tutti lo salutavano. Un tipo allampanato, con l'immancabile Burberry e un cappello da pioggia a falde larghe anche se c'era il sole. D'estate indossava comodi bermuda e camicie fiorate, ma anche orribili sandali di cuoio. Non passava mai inosservato. Prima di uscire di casa si riempiva le tasche di palloncini colorati e caramelle Rossana che poi regalava, indistintamente, a grandi e piccini.

Quando Pietro era piccolo, suo padre lo prendeva per mano, lo portava in giro per la città e gli mostrava cose che poi sarebbero entrate nel repertorio che usava per stupire le ragazze. Tipo il volto scolpito su un muro esterno di Palazzo Vecchio, che si diceva fosse il profilo di un condannato a morte inciso da Michelangelo che si trovava casualmente a passare proprio mentre il criminale veniva condotto al patibolo. O l'autoritratto di Benvenuto Cellini, celato nella nuca del suo *Perseo*, che poteva essere scorto solo salendo nella Loggia dei Lanzi e guardando la statua di spalle. L'UFO che appariva nel dipinto di una Madonna del Quattrocento. Oppure la carrellata dei ritratti di antichi bambini esposta nel Corridoio Vasariano.

Ma, fra tutte le curiosità e le stranezze, quella che aveva sempre colpito maggiormente Pietro Gerber da bambino era la «ruota dell'abbandono», posta all'esterno dell'Ospedale degli Innocenti e risalente al Quattrocento. Consisteva in un cilindro rotante, simile a una culla. I genitori che non potevano mantenere i figli appena venuti al mondo li depositavano nel marchingegno, poi tiravano una cordicella collegata a una campana che allertava le monache all'interno del convento. Il cilindro veniva ruotato per recuperare il neonato che così non era costretto a stare troppo tempo all'aperto. L'invenzione aveva soprattutto il vantaggio di preservare l'anonimato di chi abbandonava. Nei giorni successivi, i bambini venivano esposti al pubblico nel caso qualche benefattore avesse voluto farsene carico o anche per dare la possibilità ai genitori naturali in preda al rimorso di riprenderseli.

Solitamente, le ragazze di Pietro si commuovevano ascoltando la storia. E ciò era un bene per lui, perché da quel momento aveva la quasi assoluta certezza che, di lì a poco, se le sarebbe portate a letto. Non aveva mai nutrito grande fiducia nei sentimenti, non faceva fatica ad ammetterlo. Siccome non sapeva innamorarsi, non pensava che sarebbe stato amato da una donna. Forse perché era cresciuto senza una figura femminile di riferimento: suo padre era rimasto vedovo molto presto.

Il *signor Baloo* aveva fatto del suo meglio. Aveva messo da parte un immenso dolore e si era fatto carico di allevare da solo un bambino di appena due anni che non avrebbe avuto alcun ricordo della madre.

Fino alle elementari, Pietro non aveva mai chiesto nulla di lei e non gli mancava. Non poteva essere triste per qualcuno che non aveva mai conosciuto. La sua mamma era la bella signora che appariva nelle foto di famiglia raccolte in un vecchio album rilegato in pelle, tutto qui.

Ma, dai sei agli otto anni, ogni tanto in lui scattava qualcosa.

In quel lasso di tempo aveva bersagliato il padre di domande: voleva sapere tutto. Com'era la sua voce, il gusto di gelato che preferiva, quando aveva imparato ad andare in bicicletta o come si chiamava la bambola che aveva da bambina. Purtroppo, il padre non possedeva tutte le risposte e spesso aveva dovuto improvvisare. Dopo quel periodo, però, la sua curiosità era svanita del tutto e senza una ragione. Non aveva chiesto più nulla e, le poche volte che in casa veniva toccato l'argomento, il discorso si esauriva dopo poche, sterili battute. C'era una frase che, però, il padre rimarcava in ogni occasione.

«Tua madre ti ha voluto fortemente.»

Come fosse una scusante per cancellare la colpa di essere morta appena ventuno mesi dopo la sua nascita.

Per molto tempo, Pietro non aveva visto il *signor Baloo* insieme a un'altra donna. E non si era mai nemmeno chiesto il perché. Quando aveva quasi nove anni, però, era accaduta una cosa. Una domenica, suo padre l'aveva portato a prendere un gelato da Vivoli. Sembrava una passeggiata come un'altra, in cui gli aveva raccontato ancora una volta che quel dolce ghiacciato era stato creato a Firenze e aveva fatto la sua prima apparizione nella corte medicea. Poi, mentre erano seduti ai tavolini all'esterno dello storico locale, si era avvicinata una graziosa signorina e il padre gliel'aveva presentata come «una sua amica». Il giovane Pietro aveva intuito subito che l'incontro non era affatto casuale come i due volevano fargli credere. Anzi, era stato preordinato per un altro scopo. Qualunque fosse, lui non voleva saperlo. E per rendere chiare le proprie intenzioni, non assaggiò nemmeno un cucchiaino della sua coppa di variegato gianduia e cioccolato. Lasciò che si squagliasse davanti ai loro occhi muti, feroce come solo un bambino sa essere. Non aveva mai avuto una madre ufficiale e non ne voleva una di ricambio. Da allora, non aveva più rivisto quella donna.

Molti anni dopo, in quel mattino di luglio, l'incantevole Brittany cominciò a muoversi sinuosa nel letto, preludendo al proprio risveglio. Si voltò verso Pietro e, dopo aver dischiuso gli occhi verdi, gli regalò il più radioso dei sorrisi.

«Buongiorno, splendida figlia del Canada orientale: benvenuta nel dolce mattino di Firenze» la salutò solennemente, dandole una pacca sulle natiche e anche un leggero bacio sulle labbra. «Ho un sacco di sorprese in serbo per te.»

«Ah sì?» chiese la ragazza, divertita.

«Voglio renderti impossibile dimenticarmi: fra cinquant'anni, racconterai di me ai nipotini, te lo garantisco.»

La giovane si allungò verso di lui e gli sussurrò in un orecchio: «Dimostramelo».

Allora Pietro scivolò sotto le lenzuola.

Brittany lo lasciò fare: reclinò il capo all'indietro e socchiuse gli occhi.

In quel momento, il cellulare cominciò a vibrare. Lui maledisse chiunque fosse a quell'ora assurda, riemerse e rispose al numero sconosciuto.

«Il signor Gerber?» domandò una fredda voce femminile.

«Sì, chi parla?»

«Chiamo dal Careggi, reparto di cardiologia: dovrebbe venire qui subito, per favore.»

Le parole si scomposero e si ricomposero più volte nella sua testa, mentre cercava di afferrarne il senso.

«Che è successo?» riuscì a chiedere mentre intravedeva il proprio panico riflesso sul volto di Brittany.

«Si tratta di suo padre.»

Chissà perché, le brutte notizie avevano il potere di far apparire improvvisamente tutto il resto comico e grottesco. In quel momento, la dolce Brittany con le labbra carnose e il seno morbido gli sembrò buffa. E lui si sentì ridicolo.

Quando giunse in ospedale, si precipitò in terapia intensiva.

La notizia si era sparsa rapidamente in famiglia: in sala d'attesa, incontrò i suoi zii e anche il cugino Iscio. C'erano pure diversi conoscenti del padre, venuti per sapere come stava. Il *signor Baloo* era un uomo molto popolare, in tanti gli erano affezionati.

Pietro osservò i presenti e tutti lo guardarono. Ebbe l'insensato timore che riuscissero ad avvertire su di lui l'odore di Brittany, si sentì frivolo e terribilmente fuori posto. Mentre il cuore dell'uomo che l'aveva allevato cedeva di schianto, lui era in compagnia di una ragazza. In nessuno di quegli sguardi c'era l'ombra di un giudizio, ma Pietro si sentiva lo stesso in colpa.

Il giudice Baldi si avvicinò e gli posò una mano sul braccio. «Devi essere forte, Pietro.»

La vecchia amica gli stava preannunciando ciò che tutti nella stanza già sapevano. Guardando quelle persone, scorse un volto familiare anche se l'aveva visto una volta soltanto, all'età di nove anni. In un angolo c'era la donna che suo padre aveva cercato di presentargli una domenica pomeriggio e che lui aveva rifiutato insieme a una coppa di gelato. Piangeva sommessamente ed evitava il suo sguardo. In quel momento, Pietro comprese una cosa che non aveva mai capito prima: il padre non era affatto un vedovo inconsolabile e non aveva rinunciato a creare un'altra famiglia perché amava ancora una donna che non c'era più.

L'aveva fatto per lui.

Un argine gli si ruppe dentro e fu invaso da un insopportabile rimorso. Gli venne incontro un'infermiera. Pietro immaginò che volesse chiedergli se desiderava dare un ultimo saluto al genitore, non era forse quella la prassi? Stava quasi per risponderle di no perché non riusciva a sopportare l'idea di averlo privato della possibilità di essere di nuovo felice.

Ma poi lei invece disse: «Ha chiesto di vederla. La prego, venga, perché non si dà pace».

Gli fecero indossare un camice verde, quindi lo introdussero nella stanza in cui il padre era collegato alle macchine che ancora lo mantenevano fragilmente in vita. La maschera dell'ossigeno gli copriva il viso, lasciandogli scoperti gli occhi ridotti a due fessure. Però era ancora abbastanza lucido perché lo riconobbe appena superò la soglia. Iniziò ad agitarsi.

«Papà, tranquillo, sono qui» lo rassicurò.

Con le poche forze che aveva, il genitore sollevò il braccio e mosse le dita per convocarlo accanto a sé.

«Non devi stancarti, papà» si raccomandò, avvicinandosi al capezzale. Non sapeva cos'altro dirgli. Ogni frase sarebbe stata una bugia. Pensò che sarebbe stato giusto fargli sapere che gli voleva bene, per questo si chinò su di lui.

Il *signor Baloo* lo precedette e mormorò qualcosa, ma la mascherina impedì a Pietro di capire. Si accostò ancora di più e il padre si sforzò di ripetere ciò che aveva detto.

La rivelazione cadde come un macigno nel cuore del giovane Gerber.

Incredulo e sconvolto, Pietro si staccò dal genitore morente. Non poteva immaginare che lui avesse scelto proprio quel momento per confidargli un se-

greto tanto orribile. Gli sembrò assurdo, irrispetto-
so. Gli sembrò crudele.

Mosse un paio di passi incerti all'indietro, verso
la porta. Ma non era lui che arretrava, era il letto di
suo padre ad allontanarsi. Come una barca alla de-
riva. Come a voler mettere una distanza fra loro
due. Finalmente libero.

Ciò che vide negli occhi del *signor Baloo* mentre
si dicevano addio per sempre non fu rimpianto, ma
sollievo. Spietato, egoistico sollievo. Suo padre –
l'uomo più pacifico che conoscesse – si era sbarazzato del bolo indigesto che si era tenuto dentro per
gran parte della vita.

Adesso quel peso era tutto suo.

16

La pioggia scivolava in rigagnoli sottili che s'intersecavano sui finestrini e sul parabrezza. Al di là di quello schermo liquido, tutto risultava opaco, evanescente. Le luci delle altre auto si mischiavano, si dilatavano sfocandosi per poi sparire e riapparire come miraggi.

Pietro Gerber era seduto al posto di guida della station wagon che, dalla nascita di Marco, aveva mestamente rimpiazzato il fiammante Duetto Alfa Romeo. Lo psicologo se ne stava immobile a fissare lo smartphone fra le proprie mani.

Sul display, la mail di Theresa Walker con allegato un file audio.

... *Mi dispiace averla coinvolta in tutto questo...*

La prima seduta d'ipnosi di Hanna Hall.

... *Quando l'avrà ascoltato, dovrà chiamarmi subito: il resto glielo dirò a voce...*

Qualche giorno prima, il mattino in cui la Walker gli aveva chiesto di occuparsi del caso, la collega gli aveva raccontato che la paziente aveva iniziato improvvisamente a urlare perché nella sua mente era riemerso il ricordo dell'omicidio risalente a quando era soltanto una bambina.

Cos'era cambiato da quella prima telefonata? Cosa aveva omesso di rivelargli?

Gerber indossava un paio di cuffiette collegate al cellulare, ma non aveva ancora trovato il coraggio di cominciare l'ascolto. La Walker gli aveva mentito. Era accaduto qualcos'altro durante quell'incontro. Per questo gliel'aveva tenuto segreto fino a quel momento, evitando di inviargli la registrazione.

... Sì. Ma l'ho fatto in buona fede, mi creda...

A farle cambiare idea era stata la scoperta del suo amico investigatore privato: il tentativo di Hanna di rapire un bambino in tenerissima età.

... Al processo non è stato dimostrato, ma i poliziotti sospettavano che Hanna Hall avesse intenzione di sotterrare il neonato, ancora vivo...

Pietro Gerber trasse un profondo respiro: il parcheggio di un ipermercato era il rifugio perfetto per nascondersi. In quel tardo pomeriggio d'inverno, la gente si affrettava a fare la spesa per tornare presto a casa. Chiuso nell'abitacolo sotto il temporale, nessuno lo notava, nessuno poteva vederlo. Eppure non si sentiva al sicuro.

Qualunque altra cosa contenesse la registrazione, aveva terrorizzato a morte la collega.

... Avrei dovuto dirglielo subito, ma ho avuto paura...

Quando si sentì sufficientemente preparato, Gerber calò il pollice della mano destra sullo schermo del telefono. Bastò un gesto semplice, la leggera pressione dell'icona contenuta nella mail, per aprire le porte dell'inferno.

Rumori del registratore. Il microfono che veniva sistemato nella corretta posizione, ma intanto sfregava contro qualcosa.

«*Allora, è pronta a cominciare?*» esordì la voce di Theresa Walker.

Attimo di pausa.

«*Sì, sono pronta*» fu la risposta di Hanna Hall.

Un suono meccanico: una chiave che girava in un ingranaggio. Quando il meccanismo fu sufficientemente carico, iniziò un motivetto romantico, dissonante.

Ogni ipnotista si serviva di un proprio metodo per avviare lo stato di trance. Gerber preferiva il metronomo, era banale ma aveva una sua eleganza. Il *signor B.* usava la canzoncina di un vecchio film di animazione di Walt Disney. Altri, semplicemente, pronunciavano delle frasi suggestive modulando la voce oppure si servivano delle variazioni della luce. L'idea di far oscillare un pendolo o un orologio davanti agli occhi del paziente era un'invenzione cinematografica, così come quella di far fissare intensamente la rotazione di una spirale.

La Walker usava un vecchio carillon.

La musichetta durò per un minuto e mezzo, poi iniziò a rallentare. Man mano che si esauriva, aumentava lo stato di trance della paziente, immaginò Gerber.

« *Hanna, vorrei che andassi indietro nel tempo... Cominceremo dalla tua infanzia...* »

« *Va bene...* » rispose la Hall.

Il tono di voce della Walker era benevolo, rassicurante. In fondo, doveva essere l'inizio di una normale terapia per mettere ordine alla memoria. Nulla in quell'atmosfera faceva presagire un epilogo scioccante.

« *Ti spiego cosa faremo... Per prima cosa, andremo alla ricerca di un ricordo felice: lo useremo come una specie di guida nel tuo inconscio. Ogni volta che qualcosa ti turberà o ti sembrerà strano, torneremo a quel ricordo e ti sentirai di nuovo bene...* »

« *D'accordo.* »

Una lunga pausa.

« *Allora, hai trovato qualcosa?* »

Hanna inspirò ed espirò. « *Il giardino.* »

17

Papà sa perfettamente quando inizierà la prossima stagione. Gli basta guardare le radici delle piante. Oppure sente che odore ha il vento e prevede quando sta arrivando l'estate o quando nevicherà. Alcune notti osserva il cielo e, a seconda della posizione di certe stelle, dice a mamma cos'è meglio seminare nell'orto.

Non ci serve un orologio e nemmeno un calendario. Per questo non conoscono esattamente la mia età. Decido io quando è il mio compleanno: scelgo un giorno e lo comunico. Mamma prepara la torta di pane e zucchero e festeggiamo.

È primavera e ci siamo trasferiti da poco in questa zona. Mi chiamo Shahrazād e la casa delle voci si trova ai margini di un frutteto abbandonato.

Il giardino.

Invece di morire per scarsità di cure, gli alberi sono cresciuti liberamente, così avremo frutta per tutta l'estate.

La casa è in cima a una collina. Non è molto

grande ma da quassù si vedono tante cose. Gli stormi che si alzano improvvisi e planano al suolo, danzando all'unisono. I mulinelli di polvere che si inseguono dispettosi tra i filari. A volte di notte si vedono strani bagliori in lontananza. Mamma dice che sono fuochi d'artificio, la gente li fa esplodere nel cielo per celebrare qualcosa. Mi domando perché non siamo lì con loro. Non ci sono risposte.

Proprio in mezzo alla casa è cresciuto un albero di ciliegie. È diventato così alto da rompere il tetto. Papà ha deciso di mettere Ado lì sotto, così le radici lo proteggeranno. Penso che però ci sia anche un altro motivo: in questo modo Ado può stare più vicino a noi. Mi piace quando stiamo tutti insieme, anche mamma e papà sono più contenti.

La primavera è una bella stagione, ma l'estate è meglio. Non vedo l'ora che arrivi l'estate. Le giornate adesso sono strane. A volte c'è il sole, a volte piove. Quando piove di solito leggo. Ma ho terminato i libri, alcuni li ho riletti più volte e sono stufa. Papà promette che me ne troverà degli altri ma ancora non è successo. Mi annoio. Allora decido che è passato abbastanza tempo dal mio ultimo compleanno, la sera entro in cucina e comunico solennemente ai miei che l'indomani è la mia festa. Loro mi sorridono e approvano, come sempre.

Il giorno dopo è tutto pronto. Mamma ha acceso il forno a legna ma non soltanto per la famosa torta di pane e zucchero. Ha cucinato tante cose buonissime. Ci sarà un'incredibile tavola imbandita stasera, quando papà sarà tornato dalla ricerca del mio regalo.

Il pomeriggio passa veloce e sono così felice che non mi scorderò mai più questa giornata. Prepararmi alla festa è la cosa che mi emoziona maggiormente. C'è l'attesa del momento e allora tutto diventa più bello. Il mondo è contaminato dalla mia gioia.

Per la festa, mamma ha acceso tante candele intorno all'albero di ciliegie e ha legato alcune stoffe colorate ai rami. Ha disteso una coperta per sistemare il cibo, c'è anche una brocca con la limonata. Papà suona la chitarra e cantiamo le nostre ballate. Io lo accompagno col mio tamburello. Poi lui lascia lo strumento e continuo solo io mentre prende mamma per i fianchi e la fa danzare. Lei ride e si lascia andare. *Solo lui sa farla ridere così*. La gonna si apre scoprendole le caviglie, i suoi piedi nudi sulla terra sono bellissimi. Lei lo guarda negli occhi e gli occhi di papà non possono staccarsi dai suoi occhi. *Solo lei sa farlo sentire così*. Sono talmente felice che mi viene da piangere.

Poi arriva il momento del regalo. Non sto più nella pelle. Di solito non ricevo cose troppo grandi,

perché se no è difficile portarsele appresso quando
ripartiremo. Papà mi costruisce una fionda o inta-
glia qualcosa nel legno: una volta ho ricevuto un
bellissimo castoro. Ma stavolta è diverso. Papà sparisce per un attimo in casa e quando torna ha con sé
una bici.

Non posso crederci. Una bici tutta per me.

Non è nuova, è un po' arrugginita e una ruota è
diversa dall'altra. Ma che importa? È la mia bici.
Non ne ho mai avuta una, questa è la prima. Sono
così contenta che mi dimentico che non ci so andare.

Non ci metto molto a imparare. Papà mi ha dato
un paio di lezioni ma, dopo qualche caduta, adesso
non mi fermo più. Corro a perdifiato tra i filari degli alberi, mamma dice che la mia polvere si vede
dalla casa. C'è un patto fra noi: so che dovrò lasciare qui la bici quando ce ne andremo, ma papà promette che ne avrò altre. Nessuna, però, sarà mai come questa. Nessuna bici è come la prima bici.

I miei capelli sono cresciuti molto, adesso mi arrivano in fondo alla schiena. Sono molto orgogliosa
dei miei capelli, sono lunghi come quelli di mamma. Lei dice che, se non voglio tagliarli, devo almeno tenerli legati. Mi ha dato uno dei suoi fermagli,

quello col fiore blu che a papà piace tanto. So bene quanto tiene a quel fermaglio, non lo sciuperei per niente al mondo.

Ma poi una sera torno da uno dei miei soliti giri e il fermaglio non è più sulla mia testa.

Sono così dispiaciuta che non lo dico a nessuno. E anche se mamma e papà a cena notano che non sono del solito umore, preferisco non parlarne. Solo che il giorno seguente non riesco a trovarlo. Eppure rifaccio lo stesso percorso del giorno prima. Lo ripeto avanti e indietro, ma niente.

Il giardino è un labirinto. È facile smarrirsi, mi dico. E mi riprometto di percorrerlo tutto finché non salterà fuori il fermaglio di mamma.

Il quarto giorno, mentre sto perlustrando una zona più distante dalla casa, succede una cosa stranissima. Qualcosa mi schiaffeggia all'improvviso. Affondo i talloni sul brecciolino per frenare e poi mi volto per guardare.

Per terra c'è il fermaglio col fiore blu. Come mi è arrivato dritto in faccia? Non è stato il vento, tutt'intorno gli alberi sono immobili. Per lo stupore non riesco a muovermi. Mi sento ansimare, ma non riesco a impedirmelo.

Torno a casa con il fermaglio ma non racconto niente di ciò che è successo. Devo ancora trovare una spiegazione e, chissà perché, sento che è colpa mia. Non so di cosa, esattamente. Ma è mia.

La notte non riesco a dormire. Decido che il giorno dopo andrò a controllare di nuovo il posto. Sì, farò così. Perché non posso credere che sia vero, è pazzesco che le cose siano andate così.

Il mattino dopo faccio colazione e scappo subito via. Mi ricordo dove è avvenuto il ritrovamento – tra l'altro per terra ci sono ancora i segni della brusca frenata coi talloni. C'è un silenzio bizzarro in questo posto. Nessun insetto o uccello o altro animale: è come se tutte le creature viventi fossero scomparse. Mentre penso al perché, mi guardo intorno e vedo una cosa che ieri non c'era. O forse non l'ho notata.

Sulla corteccia dell'albero, qualcuno ha inciso una freccia.

Sono stranita, confusa. Che razza di scherzo è questo? Non può essere vero. *Regola numero quattro: non avvicinarti mai agli estranei e non lasciarti avvicinare da loro.* Ma non sono sicura che sia opera loro. Una parte di me dice che non c'entrano, stavolta. E che, perciò, posso andare dove dice la freccia. Osservo nella direzione indicata, non c'è niente da quella parte, solo altri alberi. Appoggio la bici per terra e vado a controllare. Faccio una decina di passi e ne trovo un'altra.

La freccia stavolta è sulla corteccia di un pesco.

La seguo e ne spunta fuori una terza, su un mandorlo. Poi una quarta, una quinta, una sesta. È una caccia al tesoro. Sono così eccitata che dimentico che dovrei avere paura. Sono brava a trovare le indicazioni e, in fondo, mi interessa poco quale premio ci sia alla fine. Non ci penso, forse perché è la prima volta che non gioco da sola.

Perché una cosa è certa: questa è opera di qualcuno.

Arrivo in una piccola radura. Con mia grande sorpresa, l'ultima freccia disegna un cerchio.

Che cavolo vuol dire? Dove devo cercare? A un tratto, mi sento una stupida. Come se avessero voluto soltanto prendermi in giro. Non è divertente. Però c'è qualcosa di strano. Mi guardo intorno con la sensazione di non essere sola. Qualcuno mi sta osservando. Avverto la presenza di un paio di occhi puntati dritti su di me.

«Ehi!» grido alla boscaglia.

«*Ehi!*» mi risponde l'eco.

«Vieni fuori!»

«*Vieni fuori!*»

«Ci sei?»

«*Ci sei?*»

«Dove sei?»

«*Dove sei?*»

«Lo so che ci sei...»

«*Lo so che ci sei...*»

Lo so che c'è. La voce dell'eco sembra la mia...
ma non è la mia – ne sono quasi sicura. Uno strano
solletico mi si arrampica sulla schiena.

Devo tornare alla bici. Devo tornare a casa.

Ci penso tutta la sera. Mentre a tavola mangio le
mie verdure, disegno con un dito fra le briciole di
pane la freccia circolare che ho visto sull'ultimo albero. Mamma e papà non se ne accorgono. Mentre
sciacquo i piatti della cena, non faccio che doman-
darmi cosa sia quel segno. A letto non riesco ad addormentarmi.

Il giorno dopo torno nella piccola radura. Le mani mi sudano, non sono tranquilla. Ma devo farlo o
il pensiero non mi darà pace. C'è un significato
possibile per quell'ultima traccia. L'unico che mi
sia venuto in mente. Lo so, è un po' stupido ma
non so che altro escogitare. Faccio un bel respiro
e allargo bene le braccia. Quindi inizio a girare su
me stessa. Prima piano, poi sempre più forte. Giro
e giro, guardandomi intorno. Gli alberi vorticano
attorno a me come una giostra veloce. Sempre di
più. Sempre di più. Stando attenta a non perdere
l'equilibrio. Spargo un vento leggero e i miei capelli
svolazzano. Gli alberi adesso girano insieme a me.

E d'un tratto, in mezzo a quelli, appare un volto.

Provo a fermarmi ma inciampo e cado all'indietro. Una risata di bambina. Il cuore mi batte forte, ansimo per la fatica e per l'emozione. Il sole mi acceca, ma scorgo un'ombra che si avvicina. Mi rialzo in fretta ma ho ancora le vertigini. Finalmente la vedo.

«Ciao» mi dice.

«Ciao» le dico.

Indossa un vestitino con delle api gialle e sandali bianchi. I lunghi capelli biondi sono più ordinati dei miei e la sua pelle è bianchissima. La mia, invece, è scurita dall'estate. Mi sono sempre chiesta come fossero fatti gli altri bambini. Adesso che lo so, non mi sembrano poi così diversi da me.

Non ho idea di come ci si comporti in questi casi.

«Come ti chiami?» mi domanda.

Regola numero tre: non dire mai il tuo nome agli estranei.

«Non posso dirtelo...»

«Perché?»

«Perché non posso.» Ho già violato la quarta regola, non mi metterò ancora più nei guai.

«D'accordo, allora niente nomi.»

«E niente domande» rilancio subito io, così non mi sembrerà di infrangere troppo il patto con mamma e papà.

«Niente nomi e niente domande» acconsente, poi mi tende una mano: «Ti va di vedere una cosa fantastica?»

Esito, non mi fido. Però provo qualcosa che non ho mai provato prima. La paura delle conseguenze non è forte come l'impulso della trasgressione. Allora le afferro la mano e la seguo. Non ho mai toccato nessuno a parte mamma e papà. Questa nuova sensazione tattile è strana. Per l'altra bambina deve essere normale, penso, chissà perché: in fondo, non so nulla di lei. Io già solo per questo mi sento cambiata.

Ci fermiamo all'improvviso e si volta verso di me. «Chiudi gli occhi» mi ordina.

Se sono arrivata fin qui, posso andare anche oltre, mi dico. E obbedisco.

Mi sento trascinare in avanti. I miei piedi si muovono da soli. Mi tengo stretta alla mano della sconosciuta finché non ci arrestiamo di nuovo.

«Ecco: ora puoi riaprirli.»

Lo faccio. Davanti a noi, una distesa bianca. Sembra neve, ma sono piccole margherite. Migliaia, milioni di fiori. Capisco subito che sono capitata in un posto prezioso, perché non c'è mai stato nessuno a parte noi. E se la mia nuova conoscenza ha voluto condividere con me il suo segreto, allora sono preziosa anch'io. Non voglio dirlo, ma c'è una parola che mi ronza in testa. Mi imbarazza pronunciarla, aspetto che sia lei a farlo.

«Siamo amiche?» mi domanda.

«Credo di sì» le rispondo e sorrido.

Pure lei sorride. «Allora ci vedremo anche domani...»

Domani diventa anche dopodomani e il giorno appresso. Praticamente, ci vediamo sempre. L'appuntamento è all'albero con la freccia circolare o al campo di margherite. Camminiamo molto insieme e parliamo di ciò che ci piace. Come d'accordo, non ci sono domande personali. Perciò lei non mi chiede nulla di mamma e papà e io non voglio sapere dove si trova la sua casa – anche se qua intorno non ne ho mai notata nessuna – oppure perché indossa sempre lo stesso vestito con le api gialle.

Non sapere troppe cose l'una dell'altra non è un problema, anche se forse dovrei confessarle che prima o poi ripartirò da qui. E così come non potrò portarmi appresso la mia prima bicicletta, dovrò dire addio anche all'unica amica che abbia mai avuto.

Un giorno succede una cosa. Siamo sedute sulla riva di uno stagno e lanciamo sassi facendoli rimbalzare sul pelo dell'acqua. Sono quasi certa che la mia amica stia per dirmi qualcosa, invece si volta semplicemente a guardarmi. Poi abbassa gli occhi e mi fissa la pancia.

«Che c'è?» domando.

Lei non risponde, allunga la mano e solleva la mia canotta. Quindi appoggia il palmo caldo in un punto in basso, accanto all'ombelico. La lascio fare, la sua carezza in fondo è gradevole. Però mi accorgo che lei invece è turbata.

« Non ti piacerà » mi dice.

« Cosa? »

« Però è necessario. »

« Cosa? Non ti capisco... » Mi sto innervosendo. Perché non si spiega meglio? Invece niente. Allontana la mano e si alza di scatto, capisco che sta per andarsene. « Ci vediamo domani? » domando, perché temo di averla offesa. Ma non mi sembra di aver detto o fatto qualcosa di offensivo.

Lei mi sorride come sempre, ma poi mi risponde: « Domani no ».

È notte. Sto dormendo. Mi rigiro nel letto. Sto sognando. La mia amica posa la mano sulla mia pancia, ma stavolta la sua carezza non è gradevole. Stavolta la sua carezza fa male.

Apro gli occhi. È ancora buio. La mia amica è sparita, il dolore no. È ancora lì – basso e profondo. Sto sudando. Ho la febbre, lo sento. Mi lamento e arrivano mamma e papà.

La febbre è salita. Ho caldo e poi ho freddo, poi di nuovo caldo. Non capisco dove mi trovo, ogni tanto perdo i sensi. Sono nella casa delle voci sulla collina – lo so ma poi non lo so più. Là fuori c'è la notte e il giardino – il giardino di notte è buio, non c'è nemmeno la luna. Deliro. Chiamo la mia amica anche se non conosco il suo nome. E mi fa male la pancia. Mi fa male tantissimo. Non ho mai provato tanto dolore. Perché proprio a me? Cos'ho fatto di male? Mamma aiutami, fallo andare via. Papà aiutami, non voglio più stare così.

Li vedo. Papà è in piedi in mezzo alla stanza, tiene le braccia incrociate: si dondola fra un piede e l'altro e mi guarda spaventato, non sa cosa fare. Mamma è in ginocchio accanto al mio letto, mi tiene una mano sulla pancia. Piange, è disperata.

« Perdonami, piccola mia. »

Non so di cosa dovrei perdonarla, non è lei a farmi male ma qualcosa dentro di me. Sembra una specie di insetto che si scava una tana nel mio ventre. Un insetto nero e verde, lungo e peloso. Ha piccole zampette affilate con cui taglia la carne, poi succhia il mio sangue.

Vi prego, mamma e papà: toglietemelo da lì.

In quel momento, vedo un'ombra che si avvicina. È la mia amica, è venuta a trovarmi. La riconosco dal vestito con le api gialle. Si siede sul letto. Mi scosta i capelli che si sono appiccicati sulla fronte.

« Te l'avevo detto che non ti sarebbe piaciuto » ripete. « Ma è necessario. »

Necessario a cosa? Non capisco. Poi si volta verso mamma e papà, e io mi accorgo che loro non sono arrabbiati per la sua visita.

« È necessario per loro » afferma la mia amica, guardandoli con compassione.

« Perché? » domando, ansimando.

« Esiste un luogo chiamato ospedale » risponde lei. « Hai letto qualcosa nei tuoi libri, no? »

Sì, è vero: lì vanno le persone quando sono malate. Ma noi non possiamo andarci per via degli estranei. *Regola numero due: gli estranei sono il pericolo.*

« Stai molto male e potresti anche morire, lo sai? »

« Io non voglio morire » dico, spaventata.

« Ma accadrà se non prendi subito una medicina. »

« Io non voglio morire » ripeto, piagnucolando.

« Mamma e papà lo sanno, per questo adesso lui ha paura e lei ti sta chiedendo scusa... Non possono portarti in ospedale, se lo fanno è finita. »

Mamma piange e mi supplica, come se io potessi davvero fare qualcosa. Papà è diverso, non è il mio solito papà, l'uomo che mi fa sentire sempre sicura. Sembra che abbia perso la forza e mi guarda come io guarderei lui se mi sentissi in pericolo.

« Morirò? » chiedo, ma conosco la risposta.

« Pensaci: se muori adesso potremo stare insieme per sempre, qui nel giardino. »

« Perché devo morire? » So che c'è una ragione e

non ha a che fare col maledetto insetto che si fa strada dentro di me. È qualcosa che è accaduto prima, tanto tempo fa.

La mia amica piega il capo da un lato, mi studia. «Lo sai il perché... Hai ucciso Ado e hai preso il suo posto, questa è la tua punizione.»

«Io non ho fatto ciò che dici» protesto.

«Sì, invece» ribatte lei. «E se non muori adesso, un giorno morirete tutti.»

18

L'urlo disperato di Hanna. «*Non sono stata io, non l'ho ucciso io!*»

«*D'accordo, calmati adesso...*» La voce della Walker si sovrappose a quella della paziente. «*Devi calmarti. Mi senti, Hanna?*»

La registrazione s'interruppe di colpo prima che iniziasse il conto alla rovescia che sanciva l'uscita dall'ipnosi.

Pietro Gerber attese ancora qualche secondo prima di sfilarsi le cuffiette. L'eco delle grida della donna perdurava sotto forma di acufene. Adesso lo psicologo infantile aveva bisogno di ritrovare il silenzio. Scoprì di avere collo e braccia rigidi e le dita saldamente artigliate alle gambe, all'altezza delle ginocchia.

Si ripeté che era cominciato tutto da quella seduta. Sotto ipnosi, in Hanna Hall si era formata la convinzione di aver ucciso Ado. Non perché avesse un ricordo diretto dell'omicidio: gliel'aveva detto una bambina immaginaria. Che senso aveva? Sarebbe stato necessario scavare ancora più a fondo nella sua mente per trovare il ricordo esatto, sempre se esisteva. Ma adesso lui non sapeva più se se la sentiva.

Tese una mano verso lo sterzo e, tremando, accese il quadro. Non mise in moto, gli servì soltanto per aprire uno spiraglio nel finestrino.

L'aria fresca di pioggia invase l'abitacolo, spazzando via l'odore acre della paura. Gerber inspirò ed espirò lentamente, cercando di riprendersi. Poi rammentò le parole di Theresa Walker.

Quando l'avrà ascoltato, dovrà chiamarmi subito: il resto glielo dirò a voce.

Avrebbe voluto tornare a casa, da Silvia e Marco. Avrebbe voluto tornare indietro nel tempo e rifiutare la richiesta d'aiuto della collega. Invece si trovava invischiato in una storia che non capiva e, soprattutto, sentiva di essere in pericolo anche se non sapeva il perché.

Afferrò lo smartphone e controllò il livello di batteria. La registrazione della seduta di Hanna Hall era durata un paio d'ore e forse non rimaneva abbastanza energia per fare una telefonata. Ma doveva conoscere « *il resto* », come l'aveva definito la Walker. Digitò il numero che ormai conservava nella memoria del cellulare.

« Allora, l'ha ascoltata? » domandò subito la psicologa dopo un paio di squilli.

« Sì » rispose lui.

« Che idea si è fatto? »

« La stessa che avevo prima: Hanna Hall ha ucciso il fratellino quando era molto piccola. Forse non è stato intenzionale, forse si è trattato di un incidente: fatto sta che i genitori hanno pensato che un tribunale gli avrebbe comunque tolto la figlia. Inoltre hanno voluto proteggere Hanna da ciò che aveva commesso e l'hanno portata via dal mondo: non avrebbe mai dovuto conoscere la verità. A tale scopo, hanno creato un modello di vita in cui gli altri non erano contemplati o erano tenuti a distanza e in cui loro non avrebbero avuto mai bisogno di nessuno... Ma per tutto questo, ovviamente, c'era un prezzo: l'impossibilità di ricorrere a un medico, per esempio. »

« Lei rischierebbe la vita di suo figlio se non ci fosse un valido motivo? » chiese la Walker con tono infuocato.

« Certo che no » rispose lui, controvoglia. « E con questo cosa vorrebbe dimostrare? »

« Solo la fuga da un pericolo più grave potrebbe giustificare il comportamento dei genitori di Hanna Hall davanti alla malattia della figlia. »

« Sta parlando degli estranei? » ribatté lui con tono irridente. « Gli estranei non esistono. I genitori di Hanna fuggivano da se stessi e dal giudizio della società. Con un figlio puoi permetterti qualsiasi egoismo, basta che lo chiami amore. »

Lui lo sapeva bene, l'aveva sperimentato col padre.

« E che mi dice della ragazzina del giardino? »

« Che, fin da bambina, Hanna sentiva le voci... Come tutti gli schizofrenici, purtroppo. »

Avrebbe dovuto dare retta all'avvertimento di Silvia, la moglie aveva diagnosticato prima di loro la patologia della Hall. Adesso, invece, si trovava invischiato con quella pazza sconosciuta senza sapere di cosa era realmente capace.

... Al processo non è stato dimostrato, ma i poliziotti sospettavano che Hanna Hall avesse intenzione di sotterrare il neonato, ancora vivo...

« Allora, a suo parere, tutto si riduce a un'amica immaginaria? » obiettò la Walker, che proprio non voleva accettare le sue spiegazioni.

« L'amichetta bionda, coi sandali bianchi e il vestito con le api gialle era ciò che Hanna avrebbe voluto essere e invece non era: una bambina come le altre. Questa figura è solo un espediente creato dalla sua psiche per non dover affrontare da sola la realtà » replicò stizzito l'ipnotista.

« E quale sarebbe? »

« Sarebbe che Hanna ha sempre saputo di essere responsabile della morte di Ado, ma a volte è meglio che la verità ce la sveli qualcun altro. »

« Non è Hanna Hall a cercare scuse per non accettare la realtà, dottor Gerber... Ma lei. »

«Si può sapere cosa la spaventa tanto di quella donna? Perché invece non mi spiega il motivo per cui mi ha tenuto segreta questa registrazione fino a oggi...»

La Walker fece una pausa. «D'accordo» affermò allora. «Avevo una sorella gemella, si chiamava Litz.»

«E questo che c'entra? Perché ha detto 'avevo'?»

«Perché è morta all'età di otto anni, appendicite acuta.»

Pietro Gerber si fece scappare una breve risata. «Lei pensa davvero che...»

La collega non gli lasciò terminare la frase. «Anche se era inverno, Litz è stata sepolta con il suo abito preferito: un vestitino di cotone con piccole api gialle.»

19

Il giudice Baldi indossava una lunga vestaglia di velluto e si trascinava in ciabatte nel salotto di casa, al secondo piano di un palazzotto sul Lungarno, all'altezza di Ponte Vecchio. La stanza aveva un soffitto a cassettoni ed era arredata in modo sfarzoso. Mobili d'antiquariato, tappeti, arazzi e tendaggi. Ogni superficie, poi, era interamente ricoperta di suppellettili, soprattutto statue e argenteria.

I Baldi erano stati abili mercanti nel Seicento, tanto da accumulare una fortuna. Gli eredi avevano beneficiato delle rendite per generazioni, senza doversi occupare d'altro, specie di lavorare. L'ultima rappresentante della stirpe, però, non si sarebbe mai accontentata di una vita di ozio, così aveva scelto di esercitare una professione nel mondo reale.

Prima di rintanarsi in un ufficio del tribunale minorile, Anita Baldi aveva svolto il lavoro di magistrato andando sul campo, sporcandosi le mani e facendo esperienza nell'ambito investigativo. Pur essendo cresciuta in una lussuosa dimora, era stata in appartamenti fatiscenti, baracche, inferni domestici e posti che sarebbe stato impossibile definire

« case ». Sempre andando a caccia di minori da portare in salvo.

Pietro Gerber si guardava intorno, chiedendosi se aveva fatto bene a venire a quell'ora così tarda per chiedere consiglio alla vecchia amica. Aveva riassunto sommariamente i fatti degli ultimi giorni a beneficio della Baldi, senza ancora nominare Hanna Hall. Adesso era seduto su una poltrona damascata, ma non riusciva ad appoggiarsi allo schienale perché era ancora troppo teso.

Era venuto a chiedere un favore.

Il magistrato gli si avvicinò con il bicchiere d'acqua che aveva richiesto. « È evidente che la tua collega si è lasciata suggestionare. »

« Theresa Walker è una professionista stimata, fa questo lavoro da molti anni » ribatté lui, difendendo anche il proprio operato. « Prima di accettare la paziente, ho controllato le sue credenziali sul sito della Federazione Mondiale per la Salute Mentale. »

« Non significa niente: mi hai detto che è una signora di una certa età. »

« Sulla sessantina » puntualizzò.

« È probabile che arrivata a quel punto della propria vita avvertisse l'esigenza di sentirsi dire certe cose... e la paziente ne ha approfittato. »

Gerber non aveva considerato l'aspetto emotivo, forse perché aveva trentatré anni. Ma visto che la

Baldi si avvicinava ai settanta, la spiegazione era plausibile.

« Se io fossi più fragile e se adesso mi dicessero che una delle persone che ho perso tanto tempo fa è tornata con le sembianze di un fantasma, sarebbe molto consolante » concluse il giudice.

« Quindi, secondo lei, la Walker è stata irretita? »

« E ti stupisci? » replicò l'amica, andandosi a sedere su uno dei divani. « Là fuori è pieno di truffatori: medium, maghi, occultisti... Sono abilissimi a scovare informazioni sul conto della gente, anche i dettagli più intimi o le cose che pensiamo siano assolutamente riservate. A volte gli basta rovistare nella nostra spazzatura. Se ne servono per ordire raggiri neanche troppo sofisticati basandosi su un semplice assunto: ognuno crede ciò che ha bisogno di credere. »

« Di solito questi impostori cercano di spillarti soldi, ma qual è il movente che spinge la mia paziente? Francamente, non riesco a scorgerlo... »

« Quella donna è mentalmente instabile, l'hai detto anche tu. A mio parere, ha escogitato un inganno per ottenere attenzione e appagamento... In fondo, si trae un enorme piacere dall'idea di poter manipolare qualcun altro. »

Per raggiungere lo scopo, Hanna Hall inseriva nei propri racconti particolari della vita privata dei suoi terapisti.

«Come noi osserviamo e ascoltiamo lei, così lei ci osserva e ci ascolta. E, soprattutto, impara.»

La sorella della Walker morta prematuramente, suo cugino «Iscio» o il fatto che all'asilo di Marco i bambini portassero un campanellino alla caviglia. Anche se il libro di favole che aveva risolto il caso di Emilian restava ancora il mistero più incomprensibile: Gerber non si era mai sognato di parlare alla Hall del caso.

Ponderando attentamente quell'aspetto, sorseggiò l'acqua del suo bicchiere, quindi lo appoggiò sul tavolino di cristallo che aveva davanti a sé. Solo allora si accorse che sul ripiano c'era il disegno che il bambino spettro aveva fatto nella stanza dei giochi.

Il treno che si era trasformato in un volto malvagio. Il mostro «*Maci*», come lo aveva battezzato Emilian.

La Baldi l'aveva conservato, ma non fu questo ad attivare lo psicologo.

«Ho accennato di Emilian a Theresa Walker» rammentò. «È probabile che lei, dopo, l'abbia riferito alla nostra paziente.»

Ecco il collegamento. Ne fu sollevato. Ma avere una possibile spiegazione dei «poteri» di Hanna Hall ancora non risolveva il suo problema e ne presentava altri.

«La paziente e la Walker continuano a sentirsi, ma la collega non me l'ha detto» s'incupì. «È la prova che anche una psicologa esperta come lei si è fatta plagiare. »

« Cosa ti avevo detto? » rimarcò la Baldi.

Adesso era davvero preoccupato.

« Come dovrei comportarmi? » chiese all'amica.

« Credi che la paziente costituisca un pericolo per te o la tua famiglia? » chiese di rimando il magistrato.

« Veramente non lo so... Quella donna ha cercato di rapire un neonato, forse con l'intenzione di seppellirlo vivo. »

« Non puoi chiedere assistenza alla polizia perché non potresti accusarla di nulla e, inoltre, violeresti gravemente il vincolo di riservatezza medico-paziente. »

« Secondo Silvia, ci spia. »

« Ma non è sufficiente, non è un reato. »

Lo sapeva bene, purtroppo. « Continuo a ripetermi che non è consigliabile interrompere bruscamente una terapia d'ipnosi, ma la verità è che ho paura delle conseguenze. »

« Che genere di conseguenze? »

« Temo che ciò provocherebbe una reazione da parte sua, che la paziente diventi una minaccia. » Ci pensò su e, dopo un istante: « Il *signor Baloo* cosa avrebbe fatto al mio posto? »

« Tuo padre non c'entra, stavolta dovrai sbrigartela da solo. »

Il bastardo gli mancava, e questo lo faceva arrabbiare ancora di più.

« L'investigatore amico della Walker ha detto che in Australia ci sono due donne sui trent'anni che si chiamano allo stesso modo... Una di loro è una biologa marina di fama internazionale. »

« E questo che c'entra? »

« Pensavo a questi due esseri umani con la stessa età e lo stesso nome che invece hanno destini tanto diversi, tutto qui. Se io non fossi stato il figlio di mio padre, forse non avrei fatto lo psicologo e adesso non mi troverei in questa situazione. »

La Baldi si alzò dal divano e andò a sedersi sul bracciolo della sua poltrona. « Aiutare quella sconosciuta non risolverà il problema che hai con lui, qualunque esso sia. »

Pietro Gerber sollevò lo sguardo su di lei. « Fino all'età di dieci anni, la mia paziente ha vissuto insieme ai genitori naturali: hanno abitato in molti posti, cambiando spesso identità. Poi è accaduto qualcosa: la donna ha parlato di una 'notte dell'incendio' in cui la madre le ha fatto bere 'l'acqua della dimenticanza'. L'evento deve aver interrotto di colpo i rapporti con la famiglia d'origine e lei è andata a vivere in Australia, diventando per tutti Hanna Hall. »

Sentendo pronunciare per la prima volta quel nome, la Baldi s'irrigidì e Gerber se ne accorse.

« Cosa sei venuto a chiedermi? » domandò, sospettosa.

« Suppongo che vent'anni fa Hanna sia stata tolta ai genitori naturali, forse esiste una documentazione che spiega il motivo. E magari qualcuno si è anche occupato della storia dell'omicidio del fratellino. »

« Quella storia è una balla » sbottò il giudice. « Svegliati Pietro, non c'è stato alcun omicidio: quella donna ti sta raggirando. »

Ma Gerber non aveva voglia di rassegnarsi, perciò proseguì imperterrito: « I genitori naturali le permettevano di scegliere come chiamarsi, perciò ha avuto molti nomi mentre era in Italia. Hanna Hall è l'identità che ha assunto solo quando è arrivata in Australia. Perciò suppongo che all'età di dieci anni sia stata adottata da una famiglia di Adelaide ».

« Che ci fai qui a quest'ora? » lo interruppe la Baldi. « Perché invece non sei a casa con tua moglie e tuo figlio? »

Ma lui non l'ascoltava: « Ovviamente, le mie sono soltanto illazioni. Per saperlo con certezza avrei bisogno di un'autorizzazione a consultare i fascicoli riservati del tribunale dei minori ».

Erano i cosiddetti « Modello 23 », dedicati ai casi di adozione più delicati. Ma questo il magistrato lo sapeva bene.

La Baldi trasse un profondo respiro, quindi si avvicinò a un antico scrittoio. Prese una penna e vergò qualcosa su un foglio, quindi lo porse a Gerber.

« Mostra questo all'impiegato della cancelleria: ti farà fare tutte le ricerche che vuoi. »

Lo psicologo prese il foglio, lo ripiegò e se lo mise in tasca. Si congedò ringraziando la vecchia amica con un semplice cenno del capo, senza avere il coraggio di aggiungere altro né di guardarla negli occhi.

Quando uscì dal palazzo della Baldi, aveva smesso di piovere. Una nebbiolina gelida saliva dall'Arno e invadeva le strade deserte, rendendo impossibile vedere oltre tre o forse quattro metri di distanza.

Da qualche parte sopra di lui, l'antica campana della Torre di Arnolfo suonò la mezzanotte. I rintocchi s'inseguirono per le strade di Firenze fino a dileguarsi nel silenzio.

Gerber s'incamminò lungo Ponte Vecchio. I suoi passi riecheggiavano metallici nella quiete ovattata. Le botteghe orafe erano chiuse, le insegne dei negozi spente. I lampioni dell'illuminazione pubblica apparivano e sparivano come opachi miraggi di luce – come anime antiche e cortesi, erano l'unica guida in mezzo al nulla bianco. L'addormentatore di bambini le seguiva per non perdere l'orientamento ed ebbe anche la tentazione di ringraziarle.

Superato il ponte, entrò nel dedalo delle stradine

del centro storico. L'umidità si insinuava sotto i vestiti, strisciando sulla pelle. Gerber si strinse nel Burberry per contrastare il freddo, ma fu inutile. Allora per scaldarsi accelerò il passo.

Dapprima le note giunsero in ordine sparso, da lontano. Ma quando iniziarono ad avvicinarsi, cominciò a metterle insieme e nella sua mente riprese forma una dolce melodia che gli sembrava di conoscere. Rallentò per sentirla meglio. Qualcuno aveva messo su un vecchio disco. La puntina scivolava nel solco di vinile. Pietro Gerber si bloccò del tutto. Adesso le note arrivavano e sparivano, a folate. Insieme a esse, due voci un po' distorte... ma familiari.

L'orso Baloo e Mowgli intonavano *Lo stretto indispensabile*.

Uno scherzo di cattivo gusto. O forse soltanto uno scherzo cattivo. Mentre il gelo gli penetrava fino al cuore, pensò a chi potesse esserne l'artefice. Si guardò intorno: chi si stava facendo beffe di lui era nascosto nel lattiginoso oblio. Pensò subito a suo padre. E dall'inferno riaffiorarono le ultime parole che gli aveva detto – l'amaro rigurgito di un moribondo.

Ma prima che potesse razionalizzare ciò che gli stava accadendo, la musica sparì d'improvviso. Però il silenzio non fu liberatorio, perché adesso Pietro Gerber temette di averla sentita solo nella sua testa.

20

Saliva le scale del tribunale sostenendosi alla balaustra di ferro, le gambe pesanti per la stanchezza del-
l'ennesima notte di veglia. Da almeno un paio di
giorni dimenticava di radersi, ma se n'era accorto
solo dalla reazione del figlio quando aveva cercato
di dargli un bacio per salutarlo prima di uscire.
Mentre sfilava davanti a Silvia, lei lo aveva osservato
con crescente preoccupazione. Lo sguardo muto di
sua moglie era più sincero di qualsiasi specchio.
Quella mattina, chiuso in bagno, aveva preso una
pillola da 10 mg di Ritalin nel tentativo di smorzare
i postumi dell'insonnia. Il risultato era che se ne andava in giro come in un sogno a occhi aperti.

Alcuni terapisti lo chiamavano « effetto zombie ».

Giunto nell'ufficio della cancelleria, riconobbe
l'impiegata che di solito presenziava alle udienze
della Baldi: una donna sulla cinquantina non troppo alta, con una perfetta acconciatura di capelli
biondi e occhiali da vista assicurati con una catenel-
la dorata intorno al collo.

Le mostrò il foglietto che gli aveva consegnato il
magistrato la sera prima.

« Il caso risale all'incirca a vent'anni fa » spiegò. « Una bambina di dieci anni senza nome che poi ha assunto l'identità di Hanna Hall. Dovrebbe essere stata adottata da una famiglia di Adelaide, in Australia. »

L'impiegata studiò l'appunto del giudice, quindi sollevò lo sguardo sul volto stanco di Gerber. Forse si stava domandando se si sentisse bene.

« Un Modello 23 » disse, con tono sospettoso.

« Già » le confermò lo psicologo, senza aggiungere altro.

« Controllo sul terminale » affermò la donna prima di sparire nella stanza accanto, dove venivano raccolti i fascicoli d'udienza.

Nell'attesa, Gerber si sedette davanti a una delle scrivanie, domandandosi quanto tempo ci volesse. Era andato lì molto presto sperando di sbrigarsi in fretta. In effetti, non ci volle molto.

La donna tornò da lui dopo dieci minuti, ma a mani vuote.

« Nessun Modello 23 con quel nome » annunciò.

Gerber non se ne capacitava, era convinto che, dopo la « notte dell'incendio », Hanna fosse stata data in adozione all'estero.

« Ha controllato bene? »

« Certo » rispose l'impiegata, anche un po' stizzita. « Non risulta alcuna bambina italiana che sia stata affidata a una famiglia straniera assumendo poi l'identità di Hanna Hall. »

Pietro Gerber si sentì fiacco. La visita serale alla Baldi era stata del tutto inutile. In più, un nuovo nodo si aggiungeva alla ragnatela di misteri che circondava la paziente.

Sembrava che il passato di Hanna Hall fosse un segreto custodito soltanto nella sua memoria. Se voleva conoscerlo, doveva entrare di nuovo nell'oscurità della sua mente.

Lasciato il tribunale, l'ipnotista decise di recarsi subito allo studio. Giunto sul pianerottolo, si arrestò. Qualcuno lo attendeva celandosi nella penombra. Avanzò piano e la vide: Hanna Hall era seduta per terra, rannicchiata in un angolo accanto alla sua porta. Stava dormendo ma, per un attimo, gli sembrò che avesse perso i sensi.

A trarlo in inganno, il livido che le ricopriva il lato destro della faccia e che comprendeva l'occhio, la tempia e parte della guancia. Gerber si accorse che la cinghia della borsetta era staccata. Anche i vestiti della donna erano lacerati e le si era rotto un tacco.

« Hanna » la chiamò sottovoce, scuotendola dolcemente.

Lei si svegliò comunque di soprassalto, sgranando gli occhi e ritraendosi spaventata.

« Non abbia paura: sono io » cercò di tranquillizzarla.

La donna ci mise un po' a capire di non essere in pericolo.

« Mi scusi » disse poi, mentre cercava rapidamente di ricomporsi, imbarazzata dal fatto di essere stata sorpresa in quello stato. Col dorso della mano si ripulì l'angolo della bocca da cui era scivolato un rivolo di saliva e si sistemò i capelli che le erano ricaduti sulla fronte ma, in realtà, cercava solo di coprire la tumefazione.

« Che le è successo? » domandò lo psicologo.

« Non lo so » rispose. « Credo che mi abbiano aggredita. »

Gerber soppesò l'informazione, stupito. Chi aveva potuto farle una cosa del genere e perché?

« È accaduto mentre veniva qui stamattina? »

« No, è successo ieri sera, dopo le undici. »

Gerber si rese conto che la donna aveva trascorso lì tutta la notte. Non si chiese come mai non fosse tornata in albergo, perché ripensò al vecchio disco che risuonava per le strade deserte di Firenze. *Lo stretto indispensabile*.

« Vuole raccontarmi come è andata? »

« Sono uscita dall'hotel Puccini, avevo finito le sigarette e cercavo un distributore automatico. C'era una nebbia fittissima e credo di essermi persa. Dopo un po' ho sentito dei passi vicino a me. Qualcuno mi ha afferrata, strattonandomi e facendomi cadere. Ho sbattuto la faccia a terra, credevo volessero rapinarmi ma l'aggressore si è allontanato di corsa. Non ricordo altro.» Fece una pausa. «Ah, sì» aggiunse. «Quando mi sono ripresa, in mano avevo questo...»

Aprì il palmo per mostrare il piccolo oggetto a Gerber.

Un bottone nero.

Lo psicologo lo prese e lo analizzò. Pendeva ancora da un filo scucito.

«Dovremmo andare alla polizia» disse.

«No» rispose immediatamente Hanna. «Non voglio, la prego.»

Gerber si meravigliò della reazione esagerata. «Va bene» acconsentì. «Però entriamo nello studio: dobbiamo fare qualcosa per quel livido.»

L'aiutò a rialzarsi e, dopo aver aperto la porta, la sorresse lungo il corridoio. A parte la botta in testa, Hanna zoppicava. In più, dava l'impressione di essere sotto shock. Gerber le cingeva un fianco e, da così vicino, sentiva un odore caldo esalato dal solito maglione nero. Non era sgradevole. C'era qualcosa di dolce in fondo al misto di sapone scadente, sudore e sigaretta. La fece accomodare sulla sedia a dondolo.

«Ha nausea, emicrania?»

«No» rispose lei.

«Meglio così» le disse. «Vado a procurarmi qualcosa per quella contusione.»

Scese al bar all'angolo e tornò poco dopo con del ghiaccio sbriciolato dentro un tovagliolo. Hanna si era accesa la prima Winnie ma, mentre se la portava alle labbra, Gerber si accorse che la mano le tremava molto più di prima.

«So come farle avere una prescrizione» disse, immaginando che fosse in astinenza da farmaci.

«Non c'è bisogno» rispose l'altra, cortese.

L'ipnotista non insistette. Si inginocchiò davanti a lei e, senza chiederle il permesso, le sollevò il mento con la punta delle dita e si accostò per esaminare meglio il livido. Le accarezzava il viso facendola voltare ora a destra, ora a sinistra. Hanna lo lasciava fare, intanto però cercava i suoi occhi. Lui finse di non accorgersene, ma l'imprevista intimità cominciò a turbarlo. Sentiva il solletico del suo fiato sul volto ed era sicuro che lei provasse la stessa sensazione. Appoggiò delicatamente l'impacco col ghiaccio sul punto esatto. Hanna reagì con una smorfia di dolore, ma poi i lineamenti tornarono gentili. Lo fissò con i suoi malinconici occhi azzurri, cercando qualcosa nel suo sguardo. Gerber la ricambiò, poi le prese la mano e la mise sull'involto al posto della propria.

«Tenga premuto» si raccomandò mentre si rialzava frettolosamente, mettendo così fine a ogni contatto.

Hanna invece si afferrò al suo braccio. « Sono tornati... Non so come, ma mi hanno trovato... »

Osservando la sua espressione di terrore, l'ipnotista fu costretto a chiedersi ancora una volta se era sincera o si trattava dell'ennesima performance di un'abile manipolatrice. Decise di affrontarla direttamente.

« Hanna, lei sa chi è stato ad aggredirla stanotte? »

La donna chinò il capo. « No... Non lo so... Non ne sono sicura » tergiversò.

« Ha detto 'sono tornati', quindi erano più d'uno » la incalzò.

La paziente non confermò, si limitava a scuotere la testa in cerca di una risposta.

« Che significa che l'hanno trovata? Qualcuno la stava cercando? »

« L'hanno giurato tutti e tre... »

Gerber cercava di interpretare le frasi sconnesse. « Un giuramento? Non capisco... Chi? Gli estranei? »

Hanna lo guardò di nuovo. « No: il Neri, Lucciola e Vitello. »

I tre nomi sembravano venire fuori da una fiaba di paura.

« Ha già incontrato queste persone in passato? »

chiese l'ipnotista, nel tentativo di comprendere meglio.

« Ero piccola. »

Gerber aveva intuito che la conoscenza risaliva ai trascorsi di Hanna in Toscana. « Non posso sottoporla a una seduta oggi » disse senza esitare. « Non dopo ciò che le è successo stanotte. »

« La prego » lo supplicò la donna.

« La sua psiche è molto provata, non sarebbe sicuro. »

« Sono disposta a correre il rischio... »

« Il rischio di cui parla è quello di incidere più profondamente il ricordo emotivo di ciò che è accaduto. »

« Non mi interessa, facciamolo. »

« Non posso portarla là sotto e lasciarla sola insieme a quei tre... »

« Devo trovarli prima che loro trovino di nuovo me. »

Le parole della donna erano così accorate che non se la sentì di replicare oltre. Si frugò in tasca e prese il bottone nero che forse Hanna aveva strappato a chi l'aveva aggredita quella notte.

« D'accordo » disse Gerber, lanciandolo per aria e riprendendolo al volo.

21

È un'estate torrida nella palude. Fa così caldo che di giorno non si può quasi stare all'aperto. Verso le due del pomeriggio, poi, tutto si ferma e diventa silenzioso. Anche le cicale smettono di cantare. Si sentono solo le piante che parlano fra loro usando una lingua segreta, fatta di fruscii. Di notte sul pelo dell'acqua stagnante si intravede una luce verdastra. Papà dice che è il metano rilasciato dalle radici sommerse degli alberi palustri. Il metano è bello da vedere ma ha un odore insopportabile. A parte la puzza, dalla palude salgono nuvole di zanzare e se ci capiti in mezzo non hai scampo. Ci sono anche le bisce che strisciano nell'erba e lunghissimi lombrichi che scavano la terra.

Nessuno vuole vivere in una palude. A parte noi.

Mi chiamo Bella e la casa delle voci stavolta è una chiesa. Mamma dice che le chiese sono posti dove la gente va per cercare Dio. Ma noi non lo abbiamo trovato quando siamo arrivati. Forse perché la nostra chiesa è abbandonata da moltissimo tempo. Papà dice che sta qui da almeno cinquecento anni. So che sono tanti perché nessuno di noi vivrà cinquecento anni. Almeno non in una sola vita.

Quando siamo arrivati, la chiesa era piena di fango. Ci abbiamo messo un sacco a ripulirla. Ma poi, quando è venuto fuori il pavimento, era fatto di piccole pietre dai mille colori. Erano ritratti di persone, simili ai puzzle. Alcuni avevano in testa un cerchio bianco. Io mi sono divertita a pulire tutto per bene, perché volevo scoprire quali altri disegni si nascondevano là sotto. Papà mi ha lasciato fare ma ha detto anche che era inutile, perché con l'autunno la palude si sarebbe ripresa la nostra chiesa. E si sarebbe riempito tutto di nuovo di acqua e di fango.

In autunno, però, noi saremo già andati via.

La chiesa ha un campanile, ma noi non possiamo suonare la piccola campana. Gli estranei ci sentirebbero e verrebbero qui.

Mi piace questo posto e piace anche a Ado. Accanto alla chiesa c'è un cimitero. Ci sono tante croci di ferro e anche lapidi. Però molte sono fuoriuscite dal terreno e adesso sono riverse per terra. Io, mamma e papà abbiamo scelto una tomba per Ado, la più bella. Penso che starà bene qui.

Lo veglia un angelo di pietra.

Ho trovato un libro nella chiesa. Non l'avevo mai visto prima. Si chiama Bibbia. Mamma dice che è molto antico. È pieno di storie. Alcune sono interessanti, altre sono strane. Per esempio c'è quella su Gesù detto il Cristo che è la più lunga. Poi c'è un tale che ha tantissimi figli e c'è scritto anche come finirà il mondo. Quella che mi è piaciuta di più, però, parla di un'arca costruita tanto tempo fa per salvare tutti gli animali quando il mondo fu ricoperto dagli oceani. Nel libro ci sono un sacco di regole ma non sono menzionati gli estranei. Una delle regole che mi piace di più la dice proprio Gesù detto il Cristo.

«Amatevi gli uni gli altri come io ho amato voi.»

Io amo mamma, papà e Ado. E loro mi amano, questo è sicuro. Non ho capito a cosa servono le regole del libro. Però è proprio a causa loro che le cose sono peggiorate.

Sto camminando con la mia bambola di pezza lungo un sentiero. Raccogliamo le more e le mettiamo in un cesto così mamma ci preparerà una crostata.

Le mie dita sono rosse di succo e anche le mie labbra, perché ne ho mangiate un po'. Sono così presa da ciò che sto facendo che non mi accorgo di niente.

« Ehi, bambina. »

La voce che ha parlato sembra uscita da un pozzo o da una caverna. Mi volto subito e lo vedo. Il vecchio è seduto sul muretto di pietre, sta arrotolando del tabacco in una cartina. Anche papà lo fa ogni tanto. Il vecchio ha i capelli grigi e, secondo me, non si lava da un po'. La sua pelle è screpolata e a chiazze rosse. Non ho mai visto un vecchio da vicino. Mamma mi ha spiegato cosa succede alle persone quando passa il tempo. Ma non immaginavo che diventassero davvero così grinzose.

Il vecchio indossa un paio di jeans, scarpe di cuoio e una camicia a scacchi aperta sul davanti. I suoi vestiti sono pieni di rammendi e di macchie. Tiene accanto a sé un bastone e i suoi occhi sono strani. Le pupille sono due biglie bianche.

« Ehi, bambina » ripete. « Sai dove posso trovare un po' d'acqua? Per favore, ho molta sete... »

Lo guardo e capisco che, invece, lui non può vedermi. Può solo sentirmi. Per questo sto zitta e ferma e spero che pensi di essersi sbagliato, che in realtà non c'è nessuno lì in giro.

« Dico a te » insiste. « Ti hanno mangiato la lingua, per caso? » Poi scoppia in una grande risata.

« Un cieco e una bambina muta: che bella coppia che siamo. »

Non so che fare. La quarta regola dice che non dovrei avvicinarmi e nemmeno farmi avvicinare da lui. Ma il vecchio non mi sembra una minaccia. È solo brutto come un vecchio. Anche i rospi della palude sono brutti, ma sono divertenti. Perciò non dovrei giudicare dalle apparenze. E poi posso sempre scappare, non mi può certo rincorrere.

« Sei vero? » domando, tenendomi sempre a distanza.

« Scusami, non so cosa intendi... »

« Sei una persona vera o sei uno spettro? » Ho già fatto l'errore con la mia amica del giardino, non voglio cascarci di nuovo.

Il vecchio fa una smorfia, è interdetto. « Uno spettro? Diamine, no » esclama. Poi scoppia di nuovo a ridere. La risata diventa tosse. Per smettere, sputa per terra. « Perché credi che sia uno spettro? »

« Da quando sono nata, non ho visto molte persone in realtà. »

Il vecchio riflette su ciò che ho appena detto. « E abiti qua vicino? »

Non dico nulla.

« Fai bene a non rispondere, brava. Scommetto che i tuoi genitori ti hanno insegnato a non dare retta agli sconosciuti. Bene... Devi fidarti soltanto di mamma e papà. »

« Come la conosci? »

« Cosa? »

« La regola numero uno... »

« In verità, conosco tutte le regole » afferma, ma non gli credo.

« Allora dimmene un'altra... » lo metto alla prova.

« Vediamo un po'... » Il vecchio ci pensa su. « C'è anche una regola che dice che non devi rivelarmi il tuo nome, giusto? »

Come ha fatto? Sono meravigliata. Allora è sincero.

« Vorrei venire a casa tua e bere un po' d'acqua, se non ti dispiace. »

« Non posso portarti a casa mia » gli rispondo, gentile.

« Cammino da un giorno intero e non ho bevuto nulla. » Prende dalla tasca un fazzoletto sporco e se lo passa sul collo sudato. « Se non bevo, morirò. »

« Mi dispiace se muori, ma non posso aiutarti. »

« La Bibbia dice che bisogna dare da bere agli assetati, non sei andata al catechismo? »

Non posso crederci: « Anche tu hai letto il libro? »

Altra risata. « Certo che sì! »

« Allora sai anche a cosa serve? »

« Ad andare in paradiso » risponde il vecchio. « Nessuno te ne ha mai parlato? »

Mi vergogno perché è proprio così.

« Il paradiso è un posto bellissimo dove vanno le

persone buone alla fine dei loro giorni. Invece i cattivi vanno all'inferno e bruciano per l'eternità. »

« Io sono buona » dico subito.

« Se è così, allora dovrai darmi da bere. »

Mi tende la mano. Non so come comportarmi. Faccio un passo verso di lui ma poi ci ripenso. Lui lo capisce.

« D'accordo, facciamo così » dice il vecchio. « Tu cammina e io ti seguo. »

« Ma come fai se non puoi vedermi? »

« Le mie orecchie vedono meglio dei tuoi occhi, te l'assicuro. »

Quando arriviamo nei pressi della chiesa, i nostri cani iniziano ad abbaiare. Mamma sta facendo il bucato. Da lontano si accorge di noi e si ferma. Dalla sua faccia non si capisce cosa pensa. Chiama papà che arriva subito e guarda anche lui nella nostra direzione. Spero non siano arrabbiati con me.

« Salve » saluta il vecchio con un sorriso ingiallito. « Ho incontrato questa graziosa bambina che è stata così gentile da portarmi qui. »

Mi piace che dica a mamma e papà che sono « graziosa ». Anche se in realtà non può saperlo, perché non ci vede. Loro saranno di sicuro orgogliosi del complimento. Però dalle loro espressioni non pare. Piuttosto, sembrano preoccupati.

« Cosa cerchi? » domanda papà, il suo tono non mi piace.

« All'inizio mi serviva solo dell'acqua ma, adesso che ci penso, vi chiederei anche la cortesia di passare la notte qui. Non darò fastidio, mi basta un posticino tranquillo. »

Mamma e papà si guardano.

« Non puoi stare qui » dice mamma. « Devi andartene. »

Sono delusa da quella risposta. Che male può fare questo povero vecchio? Mamma non vuole venire in paradiso con me?

« Vi prego » supplica il cieco. « Ho camminato tanto e ho bisogno di riposare... » Poi si mette ad annusare l'aria come un cane. « E poi sento che sta per arrivare un temporale. »

Chissà se anche papà oggi ha sentito la pioggia nel vento.

« Domani mi rimetterò in cammino molto presto » promette il vecchio. « Fra due giorni devo riunirmi con i miei due figlioli che non vedo da tanto. »

Mi dico che è bello che lui abbia una famiglia. Chi ha una famiglia non può essere cattivo. Ma all'ultima frase del vecchio, sulle facce di mamma e papà scorre un'ombra.

« C'è la panzanella per cena » dice mamma, rompendo gli indugi.

« Andrà benissimo, grazie » risponde il vecchio, tutto contento.

Io e la mamma apparecchiamo la tavola al centro dell'altare. Quando inizia a fare buio, distribuiamo in giro quasi tutte le candele che abbiamo trovato nella sagrestia il giorno che siamo arrivati. È così bella quest'atmosfera, sembra una festa. Non abbiamo mai avuto un ospite per cena prima d'ora, ho il cuore in subbuglio.

Il vecchio si è messo in fondo alla navata a fumare. Papà si è avvicinato per parlargli, non so che si sono detti. Il timore che ho notato prima sul volto dei miei genitori è passato. Ma loro sono strani lo stesso.

Ci sediamo a tavola. Papà ha stappato un fiasco di vino che teneva da parte e mamma porta le scodelle con il pane inzuppato. Il profumo di basilico è delizioso.

« È ottima » afferma infatti il vecchio. « Non ci siamo detti i nostri nomi » fa notare.

Io aspetto che siano mamma e papà a rispondere per primi su quest'argomento, ma loro non dicono nulla.

« Io comunque sono *il Neri*. »

Ancora una volta, i miei genitori si guardano. E

allora intuisco che loro sanno chi è. Non so come, ma lo sanno.

A tavola parlano così poco, si sente solo la voce del vecchio che rimbomba nella chiesa. Ha tutta l'aria di uno a cui piace chiacchierare. Non è noioso, anzi ha molte cose da raccontare. Anche lui è un viandante, ha viaggiato tanto. A differenza di noi, dà l'impressione di aver visitato tutto il mondo. Racconta di luoghi lontanissimi di cui ho letto solo nei libri. Da come li descrive, sembrano magnifici. E io mi chiedo come faccia a conoscere così tanti particolari se è cieco.

Papà gli sta versando altro vino quando il vecchio gli afferra il polso. «Non so perché... ma mi sembra di aver già vissuto tutto questo» afferma. «In un sogno forse...» Ride. «Non è che per caso ci siamo già incontrati da qualche parte?»

«No» dice subito papà. «Non credo proprio» aggiunge, sicuro.

«Eppure ho questa sensazione.» Poi il vecchio si fa serio: «E di solito non mi sbaglio su certe cose...» Annusa di nuovo l'aria: «Avete un odore familiare».

Proprio mentre lo sta dicendo, un tuono entra nella chiesa. Uno spiffero agita la fiamma delle candele e le ombre iniziano a danzare sulle pareti.

«Forse è il caso di andarsene a letto» dice mamma. «Noi dormiamo nella canonica, tu puoi arrangiarti qui.»

«Certo: starò comodissimo, grazie» risponde il Neri, cortese.

Io, mamma e papà dormiamo nella stessa stanza, al secondo piano della piccola canonica: loro sul lettone, io su un materasso per terra. La notte si illumina di lampi. Piove a dirotto. Bene, forse il temporale si porterà via il caldo. I tuoni mi piacciono. Mi piace contare il tempo che distanzia il fulmine dal rumore, così so se le nuvole si avvicinano o si allontanano.

Mamma e papà forse già dormono, io invece non ci riesco. La novità di oggi mi ha scombussolata. In mezzo al frastuono, mi sembra di sentire qualcosa. È la voce del Neri. Non si capisce bene, le frasi arrivano a frammenti. L'unica cosa che mi è subito chiara è che sta parlando con qualcuno. Mi alzo per andare a vedere, faccio piano per non svegliare mamma e papà. Arrivo alle scale che portano di sotto e guardo in basso, nell'oscurità. Le voci affiorano dal buio, come i cadaveri dei rospi nello stagno. Adesso sono molto più nitide, ma non si capisce lo stesso. Oltre al vecchio, appartengono a un uomo e una donna. Parlano sottovoce, forse non vogliono disturbare. Poi tacciono improvvisamente.

Chissà chi sono queste persone, mi domando. E me ne torno a letto.

Stavolta mi addormento. Ma prima che sprofondi nel sonno pesante, un suono viene a svegliarmi. Un lamento. Mi tiro su e mi guardo intorno. Ha smesso di piovere e la canonica è silenziosa. Ma non l'ho immaginato, l'ho sentito veramente. Il lamento ricomincia. Avevo ragione. Qualcuno sta piangendo di sotto. Allungo un braccio per svegliare papà, ma la mia mano ricade sul cuscino vuoto. Mi alzo e vedo che nel lettone non c'è nessuno. Si sono alzati? Dove sono andati senza di me? Vado verso le scale, seguendo quel pianto sommesso. Non mi sembra la voce di mamma o papà. Che sta succedendo? Prima di andare a controllare, accendo la candela che sta sul comodino. Scendo lentamente i gradini, il cuore mi rimbalza nel torace. Ma non so ancora se devo avere paura.

Arrivata di sotto, mi accorgo che il pianto viene da qualcuno che sta proprio davanti a me. Procedo e provo a illuminarlo con la candela. La luce ambrata della fiamma rivela il vecchio Neri. È seduto su una sedia di paglia, le spalle curve, entrambe le braccia appoggiate al bastone. Singhiozzi gli squassano il petto e dagli occhi ciechi sgorgano lacrime copiose.

« Che ti è successo? » domando. « Perché piangi? » Lui sembra accorgersi di me soltanto adesso, perché smette e rivolge lo sguardo spento nella mia direzione.

« Oh, piccolina... Non sai che grande disgrazia. »

« Qualcuno ti ha fatto del male? »

Il Neri tira su col naso. « Non a me » risponde.

Penso subito ai miei genitori e il terrore mi artiglia lo stomaco. « Dove sono mamma e papà? Perché non ci sono? Dove sono andati? »

Prima di rispondere, il vecchio estrae dalla tasca il fazzoletto e si soffia il naso fragorosamente. Perché non me lo dice? Perché perde tempo?

« I miei figlioli mi hanno raggiunto prima del previsto. »

Mi guardo intorno, cercandoli. Ma non vedo nessuno. « Dove sono? » domando.

« Proprio dietro di te » mi dice il Neri.

So che dovrei voltarmi subito, ma non lo faccio. Mi giro lentamente, il buio alle mie spalle mi fa il solletico sul collo. Rimango ferma con la candela in mano davanti al muro di oscurità, cercando di scorgere qualcosa – un movimento, una forma. Percepisco dei passi. Poi li vedo apparire. Due figure umane. Una più alta, l'altra più bassa.

Il ragazzo è lunghissimo e secco. I suoi capelli sono lisci e gli scendono oltre le spalle. Gli occhi sono incavati nella fronte.

La ragazza indossa una salopette verde. Ha un trucco pesante. Fuma una sigaretta.

«Lui è Vitello, lei è Lucciola» me li presenta il vecchio. È con loro che stava parlando poco fa.

Vitello ha in mano un taglierino, se lo ripassa sul palmo come per affilarlo. Lucciola stringe un paio di forbici arrugginite. Sono circondata.

«I miei figlioli non sono cattivi» giura il Neri. «Solo che alle volte mi fanno inquietare.»

I due si guardano e ridono. Io mi volto di nuovo verso il vecchio.

«Dove sono mamma e papà?» domando e cerco di apparire determinata... Ma sento le mie parole tremare, sicuramente se ne sono accorti pure loro.

«Se vuoi rivederli, devi darci qualcosa» dice Vitello. La sua voce è sottile come la lama che impugna.

«Cosa volete? Noi non abbiamo niente.»

«Una cosa ce l'avete» interviene il vecchio. «Il tesoro.»

Mentre pronuncia quel termine, la sua voce cambia. Non è più lamentosa, è cattiva. Ma noi non abbiamo tesori.

«Ma noi non abbiamo tesori.»

«Sì che ce l'avete.»

Non è vero. «Non è vero.»

«La cassa» dice il vecchio, tranquillo. «Quella che vi portate sempre appresso.»

Non riesco a crederci. Vogliono Ado?

« Non c'è un tesoro là dentro » ribatto. « C'è mio fratello. »

I tre scoppiano a ridere. Poi il Neri solleva il bastone, lo sbatte per terra e tutti smettono.

« Dacci il tesoro e in cambio ti ridaremo i tuoi genitori. »

Sento le lacrime salirmi negli occhi. « Non posso... »

Il vecchio tace.

« Non posso, vi prego... »

Il Neri emette un grasso sospiro. « Vedi, bambina, la tua mamma e il tuo papà non sono stati sinceri con me stasera. E io mi arrabbio molto quando la gente mi dice bugie... Ma la cosa peggiore è che hanno mentito anche a te, e questo mi dispiace moltissimo. »

« A me? » Che significa?

« Loro mi conoscevano già prima di oggi. Io me lo sono ricordato, non mi sbaglio mai sull'odore della gente. Però hanno fatto finta di niente... È passato del tempo da quando stavamo tutti insieme ai tetti rossi... »

Ai tetti rossi, che vuol dire?

« Ma poi una notte sono scappati col tesoro, senza dire niente al povero Neri. »

« Io lo giuro sulla Bibbia: non è vero che c'è un tesoro. »

« Non bestemmiare! » mi sgrida il Neri.

Mi sento afferrare i capelli, una mano mi tira e mi fa cadere all'indietro. Lucciola si piazza sopra di me e mi schiaccia con tutto il suo peso, puntandomi le forbici su un occhio. Vitello si inginocchia accanto a lei e mi piazza il taglierino sotto la gola. Sento la lama che mi graffia la pelle.

«Buoni, figlioli, fate i bravi» li richiama il vecchio cieco. Ma quelli non mi lasciano andare. «Adesso la nostra amica ci dirà dov'è sepolta la cassa...»

«Nel cimitero» dico con un filo di voce e mi sento morire perché sto tradendo la fiducia di mamma e papà. Ma non so che altro fare.

«Dove nel cimitero?»

«Sotto l'angelo di pietra...»

La terra bagnata è più difficile da scavare, me l'ha detto una volta papà. Vitello però è forte e quando affonda la vanga sembra che il terreno non pesi per niente. La getta via e ricomincia da capo, è instancabile. Lucciola regge una lanterna a gas e illumina la fossa. Il Neri è seduto su una delle lapidi e mi ha preso sulle sue ginocchia. La sua tenerezza untuosa mi fa accapponare la pelle. L'angelo di pietra veglia su tutti noi, impotente come tutti gli angeli quando hai bisogno del loro aiuto.

«Ma quanto ci vuole?» si lamenta Lucciola.

« Giuro che se non c'è niente qua sotto, la sgozzo » minaccia il fratello lanciandomi un'occhiataccia.

« C'è, c'è » li rassicura il vecchio. « La nostra nuova amica ha detto la verità » afferma, accarezzandomi i capelli.

Non sono sicura che quei tre siano davvero una famiglia. In realtà, in questo momento non sono sicura più di niente. Mi chiedo solo dove siano i miei genitori. Non sapere cosa gli è capitato mi riempie di terrore. Cosa gli hanno fatto? E una volta che avranno aperto la cassa e scoperto che non c'è alcun tesoro, cosa faranno a me?

Il vecchio si accosta al mio orecchio. Il suo alito è putrido e caldo, ma mi provoca lo stesso un brivido.

« La vedova viola ti sta cercando... » mi dice. « Sei una bambina speciale, ma non lo sai. »

Ancora quella parola. « Speciale. » Non so che significa. E chi è la *vedova viola*? Cosa vuole da me?

Un rumore sordo. La punta della vanga ha urtato qualcosa. Vedo Vitello che salta nella buca e comincia a scavare a mani nude.

« Fagli luce » comanda il Neri a Lucciola.

Io non mi avvicino, rimango in braccio al vecchio. Poco dopo, sento le risate risalire dalla tomba.

« L'ho trovata » esulta Vitello.

Vedo spuntare le sue lunghe braccia. Sostengono la cassa di Ado e la depositano oltre il bordo della buca. Lucciola dà una mano al fratello per risalire.

Si voltano entrambi verso il vecchio, attendendo istruzioni.

«Apriamola» comanda il Neri. I due figlioli sorridono, soddisfatti.

Il cieco si alza e mi lascia in piedi accanto alla lapide, mentre si avvicina ai suoi compari. Li vedo armeggiare con la cassa. Vitello si serve del taglierino per grattare via la pece che sigilla il coperchio su cui è inciso il nome del mio fratellino. Quindi infila la lama in una fessura e inizia a fare leva per aprirlo.

Non voglio guardare. Non voglio vedere Ado. Non ce la posso fare. Mi chiedo come sia diventato in questi anni, cosa resti di lui dopo tanto tempo. Non ho mai visto un cadavere prima d'ora. Temo ciò che vedrò fra poco. Maledetti. Ma presto vi accorgerete che non c'è nessun tesoro. Avete solo risvegliato un bambino morto.

Il coperchio salta per aria. Mi trovo oltre le spalle dei tre e, nonostante mi sia ripromessa di non farlo, sbircio. Anche il vecchio cieco è curioso, vuole sapere.

«Allora, cosa c'è?» domanda.

Vitello e Lucciola osservano il contenuto della cassa ma nessuno di loro dice niente. Poi si avvicinano al Neri e sussurrano qualcosa.

Io vedo Ado. Il suo volto è bellissimo, ancora intatto. La morte ha avuto pietà di lui. Sembra davvero che stia solo dormendo.

L'urlo di rabbia del vecchio scuote l'oscurità. Si volta verso di me e mi fissa coi suoi occhi inutili. In fondo a quello sguardo bianco, io vedo l'inferno. Capisco che non avrò un'altra occasione per fuggire. Mi giro e inizio a correre, tuffandomi nel buio.

Sento la mano del vecchio che mi afferra il braccio sinistro. Le sue unghie affondano nella mia carne. Vorrei urlare ma trattengo il fiato, ne ho bisogno. Riesco a svincolarmi, ma i suoi artigli mi lasciano un graffio profondo.

«Prendetela, non fatela scappare!» ordina, rabbioso, ai suoi figlioli.

Li sento scattare dietro di me, provare a inseguirmi. Vitello e Lucciola con la lampada a gas. Ma non ce la faranno a prendermi. Uno di loro inciampa e cade, l'altro prova a tenere il mio passo ma sono troppo veloce. Veloce come una lepre, dice sempre papà. Dopo un po', non ci sono più urla e passi dietro di me. Sento solo il mio respiro. Solo ora mi fermo. Ansimo, le orecchie ronzano e la testa mi scoppia. Però sono sola. Mi accorgo che sono finita nella palude. I salici piangenti mi accolgono e mi tengono al sicuro.

Resto lì, in piedi. Non so nemmeno per quanto tempo. La vescica mi scoppia, ma sto ferma. Poi l'alba inizia a rischiarare il cielo e scivola tra le fronde, venendomi a cercare. So che dovrei tornare indietro, ma non so cosa mi aspetta o cosa troverò. Alla fine mi decido e m'incammino sulla strada del ritorno, pregando un dio che non conosco di risparmiarmi il dolore di aver perso tutto.

Quando arrivo nei pressi della chiesa, in lontananza scorgo papà nel cimitero, accanto all'angelo di pietra. Sta richiudendo la cassa di Ado con la pece. Corro verso di lui e vedo che ha un occhio tumefatto.

«Dove eravate?» domando, disperata.

Lui mi accarezza. «Ci avevano legati nel campanile, ma adesso sono andati via» mi dice con voce triste. Poi nota il graffio che ho sul braccio sinistro, scavato dalle unghie del Neri. «Mamma è dentro, ti farà un impacco.»

Non domando cosa gli è successo prima che quei tre mi costringessero a rivelare dov'era sepolta la cassa, e nemmeno che fine hanno fatto i nostri cani. Anche lui non mi chiede niente. Vorrei sapere qualcosa dei tetti rossi e della vedova viola, ma capisco che non parleremo mai più di questa storia. Mai più.

«Torneranno?»

«No» mi assicura. «Ma oggi ce ne andremo.»

22

Era la prima volta che Hanna Hall si riferiva a Ado
come a suo fratello.

Non c'è un tesoro là dentro. C'è mio fratello.

Gerber lo considerò un enorme progresso.

La paziente ritornò indietro dall'ipnosi al «quattro» senza che ci fosse bisogno di terminare il con-
teggio a ritroso. Fu un processo naturale, quasi liberatorio.

La parte del racconto sull'apertura della cassa di
Ado aveva scosso lo psicologo. Il risveglio di un bambino morto non doveva essere stato uno spettacolo
piacevole per la sorellina. Soprattutto se la sorellina
in questione era la responsabile di quella morte.

Hanna era convinta di aver intravisto il fratellino
con le sembianze intatte, il suo cadavere incorrotto
dal passare del tempo. Non poteva essere altro che
un espediente attraverso cui la psiche rielaborava
ciò che aveva visto realmente.

Gerber immaginava il corpicino mummificato,
annerito e scavato dai processi putrefattivi.

Scacciò quell'immagine e si concentrò su ciò che
aveva annotato sul taccuino: gli elementi da appro-

fondire come sempre nella seconda parte della seduta. Intanto stringeva ancora in mano il bottone che gli aveva consegnato Hanna prima di cominciare: l'unico indizio dell'aggressione notturna.

« Lei pensa davvero che sia stato uno di quei tre ad assalirla stanotte? Non vedo alcun collegamento con la storia che ha appena raccontato... »

Hanna non disse nulla. Si tirò su la manica sinistra, mostrando le vecchie cicatrici di tre graffi sulla pelle eburnea.

« L'ultima carezza del Neri » disse.

Poi ripeté l'operazione con il braccio destro. Sotto il maglione c'erano altri tre solchi. Il sangue si era rappreso sulle ferite, ma erano recenti.

Gerber cercò di mostrarsi imperturbabile, anche se non credeva che il cieco fosse l'artefice delle lesioni.

« È consapevole che il Neri era già vecchio quando lei era bambina? Forse non è più in vita. »

Hanna prese il pacchetto di sigarette dalla borsa. « Lei ha uno strano rapporto con la morte, dottor Gerber » affermò, prima di accendersi una Winnie.

Non si sarebbe lasciato trascinare in un'altra conversazione sui fantasmi. Doveva mantenere il controllo della situazione.

« E della vedova viola che mi dice? »

« La vedova era una strega » rispose Hanna, impassibile. « E, a detta del Neri, mi stava cercando... »

« Perché lei era una bambina speciale, giusto? » ripeté l'ipnotista.

La paziente annuì, ma ancora una volta non specificò in cosa consistesse la dote che la rendeva tale. Tuttavia, Gerber era stanco di quei discorsi.

« Poco fa ha citato il Neri che diceva: 'È passato del tempo da quando stavamo tutti insieme *ai tetti rossi*' » lesse nei suoi appunti.

« Sì » confermò la donna.

« A suo parere, cosa intendeva con quella frase? »

Hanna ci pensò su, aspirò una boccata ed espirò fumo grigio. Poi scosse il capo. « Non ne ho idea. »

L'ipnotista non ne era così sicuro. « I 'tetti rossi' è un'espressione che usavano i vecchi fiorentini per riferirsi al San Salvi, l'ospedale psichiatrico che ormai non esiste più. »

Gliel'aveva raccontato il *signor B*.: quando era bambino, gli adulti dicevano « è andato ai tetti rossi » per intendere che qualcuno era impazzito. All'epoca dell'infanzia del padre, la malattia mentale era qualcosa d'imperscrutabile. Come la maledizione di una strega, appunto.

Hanna Hall scrutò il suo volto, cercando di capire cosa intendesse con quella precisazione. « I miei genitori erano pazzi? » chiese. « Erano scappati da un manicomio, è questo che sta dicendo? »

Lo psicologo notò una certa irritazione, ma finse di non accorgersene. « Perché non mi ha parlato di quando in Australia ha cercato di rapire un neonato da un passeggino?»

Hanna si irrigidì. «Non ho mai fatto una cosa del genere» si difese.

Oh sì che l'hai fatto, pensò. «Cosa voleva fare a quel bambino?»

«Chi gliel'ha detto? È stata la Walker, vero?»

Cominciava ad agitarsi. Gerber doveva mantenere i nervi saldi, trasmettere autorità e fermezza.

«La Walker le ha mentito» esclamò, alzandosi e cominciando a camminare nervosamente per la stanza. «Io volevo salvare quel bambino...»

«Salvarlo?» Gerber era stupito dalla superficialità di quella giustificazione. «Salvarlo da cosa?»

«Da sua madre» rispose subito Hanna. «Lei gli avrebbe fatto del male.»

«E come fa a esserne certa?»

«Lo so» disse l'altra, senza nemmeno pensarci. «Per un bambino la famiglia è il posto più sicuro della terra. Oppure il più pericoloso.»

Sentendosi citare a sproposito, Gerber stava per esplodere. «Hanna, io voglio aiutarla» affermò invece, cercando di apparire sinceramente preoccupato per la sua condizione. «In lei sono evidenti i sintomi di una forma di schizofrenia» provò a spiegarle. «Ma, sicuramente, altri terapisti le avranno comunicato la stessa cosa...»

«Si sbagliavano» sbottò la donna. «Vi sbagliate tutti.»

«Ma dopo la seduta di stamane sappiamo che, verosimilmente, esiste una tara nella sua famiglia d'origine... Ora possiamo curare la sua patologia.»

La donna fumava e non si dava pace.

«Non esistono i fantasmi, probabilmente il livido sulla sua faccia e i graffi sul braccio se li è procurati da sola...» la incalzò. «Capisce che significa? È peggio che essere aggrediti da qualcuno, perché vuol dire che dal nemico che vuole farle del male non si può scappare.»

Hanna si fermò di colpo. «Neanche dagli spettri» asserì con decisione. Poi gli rivolse uno sguardo indecifrabile: era furiosa ma c'era anche una supplica nella sua espressione. «È per ciò che le ha detto suo padre, vero?»

Gerber rimase impietrito. «Che c'entra adesso mio padre?»

Hanna si avvicinò, determinata. «Le ha detto qualcosa prima di morire...»

Lui si sentì improvvisamente vulnerabile. Con la sensazione agghiacciante che quella donna riuscisse a leggergli dentro.

«Sì, suo padre le ha detto qualcosa» insistette lei. «E questo l'ha sconvolta.»

Come faceva a conoscere il segreto che lui e il *si-

gnor B. avevano condiviso sul suo letto di morte? Nessuno li aveva sentiti. E lui non l'aveva mai rivelato, neanche a Silvia.

« Non bisogna mai avere segreti con chi si ama » affermò Hanna Hall, prevedendo che stesse pensando proprio alla moglie.

Avrebbe voluto replicare che non credeva ai suoi poteri sovrannaturali, che quell'articolata messinscena poteva raggirare una come Theresa Walker, non certo lui.

« Non c'è nessun segreto: mio padre ha scelto quel momento per confessarmi che, in tutta la sua vita, non mi ha mai voluto bene. »

L'altra scosse il capo. « Non è vero: questo è ciò che ha dedotto lei... Quando le ha parlato sul letto di morte, quella che ha sentito era già la voce di uno spettro, giusto? »

Non disse nulla.

« Avanti, cosa le ha detto esattamente? »

Hanna era molto sicura di sé. Pietro Gerber ebbe l'impressione che nessuna replica sarebbe servita ad appagare la curiosità, ingorda e sfrontata, con cui la donna cercava di scavare dentro di lui. Così optò per la più semplice delle verità.

« *Una parola* » disse. « Una soltanto... Ma non la dirò mai a nessuno. »

L'addormentatore di bambini comprese una cosa

che gli era sfuggita fino a quel momento. Una cosa che lo spaventò a morte.

Hanna Hall non era lì per ricevere il suo aiuto. Quella donna era convinta di essere lì per aiutarlo.

23

Il San Salvi aveva diversi padiglioni, ognuno contrassegnato da una lettera dalla A alla P.

Per molto tempo era stato l'ospedale psichiatrico più grande d'Europa. L'anno di fondazione era il 1890 e occupava un'area vastissima di trentadue ettari. Per la moderna struttura a villaggio inserito in un ampio polmone verde, veniva ancora considerato un esempio di architettura urbana. Edificato in quella che più di un secolo prima era la periferia di Firenze, era a tutti gli effetti una città nella città, completamente autonoma: dall'approvvigionamento idrico a quello elettrico, dalla mensa alla chiesa, al cimitero.

Pietro Gerber ricordava bene la descrizione contenuta in uno dei libri di testo dell'università, che però ometteva un dettaglio.

Il San Salvi era un inferno. E, nonostante la professione che si era scelto, Gerber non aveva mai messo piede in quel posto.

Il nome « tetti rossi » che i fiorentini avevano attribuito al « ricovero dei matti » era dovuto a come apparivano da lontano gli edifici di quel mondo a parte. Un posto in cui nessuno sapeva esattamente cosa accadesse, perché una volta entrati non si usciva più.

È passato del tempo da quando stavamo tutti insieme ai tetti rossi...

La frase del Neri era eloquente. Lui, Vitello e Lucciola erano ex degenti dell'ospedale. E proprio in quel luogo avevano conosciuto i genitori di Hanna Hall. Il fatto che anche questi ultimi fossero pazienti psichiatrici non stupiva Gerber: il comportamento bizzarro, la paranoia, le manie di persecuzione erano chiari sintomi di disturbo mentale.

Dopo l'incontro con Hanna, l'ipnotista aveva deciso di recarsi al San Salvi con l'intenzione di scoprire se vi era traccia del passaggio della madre e del padre della donna.

Giunse in macchina all'ingresso principale, osservò il lugubre parco che si estendeva oltre il cancello: un muro di alberi e vegetazione per nascondere ai cosiddetti «sani di mente» la vista di quel luogo.

Gli bastò suonare il citofono perché qualcuno facesse scattare l'apertura automatica. Inserì la marcia e imboccò il sentiero asfaltato che si addentrava nel bosco.

Dopo circa un chilometro apparve il primo edificio, il corpo centrale di un'ellisse. Spense il motore, scese dall'auto e fu accolto da un silenzio desolante.

A parte qualche cane randagio, il posto era disabitato da anni.

Una legge del 1978 aveva decretato la chiusura di tutte le strutture detentive dedicate ai malati di mente, partendo dal presupposto che all'interno gli individui fossero sottoposti a trattamenti inumani e degradanti.

Finalmente, una figura spuntò da una guardiola. Un uomo tarchiato, con una divisa blu e un enorme mazzo di chiavi che gli tintinnava su un fianco.

« Pensavo che fossero quelli della manutenzione » si lamentò l'anziano custode. « Ma non credo che lei sia venuto per quel tubo rotto: perde da giorni ormai. »

« No » sorrise cordiale lo psicologo. « Sono qui in visita. »

« Mi spiace, il museo è chiuso: non potevano permettersi di pagare qualcuno che lo tenesse aperto. »

« Quale museo? » Gerber non sapeva che il San Salvi ne ospitasse uno.

« Quello dove è raccontata la storia di questo posto » affermò il custode. « Non è venuto nemmeno per questo? »

« Mi chiamo Pietro Gerber » si presentò subito, temendo di essere mandato via. « Sono uno psicologo infantile. »

Un tempo i tirocinanti venivano spediti al San Salvi per svolgere il proprio apprendistato. Pochi resistevano, gli altri di solito cambiavano mestiere. Quando si era laureato lui, però, l'avevano già chiuso.

« Uno psicologo? » chiese l'uomo, perplesso.

Sentendosi scrutato, Gerber si rese conto di non avere un bell'aspetto. « Sì » confermò.

« Che sta cercando? » L'altro era sospettoso.

« La cartella clinica di due pazienti... Mi chiedevo dove fossero finiti gli archivi. »

Il custode si mise a ridere. « Insieme a tutto il resto » rispose indicando intorno a sé. « In malora. »

Gerber abbassò involontariamente lo sguardo sulla giacca dell'uomo.

« Ha perso un bottone » disse, indicando il punto.

Il custode controllò. Poi lo additò a sua volta. « Anche lei. »

Gerber si guardò: in effetti, ne mancava uno anche al suo Burberry. Peccato che nessuno dei due somigliasse a quello che Hanna sosteneva di aver preso al suo aggressore.

Che mi succede? si disse. Improvvisamente, notava particolari a cui, in altre circostanze, non avrebbe fatto caso. Anche questo rientrava nell'ossessione che Hanna Hall aveva instillato nella sua mente.

« È venuto fin qui per niente » asserì l'anziano custode. « Se vuole, però, le faccio fare una visita esclusiva al museo... Non capita spesso di avere qualcuno con cui scambiare due chiacchiere e il mio turno oggi non passa mai. »

Dopo aver scovato la chiave giusta nel mazzo che portava appeso alla cintura, aprì una pesante porta di ferro e lo precedette in un lungo corridoio illuminato da alte finestre protette da sbarre.

Ai lati del percorso c'erano grandi pannelli pieni di fotografie. Alcune erano in bianco e nero, altre a colori. Testimoniavano le condizioni dei pazienti che vivevano lì. Era un campionario di miserie umane, uomini e donne svuotati di se stessi, naufraghi in perenne balia di una tempesta. Si trascinavano in quella non vita, sorvegliati da nerboruti infermieri. Gli psichiatri, invece, li osservavano dall'alto dei camminamenti che collegavano i diversi padiglioni, alla stregua di uno zoo. In mancanza di psicofarmaci adeguati, la terapia consisteva in un uso spregiudicato di insulina ed elettroshock.

« Si dividevano in tranquilli, spenti e agitati » spiegò il custode. « Poi c'erano i semiagitati, ma anche infermi e paralitici. C'erano gli epilettici e i sudici, con una vita sessuale promiscua. I vecchi stavano nel pensionario. »

Gerber sapeva che in posti simili finivano non solo quelli che soffrivano effettivamente di una patologia mentale più o meno grave. Ma anche chi aveva un handicap e non apparteneva a una famiglia che potesse occuparsene. Fino a qualche decina di anni prima, fra gli ospiti si annoveravano alcolisti, lesbiche e omosessuali perché appartenevano a categorie ritenute indegne di far parte della società civile. In effetti, non era difficile venire rinchiusi in luoghi come il San Salvi. E ciò valeva soprattutto per le donne. Bastava che una fosse disinibita o che qualcuno la accusasse di tenere comportamenti non in linea con la morale corrente e veniva spedita lì, di solito con il benestare dei parenti. La maggior parte delle diagnosi era scollegata da reali esigenze medico-sanitarie. Per questo, anche i vecchi soli e senza mezzi venivano ricoverati perché si lasciassero morire.

Il San Salvi era l'inferno dei poveri, per chi non poteva permettersi nemmeno di andare anzitempo in quello vero.

Il museo con la mostra permanente costituiva l'ipocrita tentativo di sanare la ferita di Firenze con quel mondo. Per questo Gerber non ce la faceva più a rimanere lì.

« Mi sono sbagliato » disse. « Il San Salvi è stato chiuso nel '78, ma le persone che cerco all'epoca erano bambini ed è escluso che stessero qui. »

Gli era venuto in mente solo adesso. Il Neri aveva mentito a Hanna dicendo che aveva conosciuto i suoi genitori ai tetti rossi. O, più verosimilmente,

Hanna aveva mentito a lui. Ma perché allora l'aveva mandato lì?

« Aspetti » lo frenò il custode. « Non è esatto... Nessuno lo dice, ma l'ospedale psichiatrico ha continuato a funzionare ancora per una ventina d'anni. Non si poteva certo sbattere per strada chi aveva passato gran parte della propria esistenza qua dentro. Non è mai stato un segreto, solo che la gente non voleva saperlo. »

Aveva ragione, Gerber non l'aveva considerato.

« Le famiglie non avrebbero accettato di riprendersi indietro i matti e quei poveracci non avrebbero saputo dove andare. »

« Allora ci sono stati altri ricoveri anche dopo il '78... »

« Questo posto è sempre stato una discarica di esseri umani... Quella legge era una bella cosa, ma il cuore della gente non si cambia con un pezzo di carta. »

Aveva ragione, anche se nessuno lo ammetteva apertamente. In quel frangente, ebbe un'intuizione. « In questi giorni è venuto qualcun altro a visitare il museo? »

« Lei è il primo quest'anno » fu la pronta risposta dell'uomo.

« E nessuno si è presentato qui per fare domande? »

Il custode ci pensò su, scuotendo il capo.

Gerber decise di dargli un indizio: «Una donna bionda che fumava parecchio...»

«Che fumava, ha detto? Forse...»

Stava per chiedergli di terminare la frase, ma quello lo precedette.

«Ogni tanto qui dentro accadono cose strane...» affermò, ma gli si leggeva chiaro in faccia la preoccupazione di non essere creduto o, ancor peggio, di passare per matto. «Non mi fraintenda, non sono uno scemo: so bene cosa pensa la gente al riguardo... Ma se lavori in un manicomio abbandonato e metti in giro certe voci, qualcuno potrebbe cominciare a sfotterti.»

«Cosa ha visto?» domandò nettamente l'ipnotista, dimostrandogli di essere disposto ad ascoltare senza giudicare.

La voce del custode si fece sottile, timorosa. «A volte li sento piangere nei padiglioni... Altre volte ridono... Ogni tanto li sento parlare fra loro, ma non si capisce mai cosa dicono... Gli piace ancora spostare le sedie: di solito, le sistemano davanti alle finestre, rivolte verso il giardino...»

Gerber non commentò, ma dovette ammettere che quel racconto faceva presa su di lui. Forse era per effetto del luogo. O forse perché ultimamente la sua razionalità era stata messa più volte alla prova.

«Perché mi sta dicendo questo?» chiese, intuendo che fosse soltanto una premessa.

« Venga, le mostro una cosa... » disse il custode.

Lo seguì e fu condotto in una stanza del museo con una parete interamente coperta da una fotografia di gruppo datata 1998. Quattro file di uomini e donne in camice bianco, ordinatamente schierati davanti all'obiettivo.

« È stata scattata il giorno della chiusura. Sono gli ultimi che hanno lavorato al San Salvi: psicologi, psichiatri, medici con diverse specializzazioni... Ieri, proprio qui davanti ho trovato tre mozziconi di sigaretta sul pavimento. »

« Che marca, se lo ricorda? » domandò subito Gerber, pensando alle Winnie di Hanna Hall.

« No, mi spiace: li ho gettati via senza controllare. »

L'ipnotista si chiese perché la paziente si fosse soffermata proprio davanti a quell'enorme foto. Si mise a scrutarne i volti come probabilmente aveva fatto lei e riconobbe un viso familiare.

L'aveva vista solo due volte. La prima una domenica da Vivoli, davanti a una coppa di gelato che si scioglieva senza che lui si degnasse d'assaggiarla, all'età di nove anni. La seconda al Careggi, nella sala d'attesa del reparto di cardiologia, mentre piangeva la fine imminente dell'uomo che lei, probabilmente, aveva sempre amato.

Adesso che Pietro Gerber la incontrava per la terza volta, apprese con stupore che quella donna era importante anche per Hanna Hall.

Al camice che indossava nella vecchia fotografia mancava un bottone nero.

24

Guidando per tornare a casa, pensava a come rintracciare la misteriosa amica del padre.

Visto che Hanna l'aveva tirata in ballo, era curioso di scoprire che ruolo le aveva affidato nella sua articolata recita. Ma non sarebbe stato facile scovarla. Non conosceva il suo nome e non era nemmeno sicuro che fosse ancora viva dopo tanto tempo.

Dopo il tramonto aveva ripreso a piovigginare e i tergicristalli spazzavano le piccole gocce, formando strisce brillanti con il riflesso delle insegne accese. Mentre ancora rimuginava, a pochi metri dalla destinazione il cervello di Pietro Gerber colse qualcosa di anomalo oltre il parabrezza e si mise in allarme.

Sotto il suo palazzo erano appostate due lanterne luminose: le luci di una volante.

Lo psicologo provò l'istinto di accelerare, nutrendo il cupo presagio che la presenza della polizia avesse a che fare con lui.

Parcheggiò e scese dalla macchina, precipitandosi verso il portone. Salì i gradini un paio alla volta, guardando sempre in alto oltre il passamano per capire a che piano si fossero fermati gli agenti.

Era il quarto. Ed era proprio casa sua.

L'uscio era aperto e riconobbe subito il pianto di Marco e la voce di Silvia che parlava coi poliziotti. Corse da loro.

« State bene? » disse trafelato, entrando in soggiorno.

La moglie teneva fra le braccia il bambino, indossavano entrambi ancora i cappotti come se anche loro fossero appena arrivati. Silvia sembrava sconvolta. Gli agenti si voltarono verso di lui.

« È tutto a posto » lo tranquillizzò uno dei due. « Non è successo nulla di grave. »

« Allora perché siete qui? »

Si avvicinò alla moglie e le diede subito un bacio sulla fronte per tranquillizzarla. Marco allungò le manine perché voleva andare in braccio al padre, Gerber lo accontentò.

« La signora sostiene che qualcuno è entrato in casa » spiegò il poliziotto.

« Non lo sostengo, è andata proprio così » protestò lei, poi si rivolse a lui: « Sono rientrata e ho trovato le tue chiavi infilate nella toppa, ho pensato che fossi tornato prima e che le avessi dimenticate lì ».

Gerber si frugò istintivamente nelle tasche dell'impermeabile, e in effetti non trovò le chiavi. Le aveva scordate davvero o qualcuno gliele aveva sottratte?

« Quando ho aperto, però, tu non c'eri » proseguì

la moglie. «Era tutto spento, tranne la luce del soggiorno. Sono venuta a controllare e ho trovato quello...»

Indicò un punto nella stanza, oltre il divano. Gerber fece un passo avanti perché il mobile impediva la visuale.

Sul pavimento era spalancato il vecchio album di famiglia rilegato in pelle. Le foto erano sparse tutt'intorno. Qualcuno si era preso la briga di toglierle dagli scomparti e di sparpagliarle.

Sembrava opera di uno spettro. Il dispetto di un'anima inquieta.

Quelle immagini risalivano alla sua infanzia. Nelle prime appariva ancora sua madre, per il resto erano il campionario della solitudine di un padre vedovo e di un figlio unico. Vacanze, Natali e compleanni in cui si avvertiva sempre la sensazione di un pezzo mancante, di un vuoto triste.

Guardandole, Gerber si rese conto che non vedeva quelle foto da anni. Anzi, molte non le aveva mai viste, rammentava giusto alcuni dei momenti in cui erano state scattate. Una volta sviluppate, erano state riposte in quell'album senza che nessuno le guardasse.

Perché adesso quei ricordi erano tornati indietro? Sembrava che qualcuno pretendesse la sua attenzione. Il *signor B.*? Gli tornarono in mente le parole di Hanna Hall.

... Quando le ha parlato sul letto di morte, quella che ha sentito era già la voce di uno spettro, giusto?...

«In casa tenete denaro, gioielli, orologi?» domandò uno degli agenti.

Silvia si accorse che il marito era troppo stordito per rispondere e lo fece lei: «Il mio portagioie è in camera da letto».

«Potrebbe controllare se manca qualcosa?» la pregò il poliziotto.

La moglie si allontanò per verificare, intanto Pietro Gerber mise Marco sul divano e si accasciò accanto a lui. Il bambino cominciò a giocare con le dita della sua mano, il padre era ancora troppo smarrito per dargli retta. Ma era anche sicuro che l'intruso non avesse portato via nulla di valore. Tuttavia, il pensiero che un estraneo avesse invaso lo spazio degli affetti più cari lo gettava in uno stato di agitazione.

«Non manca nulla» annunciò poco dopo Silvia, riapparendo nella stanza.

«Se è così, non credo ci siano gli estremi per una denuncia» intervenne uno dei poliziotti.

«Come?» Silvia era incredula.

«Non c'è nemmeno effrazione perché le chiavi erano già dentro la porta.»

«E questo allora?» replicò lei, indicando ancora le foto per terra.

«Forse qualcuno ha voluto farvi uno scherzo.»

«Uno scherzo?» ripeté lei, lasciandosi scappare una risatina nervosa. Non voleva rassegnarsi all'idea che il responsabile la passasse liscia.

«Non dico che non sia grave, ma è l'ipotesi più realistica, signora. Allora, sospettate di qualcuno?»

Alla domanda del poliziotto, Silvia rivolse lo sguardo verso il marito. Gerber distolse il proprio, sentendosi colpevole.

«No, nessuno» disse lei, ma era evidente che stesse omettendo qualcosa.

Anche il poliziotto probabilmente se ne accorse. «Non capita spesso, ma a volte certi atti di vandalismo sono solo l'inizio» affermò. Era un chiaro avvertimento.

«L'inizio di cosa?» chiese Silvia, allarmata.

L'altro tacque per un secondo di troppo prima di rispondere. «Se la passano liscia la prima volta, di solito poi ci riprovano.»

Dopo cena, approfittando della scusa di mettere a letto il figlio, Silvia se n'era andata a dormire senza aspettarlo. Era ancora scossa e forse ce l'aveva anche con lui, non poteva biasimarla.

L'aveva coperto, raccontando una balla ai poliziotti. Entrambi sapevano che la storia delle chiavi dimenticate nella toppa non era credibile. Ma era sicuramente meno imbarazzante rispetto a «Mio marito ha in cura una schizofrenica e, chissà perché, le sta lasciando invadere la nostra vita».

Silvia si era comportata come la moglie tradita che per vergogna nega pubblicamente le colpe del coniuge adultero. Ma, quando l'agente aveva domandato se sospettavano di qualcuno, nel suo sguardo erano condensati il peso dell'umiliazione e una rabbia silenziosa.

Gerber non poteva escludere che la sgradevole intrusione in casa loro fosse opera di Hanna Hall, ma non se la sentiva nemmeno di darle la colpa senza avere delle prove. Anche se la paziente faceva di tutto per trasformare ogni cosa in un mistero, non era detto che tutto ciò che gli capitava dipendesse da lei. Era proprio nella natura delle ossessioni trasformare ogni accadimento nel frutto di un inganno o di un complotto. Ma la paranoia era il primo passo verso il baratro della follia, e lui doveva rimanere lucido.

Dopo aver rassettato la cucina, si sedette al tavolo con l'album di famiglia, intenzionato a rimettere a posto le foto nei rispettivi scomparti e a riporre per sempre il raccoglitore sapendo che non l'avrebbe più riaperto. Per compiere l'operazione, fu costretto a ripercorrere momenti del passato che ormai stavano sbiadendo nella sua memoria.

Ha notato che, quando si chiede a un adulto di de-

scrivere i genitori, non ti racconta mai come erano da giovani, ma di solito tende a descrivere due vecchi?

Hanna Hall aveva ragione: rivedendo gli scatti in cui appariva insieme al padre e alla madre, Pietro si rese conto di quanto sembrassero impacciati e inesperti per via dell'età. Forse anche Marco, un giorno, si sarebbe sorpreso scoprendo che lui e Silvia avevano avuto una giovinezza.

Continuando a sfogliare le pagine con le fotografie, riemersero particolari a cui Gerber non pensava da tanto tempo. Il sorriso di sua madre, per esempio. Poiché era morta quando ancora era troppo piccolo per ricordarselo, l'unica testimonianza del fatto che fosse felice di averlo messo al mondo era racchiusa in quelle poche immagini che li immortalavano insieme nei suoi primi due anni di vita. A quanto pareva, suo padre non era dello stesso avviso, visto che aveva avvertito l'urgenza di usare gli ultimi secondi che gli restavano per fargli la peggiore delle rivelazioni.

La parola segreta del signor B.

Perché non si era portato quel segreto nella tomba? Che cosa gli aveva fatto per meritarsi un simile trattamento?

Incolpava me della morte di mamma, si disse, dando consistenza a un pensiero che covava da tanto. Non so come, ma mi riteneva responsabile della malattia che l'ha uccisa. Un po' come Hanna Hall era convinta di essere l'assassina del fratellino.

No, è peggio. Molto peggio.

Maturò la convinzione quando s'imbatté in una foto dei genitori risalente a prima della sua nascita. Su sua madre erano già evidenti i segni della malattia che se la sarebbe portata via in pochi anni. Fino a quel momento, Gerber aveva pensato che il decorso fosse stato molto più rapido.

Lei ha espresso il desiderio di avere un figlio prima di morire. Il *signor B.* si è semplicemente adeguato, pur sapendo che avrebbe dovuto crescere da solo quel bambino.

Ecco spiegato il disamore che suo padre si era sempre portato dentro. Ecco perché, prima di morire, si era voluto vendicare svelandogli il segreto che ancora Pietro non si sentiva di condividere con nessuno.

Per Gerber, quella fu una scoperta molto più atroce dell'apprendere di non essere mai stato amato, perché forse al posto del padre avrebbe provato le stesse cose nei confronti di un figlio che gli avrebbe ricordato per sempre il dolore della perdita.

Un figlio come una condanna a non dimenticare.

Non riuscì a trattenere le lacrime che iniziarono a rigargli il volto, silenziose. Si ripulì le guance con il dorso della mano, come a voler scacciare ogni debolezza. Quindi terminò di ordinare le foto nell'album.

Solo allora si accorse che ne mancava una.

Davanti allo scomparto vuoto si domandò se si stava sbagliando, perché magari lì non c'era mai stata una fotografia. L'idea che qualcuno potesse aver sottratto l'immagine intenzionalmente, però, era destinata a mettere radici nella sua testa, lo sapeva. Sarebbe stato costretto a pensarci continuamente, chiedendosi quale scena vi fosse immortalata e se avesse un significato particolare.

Tirò un pugno sul tavolo, maledicendo l'oscurità e Hanna Hall. In quel frangente, il suo cellulare cominciò a squillare.

« È troppo tardi per lei? »

« No, dottoressa Walker. Sono lieto di sentirla. »

« Dopo la nostra discussione dell'altro giorno, non ci avrei scommesso. »

« Mi dispiace d'aver alzato la voce » le assicurò. « Devo ammettere che la situazione con Hanna non è facile. »

« Speravo di sentirle dire che la terapia sta portando risultati soddisfacenti. »

« Purtroppo no. »

« È successo qualcos'altro? »

« I genitori di Hanna forse erano rinchiusi in un ospedale psichiatrico. »

« Questo spiegherebbe l'origine dei suoi disturbi mentali. »

« Sì, ma non credo sarà possibile risalire ai loro

casi: dopo la chiusura della struttura, i documenti sono andati perduti... E c'è una cosa che non torna: se Hanna ha vissuto con loro fino all'età di dieci anni...»

«Fino alla notte dell'incendio, intende? »

«Esatto... Dicevo: se è così, allora dopo sarà stata affidata a qualcun altro, altrimenti non si spiega il fatto che sia arrivata in Australia e che abbia assunto l'identità che ha adesso. »

«In Italia non esiste la prova che sia stata adottata, è questo che sta cercando di dirmi? »

«No, ma forse potrebbe verificare lì da lei. »

«Certo, lo farò sicuramente. »

«Hanna da piccola ha visto il contenuto della cassa di legno che si portavano sempre dietro. »

«Davvero? E qual è stata la sua reazione? »

«Ha descritto il povero Ado dicendo che era come se stesse semplicemente dormendo, come se la morte non l'avesse intaccato. »

«Tipico meccanismo di rielaborazione della realtà. »

«Già, l'ho pensato anch'io. »

«Altre stranezze? »

«Ha parlato di una strega. »

«Una strega? »

«Si è riferita a lei chiamandola 'la vedova viola': ha ripetuto la storia della 'bambina speciale' e ha aggiunto che per questo la strega la stava cercando. »

« La strega e gli estranei » ponderò la Walker. « Che pensa di fare? »

« Lascerei cadere la cosa: sono stufo di sentir parlare di spettri e altre cavolate paranormali. Costringerò Hanna Hall a venire allo scoperto: credo che quella donna si sia messa in testa di essere qui con lo scopo di ricostruire la verità su ciò che è accaduto a Ado ma anche di aiutarmi. »

« Aiutarla? »

« Diciamo solo che si è permessa una serie di ingerenze nella mia vita personale. »

« Sono confusa, non me l'aspettavo. »

« Stia tranquilla, sto seguendo il suo consiglio: continuo a registrare le nostre sedute e sono sempre all'erta. »

« Ottimo... Adesso la saluto, ho un paziente che mi aspetta. »

« Continua a sentirsi con Hanna, per caso? »

« No » affermò l'altra. « L'avrei informata. »

Tuttavia, Gerber ebbe la netta sensazione che non fosse sincera.

« Grazie per la chiamata, mi farò risentire quanto prima » disse.

« Un'ultima cosa, dottor Gerber... »

« Dica pure... »

« Al suo posto approfondirei la storia della vedova viola. »

« Perché? »

« Perché penso sia importante. »

Pietro Gerber stava per replicare di nuovo ma, all'altro capo della linea, Theresa Walker fece una cosa che non aveva mai fatto prima.

Si accese una sigaretta.

25

« Quindi finora avresti sempre parlato al telefono con Hanna Hall... »

Silvia stentava a credere che Hanna Hall avesse sempre finto di essere Teresa Walker e lui non se ne fosse reso conto prima, Pietro Gerber non poteva darle torto.

« Ovviamente, appena mi è venuto il sospetto ho chiamato lo studio della Walker a Adelaide... E sai cosa ho scoperto? »

« Cosa? » chiese lei, sulle spine.

« Ho parlato con la sua assistente che mi ha detto che la psicologa è in montagna, dove tiene un seminario di ipnosi ad alcuni pazienti e che non vuole essere disturbata al cellulare... A quel punto le ho lasciato il mio numero, pregandola di farmi richiamare. »

« Allora non hai la certezza che Hanna abbia finto di essere la Walker. » Silvia sembrava delusa.

Ma Gerber aveva in serbo un piccolo colpo di scena. « Quando ho domandato all'assistente se l'ipnotista per caso abbia il vizio del fumo, dopo un attimo di smarrimento, mi ha risposto che Theresa Walker detesta perfino la vista di una sigaretta accesa.»

Aveva svegliato la moglie nel cuore della notte per aggiornarla sull'inquietante novità. L'averla coinvolta li aveva riavvicinati. Adesso erano seduti al buio, l'uno di fronte all'altra, a gambe incrociate sul letto matrimoniale. Parlavano sottovoce, con prudenza, come se nell'oscurità che li circondava si celasse una presenza invisibile che poteva sentirli. Anche se nessuno dei due l'aveva ancora detto all'altro, erano entrambi spaventati.

«A questo punto, Hanna Hall potrebbe anche non essere il suo vero nome» esclamò Silvia.

Aveva ragione, non sapevano nulla di lei.

Pietro Gerber era stato costretto a tornare indietro con la memoria per ricostruire gli accadimenti degli ultimi giorni, rileggendoli alla luce della recente scoperta. La prima telefonata di Theresa Walker in cui la collega gli aveva annunciato l'arrivo di Hanna a Firenze e l'aveva pregato di occuparsi di lei. La rivelazione del probabile omicidio del fratellino Ado. Il tentato rapimento di un neonato da un passeggino commesso dalla Hall pochi anni prima. Perfino la registrazione della prima seduta a Adelaide era fasulla: forse in quella circostanza Gerber avrebbe potuto rendersi conto che era la stessa persona a parlare per entrambe, ma si era fatto coinvolgere dal racconto – *che stupido!* Per il resto, si giustificò dicendosi che non si era mai accorto che le voci di Hanna e della Walker erano simili perché con la prima parlava in italiano e con la seconda in inglese.

Lo psicologo pensò anche a tutte le informazioni che aveva fornito involontariamente alla falsa ipnotista e che avevano agevolato la recita della paziente. Le aveva anche parlato di Emilian. Ma ciò che lo faceva arrabbiare maggiormente era l'averle svelato dettagli della sua vita privata.

Su una cosa, però, Hanna Hall aveva ragione. I fantasmi esistevano realmente. Lei stessa era uno di loro. Ecco perché lui non aveva trovato documenti relativi all'adozione di una bambina italiana da parte di una famiglia di Adelaide con quel nome. Quell'identità non esisteva.

Non riuscì a trattenersi dal ridere.

« Che c'è? » chiese Silvia, irritata.

« La Walker mi ha perfino detto che ci sono due Hanna Hall in Australia, la nostra paziente e una biologa marina di fama internazionale... Per quanto ne sappiamo, quella donna non viene nemmeno da lì. »

« Smettila » gli intimò la moglie, ma anche lei trovava tragicomica la loro situazione.

Fissandosi, si fecero seri.

« E adesso che facciamo? » chiese Silvia, cercando di essere pratica.

Pietro Gerber l'ammirava per questo. Davanti alle avversità, lei non perdeva inutilmente tempo a cercare responsabilità o ad attribuire colpe: si armava di buona volontà e teneva insieme la squadra.

« Pensavo che avessi ragione sul fatto che Hanna Hall è schizofrenica, ma la tua diagnosi è sbagliata... » le disse. « Quella donna è psicopatica. »

Gerber notò che la moglie cambiava espressione. Adesso era terrorizzata.

« Non possiamo denunciarla perché non ha commesso reati e, anche se si fosse introdotta in casa nostra, non ne abbiamo le prove » affermò lui.

« Allora qual è la soluzione? »

« Intendo comportarmi come coi pazzi delle barzellette... » Detestava quella parola. Suo padre gli aveva insegnato quanto fosse degradante riferirsi in quel modo a un paziente ma, soprattutto, a un essere umano. Tuttavia, adesso il paragone era utile a esplicare il suo piano.

« L'asseconderai... » concluse Silvia, meravigliata.

« Finché non scoprirò qual è il suo vero fine » ammise lui.

« E se fosse semplicemente quello di ossessionarti e distruggerci la vita? »

L'aveva considerato ed era un rischio concreto.

« Hanna Hall ha uno scopo » disse. « Sta cercando di narrarmi una storia... All'inizio, pensavo di essere un semplice spettatore. Ora ho capito che ho un ruolo preciso, anche se non so ancora qual è.»

«Come fai a essere certo che ciò che ti ha detto finora è vero? Potrebbe trattarsi solo di un mucchio di balle...»

«Allora non ti fidi delle mie doti da ipnotista» ironizzò. «Se mentisse mentre è in trance me ne accorgerei... Hanna è capace di inserire informazioni fuorvianti nel racconto degli eventi per costringermi al dubbio o per confondermi. Come con il campanellino alla caviglia di Marco. Lo fa per dimostrarmi di avere il controllo sulla terapia e, conseguentemente, su di me. Ma credo che l'impianto della sua storia sia reale: molte di quelle cose sono accadute... Come una bambina che fantastica di streghe e di fantasmi, Hanna Hall vuole costringermi a scoprire quanto ci sia d'inventato e quanto, invece, di dolorosamente vero nella sua infanzia.»

Silvia sembrò persuadersi che ci fosse un modo per risolvere il loro problema. Ma Gerber non aveva finito. Trasse un profondo respiro: ora arrivava la parte peggiore.

«Credo che, accendendosi la sigaretta al telefono, Hanna abbia voluto svelarmi di proposito di essere la Walker.»

«Perché?» esclamò la moglie, ovviamente intimorita da quell'eventualità.

«Per mettermi paura. O forse per farmi sapere

che abbiamo a disposizione un secondo canale per comunicare. A ogni modo, continuerò la finzione per tenerlo aperto: anche se Hanna si è servita di questo trucco per carpirmi informazioni, l'alter ego della psicologa mi sembra più ragionevole della paziente. Inoltre mi ha già fornito preziose indicazioni su come condurre la terapia. »

« Intendi la storia della vedova viola? »

« Hanna usa la Walker per indicarmi la strada da seguire, perciò alla prossima seduta ripartiremo dalla strega. »

« E io come posso rendermi utile? »

« Andando dai tuoi a Livorno insieme a Marco finché io non risolvo questa cosa » le disse subito.

« Non esiste » ribatté lei, con il solito piglio combattivo. Non ora che avevano ritrovato l'armonia.

Gerber le prese la mano. Avrebbe dovuto confessarle che, senza che lui se ne accorgesse o riuscisse a opporsi, Hanna Hall gli era entrata dentro.

« Ho paura per te e nostro figlio » le disse, invece, vigliaccamente. « Ora sono certo che Hanna Hall è pericolosa. »

Silvia capì in un attimo che era una scusa, ma non aveva argomenti per opporsi: suo marito aveva deciso di non fidarsi di lei e ciò le bastava. Gerber, però, non sapeva come spiegarle che non si trattava del solito transfert medico-paziente: sentiva che qualcosa lo legava a Hanna Hall e, finché non avesse sciolto il nodo, non sarebbe riuscito a tornare quello di prima.

Silvia sfilò lentamente la mano dalla sua. La sensazione tattile che provò Gerber fu peggio di qualsiasi insulto o di uno schiaffo in pieno volto. Sua moglie si era illusa che quel discorso notturno fosse un modo per serrare le file, invece era servito solo ad arrivare a quel punto. Ora la sua reazione era di freddo distacco e lo psicologo non poteva impedirlo. Il fatto che provasse un'ossessione per una donna insana di mente rendeva insano anche lui.

«Perché ci stai facendo questo?» domandò Silvia, quasi sussurrando.

Non aveva una risposta.

La moglie si alzò di scatto e uscì decisa dalla stanza, senza degnarlo di uno sguardo. Anche così, Gerber poteva scorgere tutta la rabbia nella tensione delle spalle, nei suoi pugni chiusi. Ebbe la tentazione di fermarla, di provare a rimediare, di rimangiarsi ogni cosa. Ma ormai non poteva.

Da ciò che aveva appena fatto non si tornava indietro.

26

Si svegliò poco prima dell'alba e scoprì di essere solo nel letto. Nel momento in cui appoggiò i piedi sul pavimento, dal silenzio realizzò che in casa non c'era nessuno.

Silvia se n'era andata portandosi appresso Marco. Non li aveva nemmeno sentiti uscire.

Mentre si lavava i denti senza avere la forza di guardarsi nello specchio del bagno, ripensò a quanto era accaduto quella notte. In pochi giorni, la sua esistenza e quella dei suoi cari erano state stravolte. Se una settimana prima qualcuno gli avesse prospettato un simile epilogo, Gerber gli avrebbe riso in faccia. Si domandò quanto di quello sconvolgimento fosse opera di Hanna Hall e quanto invece fosse dipeso da lui. Perciò era giusto che adesso fosse rimasto solo. Solo con i propri demoni.

C'era ancora un modo per salvarsi. Aveva un compito da portare a termine.

Avrebbe dovuto ritrovare la donna misteriosa che suo padre aveva cercato di presentargli quando era bambino e che, come aveva scoperto solo ora, all'epoca lavorava al San Salvi. Adesso era costretto a chiedersi che importanza avesse la sconosciuta per Hanna Hall ma anche quale fosse il rapporto fra lei e il *signor B*.: avevano davvero una relazione sentimentale, come aveva creduto fino ad allora, oppure c'era qualcos'altro? Non sarebbe stato facile ottenere delle risposte, visto che di lei non sapeva niente e non aveva idea di come rintracciarla.

E poi c'era la questione della foto sparita dal vecchio album di famiglia. Se l'ha presa Hanna Hall, allora è importante, si disse.

Calcolò di aver dormito al massimo un paio d'ore. L'insonnia era così. Si sprofondava in una specie di limbo comatoso per un tempo limitato, quindi si riemergeva in uno stato semiconfusionale, senza sapere se si era svegli oppure no.

Prima di recarsi in studio, prese altro Ritalin. Per essere sicuro di rimanere vigile, stavolta aumentò la dose a due pillole.

Giunto alla grande mansarda, Gerber si diresse subito nella propria stanza. Aveva pensato a come avrebbe accolto Hanna Hall. Si sarebbe mostrato tranquillo, per nulla turbato dagli ultimi eventi. Con quell'atteggiamento le avrebbe trasmesso un messaggio chiaro. Stava al suo gioco. Era disposto a lasciarsi condurre ovunque lei avesse intenzione di portarlo. Costi quel che costi, si ripeté con convinzione.

Accese il camino, preparò il tè, ma all'orario dell'appuntamento Hanna non era ancora arrivata. Trascorsi venti minuti, Gerber iniziava ad agitarsi. Di solito la paziente era puntuale. Cosa poteva essere accaduto?

Hanna fece la propria apparizione un'ora dopo. Nonostante sui suoi vestiti ci fossero i segni della presunta aggressione subita un paio di notti prima, non aveva modificato il proprio abbigliamento. Però una novità c'era. Aveva una strana espressione, sembrava più serena rispetto alle volte precedenti.

« È in ritardo » le fece notare.

Ma, dall'aria di sufficienza di Hanna, Gerber intuì che la donna ne fosse perfettamente consapevole e che, anzi, l'avesse fatto apposta perché lui si domandasse che fine avesse fatto.

« Vedo che il livido sulla faccia inizia a guarire » le disse Gerber per dimostrarle che non gli interessava sapere dove fosse stata.

« Prima è diventato giallo e verde, poi ha iniziato a virare sul nero. Ho dovuto coprirlo con il fondotinta » rispose lei.

La donna si accomodò sulla sedia a dondolo e si accese la solita sigaretta. Si voltò a guardare fuori dalla finestra. Dopo giorni di tempesta, il sole aveva fatto capolino a Firenze. Una luce dorata dilagava nello studio, scivolando dai tetti delle case. Piazza della Signoria si nascondeva come un gioiello nel labirinto di palazzi del centro storico.

Hanna era persa nei propri pensieri e le sfuggì un breve sorriso. Gerber lo colse e qualcosa lo punse dentro. Capì che avrebbe dovuto sapere cosa o chi aveva provocato quell'attimo di insolita felicità.

«Che succede?» si ritrovò a domandare.

Hanna sorrise di nuovo. «Ieri, dopo che sono andata via da qui, ho incontrato una persona.»

Simulò disinteresse. «Bene» commentò soltanto. Invece non andava bene affatto.

«Ero in un bar e ha chiesto di sedersi con me» proseguì la donna. «Mi ha offerto da bere e abbiamo chiacchierato.» Fece una pausa. «Era da tanto che non parlavo in quel modo con qualcuno.»

«In che modo?» si stupì a chiedere, senza nemmeno sapere da dove fosse uscita la domanda.

Hanna lo fissò, fingendosi sorpresa. «Lei sa in che modo, certo che lo sa...» replicò, maliziosa.

«Sono felice che abbia fatto amicizia.» Sperò che il suo tono non suonasse troppo falso.

«Mi ha fatto fare un giro turistico di Firenze» proseguì la donna. «Mi ha portato sulla Loggia dei Lanzi da dove si può vedere l'autoritratto di Benvenuto Cellini nella nuca del *Perseo*. Poi mi ha mostrato il profilo di un condannato a morte scolpito in un muro esterno di Palazzo Vecchio, forse da Michelangelo. Infine siamo andati alla 'ruota dell'abbandono' all'Ospedale degli Innocenti, dove nel Medioevo i genitori lasciavano i figli appena nati quando non li volevano...»

Sentendo elencare le tappe del tour che fino a pochi anni prima riservava alle ragazze che voleva conquistare, Pietro Gerber fu travolto da una nuova ondata di confusione.

«Ho mentito» disse Hanna. «Mi ha detto lei di visitare quei posti, non ricorda?»

In effetti, non lo ricordava e gli sembrava impossibile. La paziente voleva dimostrargli ancora una volta di sapere molte cose su di lui e sul suo passato.

L'ipnotista si era detto disposto a disputare la partita di quella donna, qualunque fosse la posta in palio. Ma adesso si rendeva conto di non conoscere per niente il gioco perverso di Hanna Hall.

«La vedova viola» disse soltanto Pietro Gerber, annunciando il tema della seduta odierna.

Hanna lo scrutò con occhi tranquilli. «Sono pronta» affermò.

27

Mi chiamo Aurora e non voglio più stare sola.

Lo decido un giorno di fine estate, mentre gioco con la mia bambola di pezza. Sono stufa di inventare giochi in cui ci sono solo io. E mamma e papà hanno sempre troppo da fare per stare con me. La sera stessa glielo dico. Voglio qualcuno, un compagno di giochi. Un bambino o una bambina che stiano con me. Voglio un nuovo fratellino oppure una sorellina. Ado è sottoterra e non può più fare il fratello. Allora io ne voglio un altro. Lo pretendo. Mamma e papà sorridono alla mia richiesta e fanno finta di niente, sperando che mi passi. Però a me non passa e insisto. Glielo ripeto ogni giorno. Allora provano a spiegarmi che la nostra vita è già complicata in tre, in quattro sarebbe troppo dura. Ma io non mi arrendo. Quando mi metto in testa una cosa, divento assillante finché non la ottengo. Come quella volta che decisi che avrei dormito con la capra e finì che mi presi i pidocchi. Li tormento a tal punto che un giorno mi chiamano per parlarmi.

« D'accordo » mi dice papà. « Ti accontenteremo. »

Per la gioia mi metto a saltare. Ma dalla loro espressione capisco che c'è una condizione e che non mi piacerà.

« Quando papà avrà messo un fratellino o una sorellina nella mia pancia, dovremo separarci per un po' » mi spiega mamma.

« Per quanto? » domando subito col cuore che mi si spezza, perché non voglio stare lontano da lei.

« Per un bel po' » ripete soltanto.

« Perché? » Sento già che i miei occhi si riempiono di lacrime.

« Perché così è più sicuro » mi dice papà.

« La vedova viola mi sta cercando » dico. « È per questo che scappiamo sempre... »

Loro mi guardano sorpresi.

« L'ha nominata il Neri, mentre mi teneva sulle ginocchia nel cimitero. »

« E cosa ti ha detto esattamente? » chiede la mamma.

« Che la vedova viola mi sta cercando. »

« È una strega » specifica prontamente papà e guarda mamma che subito annuisce.

« La strega comanda gli estranei » aggiunge lei. « Per questo dobbiamo starle lontani. »

È deciso: avrò un fratellino o una sorellina. All'inizio sarà molto piccolo o piccola e non potrò giocarci. Ma poi crescerà e staremo sempre insieme. Non vedo l'ora. Mamma e papà non mi dicono quando avverrà. Passano i giorni ma non succede niente. Poi un mattino mamma viene a svegliarmi.

«Ti ho preparato la tua colazione preferita» mi dice. Ha una voce strana. Triste.

Ci mettiamo tutti e tre intorno alla tavola. È molto presto, fuori è ancora buio. Mentre mangio il pane caldo con il miele, vedo che mamma e papà continuano a cercarsi con lo sguardo, come se dovessero fare scorta l'uno dell'altra.

«Adesso mamma partirà» mi annuncia papà.

Non dico niente. So già tutto e ho paura di mettermi a piangere, di cambiare idea e di chiederle di non andare.

Mamma ha messo le sue cose in uno zaino e all'alba la vediamo allontanarsi dalla casa delle voci. Percorre la campagna da sola, ogni tanto si volta e ci saluta. E noi restiamo lì finché non sparisce all'orizzonte e arriva il giorno.

Il tempo passa. Passa l'autunno e poi arriva l'inverno. Io e papà ce la caviamo bene, ma mamma ci manca. Mi sento in colpa con lui. So che se non avessi fatto quella richiesta, lei sarebbe ancora qui con noi. Ma papà è buono e non me lo fa pesare.

Parliamo poco di lei, perché abbiamo paura che il ricordo peggiori le cose. Poco a poco, abbiamo imparato a fare a meno della sua presenza. Ho perfino cominciato a cucinare, ripetendo i gesti che le ho visto fare milioni di volte. Certe sere io e papà ci sediamo vicino al fuoco. Avrei voglia di sentirgli suonare la chitarra. Ma lui non la tocca nemmeno da quando non c'è più lei. Le cose belle non sono più piacevoli e ammuffiscono di malinconia.

La primavera sta finendo, io gioco nel piazzale della casa delle voci. Sto rincorrendo una mosca, sollevo lo sguardo e vedo una figura lontana che viene verso di me. Solleva un braccio come se mi conoscesse. Il sole mi abbaglia e non riesco a distinguere bene. Ma poi la vedo: è mamma. Porta una specie di marsupio legato intorno alla vita. Il suo sorriso è più radioso, i suoi occhi più limpidi. Chiamo papà e corro subito ad abbracciarla. Quando mi vede, si piega sulle ginocchia e mi stringe forte. Sento qualcosa che si muove nel marsupio. Lei apre un lembo della tela e mi mostra un bambino piccolissimo.

«Devi sceglierli un nome» mi dice. «È un maschietto.»

Tocca a me decidere come dovremo chiamarlo.

Siccome mi chiamo come una principessa, lui non può che essere un principe.

« Azzurro » annuncio, contenta.

Azzurro non sa nemmeno parlare. Provo a insegnargli le cose ma non le capisce. Sa solo dormire e mangiare e farsela addosso. Ogni tanto ride ma più spesso piange ininterrottamente. Soprattutto di notte. La notte non ci fa dormire. Credevo che sarebbe stato tutto più bello con un fratello in casa. L'unico momento che mi piace veramente è quando papà prende la chitarra e suona per farlo stare tranquillo. Da quando c'è di nuovo mamma, è tornata anche la musica. Ma le attenzioni non sono più soltanto per me. Non lo avevo considerato quando ho chiesto un fratello, forse avrei dovuto pensarci meglio perché adesso non mi va che il posto in mezzo al lettone sia solo per lui. Non mi sta bene dover dividere ogni cosa con l'ultimo arrivato. Allora un giorno decido una cosa.

Io odio Azzurro.

Se potessi tornare indietro, vorrei che papà non lo mettesse nella pancia di mamma. Siccome non è possibile andare nel passato, forse posso rimediare in qualche modo. Mamma dice che se desideri intensamente una cosa, gli spiriti te la regalano. Ecco, il mio desiderio per gli spiriti è pronto.

Voglio che mettano Azzurro nella cassa insieme a Ado.

Gli spiriti hanno ascoltato la mia preghiera perché una notte Azzurro comincia a tossire. Continua anche al mattino e va avanti così per giorni. Scotta di febbre e non vuole mangiare. Mamma e papà fanno a turno per tenerlo in braccio, perché respiri meglio. Sono esausti e li vedo che non sanno cosa fare. Mamma gli ha preparato un infuso con le erbe e impacchi caldi che gli mette sul torace. I rimedi non funzionano. Azzurro sta molto male.

« Cosa succederà adesso? » chiedo a papà una sera.

Lui mi fa una carezza e so che vorrebbe piangere. Mi guarda e mi dice: « Credo che Azzurro se ne andrà ».

Sono piccola ma so che vuol dire. Presto Azzurro finirà in una cassa. E allora dovremo portarcelo appresso come Ado. Mamma sembra più forte di papà ma io mi accorgo che sta per crollare. Mi sento in colpa, vorrei fare qualcosa. Allora supplico di nuovo gli spiriti e chiedo di risparmiare ad Azzurro e a tutti noi questo dolore. Ma gli spiriti stavolta non ascoltano.

Siccome sono stata io a far ammalare Azzurro, tocca a me rimediare. Da tempo mi dico che, se la vedova viola non mi stesse cercando, magari avremmo una vita diversa. Forse se io non ci fossi, mamma papà e Azzurro vivrebbero in una città, dove ci sono altre persone, e non avrebbero paura degli estranei. Ma, soprattutto, in città ci sono i dottori, le medicine e gli ospedali per mandare via la tosse di mio fratello. Io non voglio che Azzurro muoia. Ma so anche che mamma e papà non lo porteranno mai in città per farlo curare. Perché devono proteggermi. Io sono la bambina speciale. Allora un mattino, mentre papà è fuori a cercare altre erbe medicinali e mamma sta dormendo accanto ad Azzurro, entro in camera e prendo il mio fratellino, lo avvolgo nel marsupio come ho visto fare a mamma e me lo lego stretto addosso. Mi allontano dalla casa delle voci prima che possano accorgersene. C'è un sentiero oltre i campi e il bosco di melograni, l'ho visto sulla mappa. La linea nera conduce a un pallino rosso. M'incammino senza sapere quanto ci vorrà. Azzurro all'inizio è leggero, ma poi diventa sempre più pesante. Però devo farcela. Azzurro tossisce, ma poi si addormenta. Il suo sonno, però, è strano. È troppo tranquillo. Ma io vado avanti. Finalmente vedo la città. Non è come me l'aspettavo. Ci sono palazzi, luci, macchine. Ma è solo un grande caos. Mi addentro e subito mi rendo conto che non so dove andare. Ci sono persone – tante persone. Mi passano accanto e non mi vedono neanche. Chissà se fra loro c'è qualche estraneo. Io sono un fantasma. Cammino e mi guardo intorno. Non so che fare. Dove sono i dottori e le medicine? E dov'è l'ospedale? Mi siedo su un gradino. Inizia anche a piovere. Adesso vorrei tornare a casa, ma non so come. Mi sono persa. Vorrei piangere. Sbircio Azzurro nel marsupio, dorme ancora al riparo dalla pioggia, allora provo a svegliarlo. Ma lui non si sveglia. Allora gli metto un dito sotto al naso. Respira ancora ma il suo respiro è debole. Sembra un uccellino con un'ala rotta. Poi succede una cosa. Alzo lo sguardo e vedo mamma. Sta fendendo la pioggia e attraversando un fiume di macchine per venire a prenderci. Sono felice, mi alzo in piedi. Perdonami, penso mentre vado verso di lei. È molto agitata. Chissà se è anche arrabbiata con me.

«Non devi farlo mai più» mi rimprovera mentre mi abbraccia. È scossa, ma è anche contenta di averci trovato. Solo una mamma sa essere felice e arrabbiata nello stesso momento. Poi mi sfila il marsupio per legarselo in vita, mi prende per mano per portarmi via.

«Non voglio che Azzurro finisca nella cassa» le dico fra i singhiozzi. «Voglio che guarisca e rimanga con noi.»

Mamma sta per consolarmi, ma si blocca. Capisco che sta succedendo qualcosa perché, senza accorgersene, mi stringe forte la mano. Guardo dove guarda lei e vedo ciò che sta vedendo.

La vedova viola è dall'altra parte della strada. E ci fissa. È come se potesse vederci solo lei.

È davvero vestita di viola. Le sue scarpe sono viola. La gonna, l'impermeabile e ciò che c'è sotto. Perfino la sua borsa. Mamma non distoglie gli occhi da lei. Poi fa una cosa che non capisco. Inizia a sfilarsi il marsupio con Azzurro. Lentamente lo posa per terra. Non so perché lo sta facendo. La gente lo calpesterà. Poi comprendo: lo sta facendo per la strega, perché lei lo veda. Mamma si volta verso di me.

« Ora devi correre » mi dice.

Mi tira via e scappiamo, lasciando Azzurro per terra. Mamma si gira per controllare che cosa succede alle nostre spalle. Lo faccio anch'io. La vedova viola ha attraversato la strada e si dirige verso Azzurro. Lo prende in braccio prima che qualcuno lo calpesti. Ma così non potrà più raggiungerci. Mamma ha dovuto scegliere. Me o Azzurro. Ma anche la strega ha dovuto compiere la stessa scelta.

Azzurro è con gli estranei adesso. Mamma l'ha dato alla vedova viola per salvare me.

28

Hanna aprì gli occhi e si guardò intorno, intontita. Non si era resa conto di stare piangendo. Gerber le porse un fazzoletto di carta.

« Come va? » le chiese, premuroso.

Si accorse che la donna non rammentava quanto era appena accaduto. Hanna si passò una mano sul viso, poi fissò il palmo umido di lacrime come domandandosi da dove provenissero.

« Azzurro » disse l'ipnotista per rievocare il ricordo della seduta.

L'espressione della paziente si scompose: dapprima incerta, poi sorpresa, quindi infelice.

« Azzurro » ripeté, come a prenderne atto. « Non l'ho più visto... »

« Secondo lei, che fine ha fatto? L'avrà perlomeno immaginato, suppongo. »

« Gli estranei prendono le persone » ribadì, seccata. « Gliel'ho detto... Le prendono e nessuno sa che fine facciano dopo. »

« Ma in questo caso, lei lo sa bene, Hanna. »

La donna si irrigidì. « Perché dovrei saperlo? »

« Perché è successo anche a lei dopo la notte dell'incendio. Giusto? »

« Io ho bevuto l'acqua della dimenticanza insieme a mamma » si giustificò.

Decise di assecondarla e non insistette. « Mi sembra che possa bastare. »

Hanna parve sorpresa che il tempo a sua disposizione si fosse esaurito così presto. « La rivedrò domani? »

« Alla solita ora » le assicurò lo psicologo. « Ma stavolta sia puntuale. »

La donna si alzò e recuperò la borsetta.

« A proposito: quanto ha ancora intenzione di fermarsi a Firenze? »

« Lei crede che non faremo progressi? » Era confusa.

« Io credo che dovrebbe cominciare a considerare la possibilità che la terapia non le dia tutte le risposte che sta cercando. »

Hanna ci pensò su. « Ci vediamo domani » disse soltanto.

La sentì uscire e richiudersi alle spalle la porta dello studio. Rimasto solo, si soffermò a pensare al racconto che aveva ascoltato. Il fratellino, la vedova viola, quella specie di sacrificio umano per cui la madre aveva abbandonato il figlio neonato per salvare lei. Ma salvarla da cosa?

Ripassando al setaccio la storia, per la prima volta

gli sembrò che l'allegoria della strega e degli estranei celasse un significato tangibile. Si sforzò di collegarlo alla propria esperienza, chiedendosi chi o cosa potessero rappresentare nel mondo di una bambina queste figure. Avevano sostituito qualcosa o qualcuno, di ciò era certo. Anche Emilian aveva rimpiazzato i familiari adottivi e il prete con degli animali. Molti minori che aveva in cura parlavano di orchi e lupi cattivi per descrivere gli adulti che facevano loro del male o di cui avevano semplicemente paura.

Una donna sempre vestita completamente di viola, si ripeté, senza però trovare una corrispondenza nella realtà.

Il nuovo elemento sarebbe stato un ottimo argomento di discussione con Theresa Walker... se solo l'ipnotista fosse stata davvero chi diceva di essere. Gerber considerò che nelle ultime ore aveva perso ogni punto di riferimento. Prima la collega australiana, poi Silvia.

Avrebbe dovuto cavarsela da solo.

Quella considerazione ne portò subito un'altra. Ripensò all'album di famiglia, alle vecchie foto sparse sul pavimento di casa sua. Anche il *signor B.*, dopo essere rimasto vedovo, era stato costretto a « cavarsela da solo ».

Ecco fatto. Tutto riconduceva ancora a lui. A quel padre che forse era tornato sotto forma di ectoplasma per mettergli in disordine il soggiorno.

Gerber sorrise a quell'assurdità, ma più per abitudine che per convinzione. Però fu proprio collegando quel pensiero alle chiacchierate notturne con la Walker che gli sovvenne che la psicologa gli aveva ripetuto, fino allo sfinimento, di registrare in via precauzionale le sedute con Hanna.

... *Dico sul serio. Sono più vecchia di lei, so di cosa parlo...*

Perché aveva tanto insistito? Ancora una volta, la paziente gli stava inviando un messaggio attraverso l'alter ego. Gerber ebbe l'intuizione di riguardare i filmati nel caso in cui gli fosse sfuggito qualcosa. Ma era già consapevole che avrebbe cercato il momento in cui la donna gli aveva sfilato dalla tasca le chiavi per introdursi in casa sua.

E forse sapeva bene quando era avvenuto.

La seduta incriminata risaliva alla volta precedente, quando aveva soccorso Hanna dopo la presunta aggressione.

Riguardando la scena sul portatile, Gerber si rese conto che Silvia non aveva mai visto che aspetto avesse la sua rivale. Fra le due esisteva un abisso. La Hall non possedeva un briciolo dell'eleganza e della grazia di sua moglie. Era trascurata, sciatta. Silvia riusciva a far voltare gli uomini al proprio passaggio, lui ne aveva sorpresi parecchi a farle la corte con lo sguardo. Hanna Hall, invece, era invisibile. Ma forse proprio per il fatto che solo lui era riuscito ad accorgersi di lei, che solo lui aveva visto qualcosa che gli altri non sapevano scorgere, Gerber si sentiva un privilegiato.

Sullo schermo scorrevano le immagini dei minuti precedenti all'ipnosi, in cui aveva controllato la botta sul volto della donna, mettendoci anche sopra del ghiaccio. I loro corpi e i loro visi così ravvicinati. Lo psicologo si sentì a disagio a rivivere quel momento d'indefinibile intimità con la paziente. Si rese conto che l'effetto era ambiguo, disturbante. Ma ciò che aveva creduto fosse un atto di autolesionismo in realtà nascondeva qualcos'altro, ne era convinto. Era l'astuto espediente escogitato da Hanna per stargli vicino e sottrargli le chiavi di casa senza che lui se ne accorgesse.

Gerber rimandò varie volte la registrazione. Grazie alle tante telecamere, poteva rivederla da diverse angolature, ma non trovò nulla di strano. Era frustrante. L'universo cospirava contro di lui perché si convincesse che davvero l'affare delle foto fosse opera del fantasma di suo padre. O forse l'intento era soltanto farlo impazzire. Improvvisamente, valutò un aspetto che non aveva calcolato.

E se fosse stato lui stesso a lasciare le chiavi nella porta d'ingresso perché Hanna Hall se ne servisse? Lei mi segue, si disse. Mi osserva. Sa tutto di me. E se, inconsciamente, avesse fatto in modo di farla entrare in casa? Era ossessionato da lei a tal punto?

Sì, lo era.

Hanna sapeva cose di lui e anche del *signor B.* che preludevano al disvelamento di una verità. Voleva coinvolgerlo nella sua storia. Gerber non sapeva perché, ma il modo più facile per riuscirci era certamente servirsi del padre. Perché era sensibile all'argomento e perché era una ferita ancora aperta. La Baldi l'aveva messo in guardia circa le capacità manipolatorie di certi truffatori. Ma se Hanna Hall non cercava denaro, allora cosa voleva da lui? Non si trattava solo di attenzione...

Durò una frazione di secondo, ma Gerber vide con chiarezza il piccolo oggetto brillante che cadeva dalla mano di Hanna direttamente sul tappeto. Istintivamente, distolse lo sguardo dallo schermo e lo rivolse verso il basso. Ma ai piedi della sedia a dondolo non c'era nulla.

Non può essere sparito, si disse. È ancora qui.

Si diede da fare: spostò i mobili e guardò bene anche negli angoli più nascosti, domandandosi nel contempo cosa dovesse cercare. Alla fine, scovò il misterioso indizio accanto a una gamba del tavolino di ciliegio.

Una piccola chiave di ferro.

La scrutò. Era troppo piccola per aprire una porta. Sembrava quella di un lucchetto o della serratura di un armadietto. Ipotizzò il deposito bagagli della stazione, ma poi scartò l'opzione perché gli venne in mente qualcosa di più elementare.

«Una valigia» esclamò fra sé.

Gerber ponderò attentamente quella possibilità. Hanna Hall non possiede una valigia, si disse. In fondo, da quando l'aveva conosciuta, indossava sempre gli stessi abiti. Ma forse era proprio quello il punto... Se aveva capito come funzionava la mente di quella donna, nulla era casuale per lei: portando sempre gli stessi abiti, Hanna aveva voluto suggerirgli che il suo bagaglio conteneva altro. Poteva essere, Gerber non si sentiva di escluderlo. Ma ciò comportava anche una seria conseguenza.

Nessuno avrebbe potuto confermargli che esisteva una valigia. Avrebbe dovuto verificarlo di persona.

29

L'hotel Puccini era esattamente come Pietro Gerber immaginava: un fatiscente alberghetto a una stella che risaliva agli anni Settanta. Insegna verticale al neon, parzialmente fulminata. Boiserie in formica marrone. Entrata nel retro di un palazzo nei pressi della stazione ferroviaria.

Aveva presidiato in auto l'ingresso per quasi un'ora, aspettando di vederne uscire Hanna Hall. Per assicurarsi che fosse lì, aveva chiamato la reception chiedendo che gli passassero la sua stanza con l'intenzione di riattaccare appena avesse riconosciuto la sua voce. Ma non aveva risposto nessuno. Poco dopo, però, l'aveva vista di sfuggita mentre transitava davanti a una finestra al terzo piano.

Cercava di convincersi che, prima o poi, sarebbe andata via lasciandogli campo libero. In fondo, Hanna voleva che cercasse la maledetta valigia, ne era sicuro.

Sospirò. Non avrebbe voluto trovarsi in quella situazione. Ma era colpa sua. O forse era colpa del padre che non gli aveva mai voluto bene. Si chiese come sarebbe stata adesso la sua vita senza il peso della sua ultima rivelazione.

La parola segreta del *signor B.*

Faceva dipendere da quella anche la separazione con Silvia. Perché lui non aveva mai sospettato che ogni gesto d'affetto del genitore nascondesse un disagio. Siccome ora non sapeva se era peggio essere odiati oppure falsamente amati, aveva allontanato la moglie con un pretesto. Sentiva prima il bisogno di chiarirsi le idee su ciò che provava. Non voleva che Silvia lo scoprisse da sola anni dopo. Così ogni cosa del passato insieme a lui sarebbe diventata finta. Forse era anche per questo che Gerber non riusciva a decidere se il racconto di Hanna Hall fosse vero oppure no. Anche se la domanda cruciale era un'altra.

Perché aveva la tentazione di confidare il segreto di suo padre a un'estranea e non alla donna che aveva sposato?

Perché Hanna lo sapeva già, si disse. Lui non era in grado di spiegarsi come, ma era certo che lei conoscesse la parola incriminata con cui il *signor B.* aveva sconvolto la sua esistenza. E lui aveva paura di chiederglielo e scoprire che era proprio così.

... È per ciò che le ha detto suo padre, vero?...

Gerber notò una figura familiare che usciva dall'albergo. Hanna Hall si accese una sigaretta e si allontanò lungo il marciapiede.

Lo psicologo scese dall'auto e si diresse all'ingresso dell'hotel. Attese che il portiere si assentasse un momento nell'ufficio dietro la reception ed entrò. Si allungò sul bancone per leggere i nomi dei clienti riportati sul registro e scoprire il numero della stanza che lo interessava. Trovato ciò che cercava, afferrò la chiave dalla rastrelliera.

Salì al terzo piano, cercò la porta giusta e s'infilò furtivamente nella camera prima che qualcuno potesse accorgersi di lui. Una volta all'interno, si appoggiò con le spalle alla parete.

Cosa stava facendo? Era da pazzi.

La stanza era piuttosto buia, tranne per la luce che proveniva da un piccolo televisore lasciato stranamente acceso. Gerber si guardò intorno aspettando che gli occhi si abituassero alla penombra. Lo spazio era sacrificato fra un letto a una piazza e mezzo, un comodino e un armadio troppo grande per quell'ambiente minuscolo. Una porticina conduceva in un bagno angusto.

C'era odore di lei. Sigaretta, sudore stantio e, ancora una volta, qualcosa di dolce che non riuscì a identificare.

Quando si fu calmato, mosse un passo in avanti. Lo sconosciuto sbucò di fronte a lui senza preavviso. Gerber sussultò, ma poi si accorse di aver incrociato il proprio riflesso in uno specchio a muro. Si guardò e solo allora scoprì che quel mattino si era vestito come il giorno prima e, probabilmente, come quello prima ancora.

Aveva inconsapevolmente adottato le abitudini della paziente. Appariva sciatto e sciupato come lei.

Prima di mettersi a cercare in giro, andò in bagno. Si sorprese perché sulla mensola del lavandino non c'erano trucchi, né profumo. Nemmeno uno spazzolino da denti. A ben guardare, a parte l'opprimente sensazione olfattiva, non c'era nulla in quella stanza che rimandasse a Hanna Hall.

Era come se la donna non fosse mai stata lì. Un fantasma, si disse.

Andò in cerca della valigia. Non si aspettava che fosse nell'armadio, infatti era vuoto. L'unica altra possibilità era proprio sotto il letto.

La trovò lì.

Afferrò la maniglia e la tirò fuori. Una vecchia e pesante valigia di pelle marrone.

In ginocchio sulla moquette rovinata, s'infilò una mano in tasca e recuperò la piccola chiave di ferro che aveva trovato nello studio, desideroso di scoprire se corrispondesse alla serratura a fibbia. Ma, proprio mentre stava per infilarla, l'ansia si disperse senza una ragione.

Non aveva più fretta.

Si rimise in piedi e si lasciò cadere sul materasso. Restò lì seduto per un po', a fissare il bagaglio di Hanna Hall, avvolto dalla calda e seducente penombra. Scoprì di essere esausto. Era la fase down del Ritalin, la conosceva bene. In più, c'era la nuova consapevolezza che, se avesse aperto quella valigia, si sarebbe spalancata una voragine sotto i suoi piedi che l'avrebbe risucchiato per sempre, ineluttabilmente.

Per quanto ne sapeva, poteva esserci un neonato morto là dentro.

Decise di concedersi qualche minuto per riflettere. Scostò le coperte e si distese su un fianco, appoggiando la testa sul guanciale. Inspirava ed espirava lentamente. Pian piano, senza accorgersene, si addormentò cullato dai suoni e dalle vocine di un cartone animato.

Sognò Hanna Hall. Sognò il *signor B.* Sognò la vedova viola e gli estranei, che non avevano volto. Sognò di essere nella cassa di Ado, sottoterra. E improvvisamente gli mancò il respiro.

Quando riaprì gli occhi, annaspando, la fioca luce del giorno era svanita del tutto e nella stanza penetrava solo quella fredda e sottile dell'insegna esterna del Puccini. Si tirò su e riprese fiato ma si accorse che il buio impenetrabile non era la sola novità nella stanza.

C'era anche un insolito silenzio. Qualcuno aveva spento il televisore.

Hanna era rientrata nella stanza? Immaginò la scena di lei che si stendeva accanto a lui, mentre dormiva. Che rimaneva a fissarlo con i suoi profondi occhi azzurri, provando a indovinare i suoi sogni. Istintivamente, Gerber cercò l'interruttore della lampada sul comodino. L'accese. Era solo. Ma quando si voltò verso il cuscino accanto al suo, notò un capello biondo sulla federa.

Per terra, la valigia di pelle lo attendeva ancora.

Pietro Gerber stavolta prese la chiave e la testò. Non si era sbagliato. Quando aprì il bagaglio, rimase interdetto. Nessun neonato morto. Nessuna mostruosità apparente. Solo un mucchio di vecchi giornali ingialliti. Ne prese uno e lesse il titolo di un articolo che era stato precedentemente evidenziato.

La verità era molto più semplice di quanto avesse immaginato. E proprio per questo, era più terrificante.

30

Attese che passasse la mezzanotte per chiamare Theresa Walker.

Aveva riflettuto a lungo e, alla fine, aveva stabilito che fosse la mossa più giusta da fare. Doveva affrontare con Hanna l'argomento relativo al contenuto dei giornali nella valigia, ma era troppo delicato farlo direttamente con lei. La sua alter ego, invece, era perfetta per questo: quando Hanna diventava Theresa Walker era come se mettesse un filtro fra sé e la propria storia. Indossare i panni della psicologa era un modo per affrontare tutto con distacco, a distanza di sicurezza, evitando di farsi del male.

«Non riesce a dormire, dottor Gerber?» esordì la donna con un tono vivace.

«Veramente no» ammise lui.

La Walker divenne apprensiva. «Che succede? Sta bene?»

«Oggi ho scoperto una cosa sul conto di Hanna.»

«Mi dica, l'ascolto...»

Gerber era seduto nel soggiorno di casa propria, al buio. «Hanna Hall è il suo vero nome e, in effetti, non è mai stata adottata.»

« Non mi sembra una grande scoperta » dichiarò l'altra.

« Ho trovato alcuni giornali di vent'anni fa... Parlano della famosa notte dell'incendio. »

La collega tacque, Gerber capì che era autorizzato a proseguire col racconto.

« Hanna e i suoi genitori si erano stabiliti in un casale delle campagne senesi. Una notte, gli estranei circondarono la casa delle voci. All'interno si accorsero della loro presenza. Il padre di Hanna aveva escogitato un sistema per nascondere la famiglia: nel camino c'era una botola che conduceva a una stanzetta sotterranea. Il piano era dare fuoco alla casa e nascondersi lì finché gli intrusi non se ne fossero andati, credendoli morti tra le fiamme. » Fece una pausa. « Prima che gli estranei facessero irruzione, il padre di Hanna cosparse i pavimenti di cherosene e poi lanciò delle molotov. La madre intanto aveva condotto la bambina nel rifugio sottoterra. Il padre non ce la fece a raggiungerle perché fu catturato. » Cercava la forza per proseguire, intanto dall'altro capo della linea c'era solo silenzio. « La madre non aveva alcuna intenzione di farsi prendere e, soprattutto, di lasciare loro la figlia. Così le fece bere il contenuto di una bottiglietta e lo bevve a sua volta... L'acqua della dimenticanza. »

« Che successe dopo? » chiese la Walker con voce esile, impaurita.

« Era un estratto di mandragora... La donna morì subito. La bambina riuscì a salvarsi. »

La Walker si concesse qualche secondo per riprendersi. Gerber poteva sentirla respirare.

« La cassa con Ado? » domandò poi.

« I giornali non ne parlano, perciò suppongo che nessuno l'abbia mai ritrovata. »

« Quindi non sappiamo se Hanna sia o meno l'assassina di suo fratello Ado... »

« Io credo che, in realtà, Hanna non abbia mai ucciso nessuno. »

« Com'è possibile? » domandò l'altra. « E i suoi ricordi dell'omicidio allora? »

« La risposta ruota intorno alla figura degli estranei » affermò Gerber. « Però adesso so che la vedova viola è esistita realmente. »

11 marzo

Aveva trascorso diversi giorni in un reparto buio, collegata a macchine gentili che non aveva mai visto e che respiravano per lei, la nutrivano e la ripulivano dentro. Il suo unico compito era riposare, glielo ripetevano in continuazione.

Adesso l'avevano spostata di piano. Aveva una stanza tutta per sé, c'era perfino una finestra. Prima d'ora, non era mai stata così vicina al mondo degli estranei. Non era abituata ad avere intorno così tante persone e nemmeno al suono delle loro voci.

Erano tutti premurosi con lei, specie le infermiere. La riempivano di attenzioni e le facevano regali. Una di loro le aveva portato un uovo di cioccolato. Non sapeva che sapore avesse, non l'aveva mai provato.

«Quando comincerai a mangiare da sola, potrai assaggiarne un pezzetto» le era stato promesso.

Il suo stomaco non era ancora in grado di digerire cibi solidi, soltanto liquidi. Il dottore le aveva spiegato che ci sarebbe voluto più tempo del previsto. Non le era esattamente chiaro che malattia avesse, nessuno glielo diceva. L'unica cosa che sapeva era che i suoi polmoni avevano respirato troppo fumo. Forse era vero perché, se inspirava col naso, poteva ancora sentirne la puzza. Il fuoco, invece, non era riuscito ad arrivare nel rifugio.

Non ricordava quasi nulla dell'incendio, tutto era svanito quando mamma le aveva fatto bere l'acqua della dimenticanza. Si era domandata cosa fosse accaduto dopo e le avevano raccontato che qualcuno l'aveva trovata là sotto prima che il fuoco la raggiungesse, tirandola fuori mentre la casa delle voci cominciava a crollare. Mamma gliel'aveva promesso prima di darle da bere il contenuto della boccetta di vetro: «Ci addormenteremo e, quando ci risveglieremo, sarà tutto finito». In effetti, era un sollievo non ricordare i momenti in cui aveva avuto paura.

Da quando era lì, aveva cercato di non violare le cinque regole. Non poteva evitare che gli estranei si avvicinassero a lei e non poteva scappare, ma non parlava con loro e, soprattutto, non aveva detto a nessuno di chiamarsi Biancaneve.

Sperava che, così facendo, avrebbe rivisto presto mamma e papà. Le mancavano tantissimo e avrebbe voluto stare con loro. Però il mondo degli estranei non era così male, avrebbe voluto dirglielo. Forse non erano cattivi come credevano, anche se li avevano portati via dalla casa delle voci.

Ripensando alla loro ultima dimora, le venne da piangere perché ormai non rimaneva nulla del vecchio casale. Il fuoco l'aveva mangiato. E anche se non si affezionava mai a un posto, era contenta al pensiero che, da qualche parte, tutte le case delle voci in cui aveva abitato continuassero a esistere insieme al ricordo di quanto lei fosse stata felice insieme a mamma e papà.

Il pianto esaurì le poche forze e si addormentò senza accorgersene. Quando si risvegliò, si ritrovò davanti una sorpresa. La sua bambola di pezza la fissava col suo unico occhio. Allungò subito le braccia per prenderla, ma si frenò perché si accorse che stava sulle ginocchia di una vecchia conoscenza.

La vedova viola era seduta accanto al letto e le sorrideva.

« Ciao » la salutò. « Come ti senti oggi? Va meglio? »

Lei tacque, fissandola con sospetto.

« Mi dicono che ancora non vuoi parlare con nessuno » proseguì l'altra. « Lo capisco, sai, anch'io al tuo posto farei lo stesso. Spero che non ti dispiaccia se sono passata a trovarti... »

Non mosse un muscolo, non voleva che l'altra interpretasse qualsiasi suo gesto come un segnale di apertura.

« Non hai ancora rivelato il tuo nome » continuò la strega. « Tutti qui impazziscono perché non sanno proprio come chiamarti... Così sono venuta perché noi ci conosciamo già. Giusto, Biancaneve? »

La rivelazione la paralizzò. Allora era stata la strega a pronunciare il suo nome la notte dell'incendio, mentre stava per addormentarsi.

« Vi stavamo osservando da una settimana » disse la vedova. « Aspettando il momento giusto per venire a salvarti. »

Salvarmi da cosa? pensò. Però finse di non sapere di cosa stesse parlando.

« Ci siamo viste quel giorno sotto la pioggia, ricordi? » insistette l'altra.

Certo che lo ricordava. Era il giorno in cui la vedova viola aveva preso Azzurro.

« Avrei voluto salutarti ma dovevo occuparmi del neonato che avevate lasciato per strada... A proposito, sta bene: è tornato a casa. »

Tornato a casa? Che voleva dire? Però la sollevò il pensiero che il suo fratellino fosse guarito dalla tosse, anche se non sapeva se poteva fidarsi delle parole della strega. Le streghe erano brave a creare inganni e sortilegi, mamma glielo aveva spiegato.

« Ti sto cercando da allora, sono felice di averti trovata. »

Io no, brutta strega cattiva.

« I tuoi genitori ti hanno insegnato come comportarti, giusto? Per questo non vuoi dire a nessuno come ti chiami. »

La strega sapeva delle regole. Chissà cos'altro conosceva, doveva essere prudente.

« Sono convinta che tu sia una bambina ben educata, che non vuole disobbedire a mamma e papà. »

Certo che no, lei era scrupolosa.

« Lo capisco se non ti fidi: anche a me da piccola dicevano di non fidarmi degli sconosciuti. »

Io ti conosco, invece: anche se adesso sembri gentile, tu mi hai portato via.

« Ho pensato a lungo a come avrei potuto affrontare questa nostra chiacchierata... Poi mi sono detta che, in fondo, hai dieci anni e non sei più soltanto una bimbetta. Allora credo che ti parlerò come a un'adulta e sarò sincera, sono sicura che mi capirai. Hai già perso molto tempo. »

Che significava quell'ultima frase? Di che stava parlando?

« Per prima cosa, voglio precisare un punto... Non sono gli altri a non conoscere il tuo nome, sei tu che non lo sai. »

Io so come mi chiamo, invece.

« Il tuo nome è Hanna. »

Il mio nome è Biancaneve.

« Sei nata in un paese molto lontano da qui: l'Australia. Quando eri molto piccola, i tuoi genitori sono venuti a visitare Firenze insieme a te. Era estate e, mentre camminavate in un parco, qualcuno ti ha presa dal passeggino e ti ha portata via. »

Cosa stava dicendo? Non era vero!

« Le persone che hanno fatto questa cosa bruttissima sono quelle che tu adesso chiami mamma e papà. »

Le sembrò che il proprio cuore si fermasse. Senza accorgersene, iniziò a scuotere il capo per scacciare il maleficio della strega.

« Mi dispiace che tu lo apprenda in questo modo, ma lo trovo più giusto... I tuoi veri genitori sono stati avvertiti e stanno arrivando da Adelaide per venire a salutarti. Ti hanno cercata tanto, sai. Non si sono mai rassegnati all'idea di averti persa. Ogni anno tornavano qui per proseguire le ricerche. »

Sentiva che le mancava il fiato.

« Ciò che è capitato a te è successo anche all'altro bambino. »

Capì che stava parlando di nuovo di Azzurro.

« Solo che lui è stato più fortunato e non ricorderà nulla di quest'esperienza. »

Non è vero! Non è vero! Non è vero! Voglio tornare alla casa delle voci! Voglio stare con mamma e papà! Portatemi subito da loro!

« So che adesso mi odi perché ti sto dicendo queste cose, lo leggo nei tuoi occhi. Ma spero che fra poco avrai voglia di riparlarne. »

Singhiozzava, il pianto le impediva di reagire. Avrebbe voluto saltare al collo della strega e strozzarla. Avrebbe voluto mettersi a urlare. Invece era paralizzata e l'unica cosa che riusciva a fare era tenersi stretta al lenzuolo.

La vedova viola si alzò in piedi e, prima di andare, le consegnò la bambola di pezza.

« Quando ti sentirai pronta, tornerò per darti tutte le spiegazioni che vorrai... Dovrai solo chiedere di me. Io mi chiamo Anita, Anita Baldi. »

31

Riuscì a intercettarla mentre usciva di casa per andare in tribunale. Anita Baldi si bloccò sulle scale e Gerber si accorse di essere stato riconosciuto a stento.

« Che ti è accaduto? » gli domandò, in ansia.

Lo psicologo era consapevole di non avere un bell'aspetto. Erano giorni ormai che non dormiva e non ricordava più quando aveva consumato un pasto decente, né a quando risalisse l'ultima doccia. Ma aveva fretta di capire e il resto passava in secondo piano.

« Hanna Hall » disse, sicuro che il giudice avrebbe compreso da sé il motivo della visita a un'ora così insolita. « Perché non mi ha detto che la conosceva? »

Quando Gerber gliel'aveva nominata per la prima volta, un paio di sere prima nel salotto di casa sua, la vecchia amica si era irrigidita. Adesso lo rammentava chiaramente.

« Ho fatto una promessa molti anni fa... » rispose soltanto l'altra.

« A chi? »

« Lo capirai » affermò con decisione, per fargli

comprendere che su quel punto d'onore non ammetteva repliche. « Ma risponderò a ogni altro quesito, te lo giuro. Perciò, cos'altro vuoi sapere? »

« Tutto. »

La Baldi appoggiò la borsa di cuoio e si mise a sedere su un gradino.

« All'epoca, come ti ho già raccontato, lavoravo sul campo. Con i bambini non è mai facile, lo sai bene anche tu. Soprattutto è difficile convincerli a fidarsi di un adulto quando gli adulti sono proprio i mostri da cui devono guardarsi... Però in procura avevamo vari trucchetti per raggiungere l'obiettivo. Per esempio, sceglievamo un colore con cui vestirci, qualcosa di appariscente per farci notare dai bambini. Io scelsi il viola. Poi andavamo per strada a cercarli. Minori in difficoltà, picchiati o molestati da conoscenti o in famiglia: dovevano accorgersi di noi all'insaputa dei grandi e, nel caso, chiederci aiuto. Il contatto visivo era importante. Fu così che mi accorsi di Hanna la prima volta. E fu così che lei notò me. »

« Allora, non la stava cercando? »

« Nessuno la cercava. »

« Come è possibile? » Gerber non si capacitava.

« Gli Hall denunciarono il sequestro della loro bambina di appena sei mesi. Ai tempi non c'erano telecamere dappertutto come oggi e poi il fatto era avvenuto in un parco pubblico e senza testimoni. »

Il presunto rapimento commesso da Hanna a Adelaide, in realtà, era avvenuto a Firenze molti anni prima. E lei non ne era l'artefice, bensì la vittima.

«Gli Hall non furono creduti, quindi» affermò lo psicologo, ansioso di conoscere il resto della storia.

«All'inizio sì, ma poi la polizia cominciò a ipotizzare che si erano inventati tutto per coprire la morte della neonata, avvenuta accidentalmente o con un omicidio. La madre di Hanna soffriva di una leggera depressione post partum e, in fondo, il marito aveva organizzato la vacanza italiana per distrarla: fu ritenuto un movente sufficiente.»

«Quando gli Hall subodorarono l'accusa che stava per arrivargli addosso, fuggirono dall'Italia.»

«Lo Stato chiese l'estradizione all'Australia, ma senza successo.»

«E nel frattempo nessuno si prese più la briga di cercare Hanna.»

«Gli Hall tornarono a Firenze varie volte nel corso degli anni, clandestinamente. Non si rassegnavano.»

Gerber non riusciva a immaginare quali indicibili tormenti avessero vissuto. «I due rapitori venivano dal San Salvi, giusto?»

«Mari e Tommaso erano due poveri sbandati che avevano trascorso gran parte della loro vita nell'ospedale psichiatrico. Si erano conosciuti fra quelle mura e si erano innamorati... Mari era sterile per via dei farmaci, ma desiderava tanto avere un figlio. Tommaso l'accontentò rubando una neonata per lei. Poi si diedero alla fuga. »

« Siccome tutti sospettavano degli Hall e non di loro, riuscirono a farla franca per anni vivendo in una condizione di clandestinità, vagabondando da un posto all'altro, sempre isolati dal resto del mondo. Invisibili. » Gerber non riusciva a credere all'assurdità di quella storia. « Quand'è che avete iniziato a sospettare di loro? »

« Quando hanno rapito l'altro neonato, Martino » disse la Baldi.

Azzurro, la corresse mentalmente l'ipnotista.

« Credevano di essere stati furbi nel separarsi per poi ricongiungersi dopo qualche mese, ma Hanna mandò all'aria i loro piani... Stavamo già battendo il territorio per cercare il piccolo, quando mi segnalarono questa strana bambina con un neonato nel marsupio. Andai a controllare: sembrava spersa, impaurita e bisognosa di aiuto. Ma sua madre Mari fu più svelta di me a raggiungerla: abbandonò per terra il piccolo per creare un diversivo e scappare insieme. »

« Ma lei non si rassegnò, vero giudice? »

« Avevo capito dallo sguardo della bambina che qualcosa non andava. Iniziai a pensare che anche lei fosse stata rapita. Avviammo le ricerche per ritrovarla. »

« Gli estranei di cui parla Hanna eravate voi. »

La Baldi annuì. « Grazie a una serie di indagini, la polizia individuò un casale abbandonato nella campagna senese. Lo circondarono di notte con l'intento di fare irruzione e liberare l'ostaggio... Io c'ero, ma qualcosa andò storto. »

« Fu Hanna stessa a mettere in allarme i genitori, giusto? Credeva di essere in pericolo. »

« Tommaso venne arrestato: è morto in carcere anni dopo. Per Mari non ci fu niente da fare: riuscì a suicidarsi. Hanna bevve lo stesso veleno ma se la cavò con qualche settimana d'ospedale. Andai da lei per raccontarle la verità, ed è stata in assoluto la cosa più difficile che ho fatto nella vita. »

Gerber prese fiato. Quella storia non era facile da elaborare. Ma c'era ancora un aspetto controverso.

« Hanna sostiene che c'era un fratellino più piccolo, Ado. E che stava dentro una cassa che si portavano sempre appresso. »

« Ho sentito questa storia per la prima volta da te due sere fa, ma all'epoca non venne fuori nulla in proposito. »

« Crede che la mia paziente abbia inventato tutto? Compreso l'omicidio del fratellino, commesso da lei stessa quando era ancora bambina? »

« Escludo che abbia avuto fratelli oltre Martino.

Come ti ho già detto, Mari non poteva mettere al mondo figli e, a tutt'oggi, non risulta nessun altro minore rapito nello stesso periodo di Hanna Hall. »

Il dubbio rimaneva, ma adesso era il momento della domanda più difficile.

« Mio padre ha mai avuto a che fare con questa storia? »

La Baldi sembrava infastidita.

« Perché me lo chiedi? »

« Perché Hanna Hall sa molte cose del mio passato e, francamente, non penso che sia solo un caso » replicò lui, irritato.

« Posso dirti una cosa, ma non so se ti sarà utile... » proseguì l'amica. « Quelli che Hanna credeva fossero i suoi genitori, in realtà erano poco più che dei bambini: Mari e Tommaso avevano quattordici e sedici anni quando l'hanno rapita. »

32

Due genitori bambini.

Dai racconti che Hanna Hall aveva fatto sotto ipnosi, questo importante dettaglio non si evinceva. O forse sì, ma lui non lo aveva colto.

Ha notato che, quando si chiede a un adulto di descrivere i genitori, non ti racconta mai come erano da giovani, ma di solito tende a descrivere due vecchi?

Ognuno tendeva a immaginarsi i genitori più grandi della loro età effettiva. Era un modo per considerarli più maturi, quindi più esperti. Se Hanna Hall avesse avuto la consapevolezza che i suoi erano due ragazzini, forse si sarebbe posta qualche domanda in più sulla propria situazione.

Anche lui aveva commesso il medesimo errore con suo padre. Adesso che aveva la stessa età in cui lui era rimasto vedovo, capiva quanto potesse sentirsi inadeguato a occuparsi da solo di un bambino di due anni. Ciononostante, Pietro Gerber non riusciva a perdonarlo.

C'era un legame fra il *signor B.* e Hanna Hall, ne era sicuro. Perché ogni volta che pensava a lui, gli veniva in mente lei. Per capire di cosa si trattasse doveva andare avanti con la terapia, doveva convincerla che Ado non era mai esistito. Solo così poteva liberarla dal senso di colpa di averlo ucciso.

L'attese allo studio come ogni mattina. Hanna si presentò puntuale. Fra loro aleggiavano troppe verità taciute: dalla visita di Gerber all'hotel Puccini fino alle rivelazioni della Baldi. Ma entrambi avevano bisogno di quella recita.

«Vorrei provare qualcosa di diverso» le annunciò.

«Che intende?»

«Fino a ora ci siamo concentrati su ciò che è accaduto prima della notte dell'incendio, adesso vorrei esplorare la memoria di quanto è successo dopo.»

Hanna scattò sulla difensiva. «Ma così ci allontaneremo dal ricordo dell'omicidio di Ado» protestò. «Che senso ha?»

Gerber attese che accendesse una Winnie per affondare il colpo.

«Da quando ne abbiamo parlato, ha mai pensato di andare a trovare Azzurro?» domandò.

Hanna abbassò gli occhi. «Sono stata da lui ieri» ammise. «All'inizio non voleva incontrarmi.»

«E cosa vi siete detti?»

«Dapprima è stato imbarazzante perché nessuno dei due sapeva cosa dire. Poi abbiamo cominciato a parlare delle nostre vite. Azzurro ha un altro nome adesso, proprio come me: si chiama Martino e ha compiuto ventuno anni l'aprile scorso. Lavora in fabbrica, fa il magazziniere. Ha una fidanzata e presto si sposeranno. Mi ha mostrato le foto, è molto carina. »

« Che effetto le ha fatto rivederlo? »

Hanna ci pensò su. « Non saprei dire... Sono felice che stia bene. »

« Lei gli ha salvato la vita quando eravate piccoli. Lo sa, vero? »

Hanna scosse la cenere della sigaretta nel solito manufatto di pasta modellata. Non sembrava avere voglia di ammettere ciò che aveva fatto per quel bambino.

« Per lui ha tradito la prima regola dei suoi genitori » la incalzò Gerber. « 'Fidati soltanto di mamma e papà' » ripeté a beneficio di entrambi.

Colse l'incertezza nello sguardo della donna. Hanna vacillava davanti all'evidenza.

« Com'è possibile violare una regola ed essere anche nel giusto? » le chiese. « Forse c'è qualcosa che non va. Forse qualcuno si è sbagliato, oppure le ha mentito. »

La peggiore scoperta di ogni bambino era che mamma e papà non sono infallibili. Quando si acquisiva tale consapevolezza, si realizzava anche di essere un po' più soli nell'affrontare le insidie del mondo.

Gli occhi della paziente divennero liquidi e tristi.

« Perché mi sta facendo questo? » domandò, con voce tremante.

« I suoi genitori volevano proteggerla dagli estranei... Non l'ha mai sfiorata il dubbio che gli estranei potessero essere loro? »

Un pesante silenzio calò tra i due. Gerber poteva vedere la Winnie di Hanna che si consumava lentamente nella sua mano, mentre volute di fumo fluttuavano verso l'alto.

« A volte possediamo tutti gli elementi per conoscere la verità, solo che non vogliamo davvero saperla » disse l'ipnotista.

Hanna sembrò convincersi. « Che vuole che faccia? »

« Vorrei che tornasse insieme a me a ciò che è accaduto dopo che la vedova viola è venuta a trovarla in ospedale... »

Gerber azionò il metronomo. Hanna Hall iniziò a cullarsi sulla sedia a dondolo.

33

Mi hanno fatto indossare un vestito blu e un paio di stivaletti rosa con le stelline. Non ho mai avuto scarpe così. Anche se ancora non riesco a camminarci bene, sono molto belle. Mi hanno chiesto se volevo tagliarmi i capelli, ho risposto « no grazie » perché di solito è mamma a farlo e solo lei sa come mi piacciono. Mi hanno spiegato che devo essere carina perché oggi verranno a trovarmi i miei veri genitori. Continuano a ripetermi che hanno fatto un lungo viaggio e tutti hanno paura che li deluda. Non so come potrei visto che nemmeno li conosco.

Nessuno mi ha chiesto se sono d'accordo.

La stanza è fredda e troppo grande. Non mi piace quando c'è così tanto spazio. Sono seduta da un po' su una sedia scomodissima, alle mie spalle c'è una donna che non mi sta simpatica. Continua a sorridermi e a dirmi che va tutto bene. Siamo in attesa che arrivino i miei « nuovi genitori », ormai saranno qui a momenti. Io non voglio dei nuovi genitori, mi piacciono ancora quelli che avevo già.

La porta si apre ed entra un gruppetto di persone che non ho mai visto. Due di loro si tengono per mano. Un uomo e una donna che, appena mi vedono, rallentano il passo. Non sanno cosa fare, lo capisco perché neanch'io so come devo comportarmi. Poi l'uomo mi viene incontro tirandosi dietro la donna che mi sorride ma vorrebbe piangere. Si inginocchiano davanti a me, è tutto molto strano. Parlano una lingua che non ho mai sentito prima e qualcuno dietro di loro mi ripete cosa hanno appena detto così posso capire. Si presentano, dicendo i loro nomi. Sono nomi complicati. Insistono nel chiamarmi Hanna. L'ho già detto a tutti che non mi piace, che voglio essere una principessa.

Sembra che non interessi a nessuno.

La signora Hall vuole che la chiami mamma. Dice che, però, posso prendermi tutto il tempo che mi serve per decidere quando cominciare a farlo. Però non mi ha chiesto se lo voglio. Mi piacciono i suoi capelli biondi, ma i suoi vestiti sono poco colorati. Mi fa un sacco di carezze ma le sue mani sono sempre sudate. Anche il signor Hall è biondo, ma ha i capelli solo ai lati della testa. È alto e ha la pancetta. È sempre allegro e quando ride il suo stomaco va su e giù e diventa tutto rosso in faccia. Per fortuna, non mi chiede di chiamarlo papà.

Mi vengono a trovare ogni giorno e trascorriamo insieme il pomeriggio. Ogni volta mi portano qualcosa. Un libro, un forno giocattolo dove posso preparare dei biscotti, adesivi, matite e pennarelli, un orsetto peloso. Sono gentili ma ancora non ho capito cosa vogliono da me.

Il posto in cui sto è una «casa famiglia». Io preferivo le case delle voci. Ci sono altri bambini, ma non gioco mai con loro. Anche loro aspettano che la loro mamma e il loro papà vengano a riprenderli. Una bambina cattivissima dice che la mia mamma e il mio papà non verranno più a riprendermi perché mamma è morta e papà è rinchiuso in un luogo chiamato carcere e non lo faranno mai più uscire. La bambina cattivissima dice anche che mamma e papà sono cattivi. Capisco che non è l'unica: tutti lo pensano, solo che non lo dicono quando ci sono io. Vorrei poterli convincere che non è vero, che mamma e papà non hanno mai fatto male a nessuno. A me, per esempio, hanno sempre voluto bene. Non so dove sia realmente papà, ma sono sicura che mamma non è morta. Se fosse morta verrebbe a trovarmi mentre dormo, come faceva Ado. Quando parlo di queste cose, gli altri bambini ridono di me. Nessuno crede che esistono gli spettri. Pensano che sono pazza.

Però su una cosa mamma e papà si sono sbagliati.

Gli estranei dovevano prendere me, invece hanno preso loro.

Oggi la signora e il signor Hall hanno portato delle foto del posto in cui vivono. È molto lontano, dall'altra parte del mondo. Per arrivarci bisogna prendere tre e, a volte, anche quattro aerei. La loro casa è in mezzo a una baia. È circondata da un prato e hanno un cane giallo che si chiama Zelda. Tra le foto che mi mostrano c'è quella della mia stanza. È piena di giochi e di bambole e la finestra affaccia sul mare. Il signor Hall dice che in garage c'è una bici che mi aspetta. Non so se mi va di visitare quel posto e non ho ancora capito se mamma e papà verranno con noi. Quando lo chiedo alla signora Hall, non sa cosa rispondermi.

Ogni tanto, quando sono con il signore e la signora Hall, la signora Hall corre via e va a nascondersi per piangere.

Il signor Hall mi ha detto che nella loro città, che si chiama Adelaide, è quasi sempre estate. Il signor Hall ha una barca a vela e gli piace il mare. Mi ha raccontato che in Australia ci sono animali stranissimi che non ho mai visto. Il signor Hall è simpatico, non è come tutti gli altri. Per esempio, quando gli ho parlato degli spettri non si è messo a ridere. Anzi, ha detto che anche lui ci crede e che li ha visti dentro al mare. Creature senza ombra, così li ha chiamati. Pesci, gamberi, seppie. Siccome oltre la barriera corallina non ci sono molti rifugi per nascondersi dai predatori, questi animali hanno imparato a diventare invisibili. Sono diventati trasparenti. Lo stomaco, per esempio, è sottilissimo ed è fatto di una gelatina che riflette le cose come uno specchio, così può nascondere anche il più piccolo pezzo di cibo. Ma anche i predatori si sono adeguati: hanno sviluppato i propri occhi per vedere queste creature e non morire di fame.

Mi dicono che devo preparare le mie cose perché fra qualche giorno partirò con il signore e la signora Hall. Torneremo a casa, a Adelaide. Spiego che c'è un errore, perché quella non è casa mia. Dicono che invece lo è, anche se non me lo ricordo più perché quando sono andata via ero ancora troppo piccola. Non voglio partire per l'Australia, ma sembra che non interessi a nessuno ciò che voglio o non voglio io. Visto che tanto è inutile, smetto di parlare. E anche di mangiare. Nessuno sa cos'ho, mi credono malata. Meglio così. Finalmente a qualcuno viene in mente di domandarmelo.

«Voglio parlare con la vedova viola» dico soltanto.

La strega viene a trovarmi il giorno dopo. È sempre gentile, ma non mi fido.

«Che succede?» mi domanda.

«Posso vedere la mia mamma?»

«La tua mamma è la signora Hall» mi risponde.

«La mia mamma vera» insisto.

La vedova viola ci pensa un po' su. Poi si alza e se ne va.

Siccome quando mi metto in testa una cosa divento assillante finché non la ottengo, come quella volta che decisi che avrei dormito con la capra e finì che mi presi i pidocchi, continuo a rifiutare il cibo.

La vedova viola torna a trovarmi e so che è arrabbiata. Mi dice: «Verrai con me in un posto, ma poi ricomincerai a mangiare, intesi?»

Il posto di cui parla è grigio e triste e le porte sono di ferro o con le sbarre. Ed è pieno di guardie. Non so che posto sia e non so nemmeno perché qualcuno dovrebbe voler stare in un posto del genere. Mi portano in una stanza senza finestre. Ci sono solo un tavolo e due sedie. Soltanto adesso mi svelano che fra poco vedrò papà. Sono talmente felice che vorrei mettermi a cantare. Però mi spiegano che non potrò abbracciarlo e nemmeno toccarlo. Non capisco perché, ma mi dicono che quelle sono «le regole» di questo posto. Anche se non sono le *mie* regole, so che devo accettarlo. La porta di ferro si apre e due guardiani portano dentro un uomo tenendolo per le braccia. L'uomo ha una catena intorno ai polsi e cammina a fatica. Ci metto un po' a riconoscerlo perché i suoi capelli sono cortissimi e la pelle della faccia è come consumata. È stato il fuoco della notte dell'incendio a fargli questo. Però è proprio papà. Appena mi vede, gli scendono le lacrime. Io mi dimentico che non devo abbracciarlo e gli corro incontro, ma qualcuno mi afferra e me lo impedisce. Allora mi metto a sedere e anche lui si siede dall'altra parte del tavolo. Rimaniamo così per un po', a guardarci senza dire niente, con le lacrime che escono senza che riusciamo a controllarle.

«Come stai, amore mio?» mi chiede papà.

Vorrei dire che sto malissimo, che mi mancano lui e mamma, invece rispondo «Sto bene» anche se so che non dovrei raccontare bugie.

«Mi hanno detto che non vuoi mangiare. Perché?»

Mi vergogno, non volevo che lo sapesse.

«Sono contento che sei venuta a trovarmi.»

«Voglio tornare alla casa delle voci.»

«Mi sa che non sarà possibile.»

«È una specie di punizione? Sono stata cattiva?» domando fra i singhiozzi.

« Perché dici questo? Tu non hai fatto niente di sbagliato. »

« È perché ho ucciso Ado e ho preso il suo posto. Me l'ha detto la bambina del giardino, quella volta che avevo la febbre e mi faceva tanto male la pancia. »

« Non so chi ti ha messo in testa questa roba » mi dice papà. « Tu non hai ucciso nessuno: Ado è morto quando l'abbiamo portato via. »

« L'avete portato via da dove? »

« Da un brutto posto » mi risponde.

« I tetti rossi » dico.

Lui fa sì con la testa. « Ma è successo prima che tu arrivassi nelle nostre vite, amore mio. Tu non c'entri niente. »

« Chi è stato a ucciderlo? »

« L'hanno ucciso gli estranei. » Per un attimo, papà sembra perdersi in chissà quali pensieri. « La notte in cui io e mamma siamo andati via dai tetti rossi, abbiamo preso Ado dalla sua culla. Pensavamo che dormisse. Non so quanto abbiamo camminato con la paura che gli estranei ci trovassero. Però ci sembrava di essere felici perché finalmente eravamo liberi ed eravamo una famiglia. » Papà si rabbuia. « All'alba ci siamo fermati in una cascina abbandonata, in mezzo alla campagna. Eravamo esausti, volevamo solo dormire un po'. Mamma cercava di svegliare Ado per dargli da mangiare, ma quando ha provato ad attaccarselo al seno lui era freddo e immobile. Allora mamma ha cominciato a urlare, e io non dimenticherò mai le sue grida e il suo dolore... Le ho tolto Ado dalle braccia e ho provato a soffiare aria nei suoi piccoli polmoni, ma è stato inutile... Allora l'ho avvolto nella sua coperta e sono andato a cercare la legna per costruire una cassa. L'abbiamo messo lì dentro e ho chiuso il coperchio con la pece. »

Mi sono ricordata di quando il Neri pensava che dentro la cassa c'era un tesoro e l'ha fatta aprire da Vitello e Lucciola e io ho guardato per la prima volta il viso del mio fratellino.

« Quando l'ho visto, sembrava che dormisse ancora » dico per consolare papà.

« Ado è il nome che avevamo scelto io e la mamma. » Ci pensa. « Ci sembrava bellissimo perché non ce l'aveva nessuno. »

In quel momento, ci dicono che l'incontro è finito e che dobbiamo salutarci. Papà si alza per primo, stanno per portarlo fuori dalla stanza. Vorrei dargli un bacio, ma non mi è permesso. Si gira un'ultima volta verso di me.

« Devi mangiare, devi andare avanti » si raccomanda. « Sei forte abbastanza per farcela anche senza di noi. »

So che gli costa molto dirmi tutto questo. Trattiene il pianto ma sta soffrendo.

«Ti voglio bene, piccola... Qualunque cosa sentirai su di me o sulla mamma, non ti scordare mai quanto ti amiamo.»

«Promesso» riesco a dire con la voce che fa fatica a uscire dalla gola. E in quel momento capisco che non ci rivedremo mai più.

Ho provato a spiegare a tutti che non voglio andare in Australia con il signore e la signora Hall. Vorrei tornare a vivere con papà e mamma nella casa delle voci. Ma nessuno mi ascolta. Non conta ciò che voglio o non voglio io.

Nessuno vuole veramente ascoltare ciò che hanno da dire i bambini.

« ... cinque... quattro... tre... due... »

Alla fine del conto alla rovescia, Hanna Hall tornò dal viaggio nel passato con un'aria rilassata, finalmente in pace.

Gerber poteva solo immaginare quanto fosse stato difficile ricominciare un'altra vita in Australia, insieme agli Hall. Certe storie terminano con un lieto fine. Il bene trionfa, i media esultano, la gente si commuove. Ma nessuno sa mai cosa accada dopo quel momento. E a pochi interessava. Pensandoci, nessuno era disposto a farsi rovinare un bel finale dalla dura realtà delle cose. La bambina che, secondo il parere di molti, era stata « salvata », era cresciuta accanto a degli sconosciuti.

Gli estranei prendono le persone.

Così aveva detto Hanna in uno dei loro incontri. In effetti, gli estranei non solo erano riusciti a portarla via dall'unico mondo che conoscesse, dalla famiglia in cui aveva imparato ad amare e a essere amata, ma adesso erano diventati addirittura « mamma e papà ». Ma questo era un aspetto del tutto secondario per gli estimatori del « vissero tutti per sempre felici e contenti ». E, in fondo, a chi importava? Il risultato era la donna tormentata che Pietro Gerber aveva davanti adesso.

« Allora non ho ucciso Ado » disse. Pareva sollevata ma c'era ancora qualcosa che non la convinceva.

Gerber fermò il metronomo: era giunto il momento di chiarire anche quella faccenda.

« Ado non è mai esistito, Hanna » affermò l'ipnotista, cercando di essere delicato. « La donna che l'ha rapita era sterile. »

Lei, però, non si capacitava. « Perché allora i miei genitori hanno inventato quella bugia? »

« Per giustificare ciò che avevano fatto agli Hall. »

« Giustificarsi con chi? »

« Con lei, Hanna. E con se stessi, per sentirsi nel giusto. » Fece una pausa. « Occhio per occhio – è la più vecchia regola del mondo » disse facendo un paragone con le cinque che erano state imposte alla paziente da piccola.

« Occhio per occhio? Mio padre e mia madre mi hanno rapito per vendetta? Lei si sbaglia: i miei genitori non avrebbero mai fatto del male agli Hall. »

« Non agli Hall in particolare » le concesse Gerber. « Non ce l'avevano con loro, bensì con la società. Purtroppo, è provato che chi ha subito soprusi è più portato a restituire il male ricevuto rispetto a chi è stato sempre benvoluto. Quei due ragazzini non hanno sicuramente ricevuto un bel trattamento al San Salvi, perciò ritenevano che il mondo esterno fosse in debito con loro... In debito di una famiglia. »

Era tipico di molte condotte criminali, rammentò lo psicologo. Però la donna non si rassegnava.

« Ma mio padre in carcere ha detto che Ado era morto quando l'avevano portato via dai tetti rossi e io ricordo bene di aver visto il suo cadavere nella cassa: nonostante il tempo trascorso, si era conservato bene. »

« Quando ha guardato nella cassa, lei era in una situazione di forte stress » le rammentò Gerber. « Mi ha raccontato che stava sulle ginocchia del Neri e non sapeva dove fossero finiti i suoi genitori. A tutto ciò bisogna aggiungere la sua giovane età, l'incapacità di elaborare il significato di ciò che aveva davanti agli occhi a causa di un'elementare mancanza di esperienza e, infine, anche il fatto non trascurabile che siano passati anni da allora: il ricordo di oggi è inevitabilmente alterato. »

« Ma grazie all'ipnosi adesso ho ricordato tutto » obiettò Hanna.

Gerber detestava quella parte del proprio lavoro, quando era costretto a disilludere i pazienti. Decise di servirsi dello stesso esempio che usava coi bambini.

« Le spiego lo scopo della nostra memoria, che non è semplicemente quello di immagazzinare cose... Quando da piccoli tocchiamo per la prima volta il fuoco, proviamo un dolore che non scorderemo più: allora, ogni qual volta vedremo una fiamma, faremo attenzione. »

« Ricordiamo il passato per prepararci al futuro » affermò Hanna, che aveva compreso il meccanismo.

« Di conseguenza, dimentichiamo tutto ciò che non ci serve » le confermò Gerber. « L'ipnosi non è in grado di recuperare determinati ricordi dalla nostra mente per il semplice motivo che, considerandoli inutili, la nostra memoria li ha cancellati irreversibilmente. »

« Ma papà ha detto che Ado era vivo e poi è morto... »

« Lo so cosa ha detto » la interruppe. « Ma non è la verità. »

Hanna si rabbuiò. « All'inizio, lei ha promesso di ascoltare la bambina che c'è dentro di me... Ma nessuno vuole veramente ascoltare ciò che hanno da dire i bambini » ripeté, come quando era sotto ipnosi.

Pietro Gerber provò un'infinita pena per lei. Avrebbe voluto alzarsi, avvicinarsi e abbracciarla, stringendola forte per far passare in fretta quel momento. Ma Hanna lo sorprese, perché non era ancora disposta ad arrendersi.

« Lei vuole farmi odiare mio padre solo perché odia il suo, vero? » lo fulminò, fissandolo ferocemente. «Non le sta bene che io conservi un buon ricordo di lui solo perché ha un conto in sospeso da riscuotere... Qualcuno è in debito con lei, dottor Gerber...? *Occhio per occhio.*»

«Si sbaglia, io non ho crediti» rispose, ferito.

Ma Hanna non aveva ancora finito. «Mi dica, sente ancora nell'orecchio il solletico della morte mentre nel letto d'ospedale suo padre le sussurra la verità?»

Senza accorgersene, Gerber si ritrasse sulla poltrona.

«Una parola» disse, sicura. «Suo padre ha pronunciato una parola soltanto ed è bastato così poco per farle perdere l'innocenza... Cos'è meglio, le fantasie di una bambina che crede alle streghe e ai fantasmi, oppure l'idea che esista solo questo mondo cinico e razionale in cui la morte è davvero la fine di ogni cosa e in cui qualcuno decide cosa è bene o male per noi senza nemmeno interpellarci? Forse sono davvero pazza perché credo a certe storie, ma a volte è solo questione di come si osserva la realtà, non le pare? Non dimentichi che quelli che il suo mondo chiama mostri per me erano mamma e papà.»

Gerber non riusciva a parlare. Era incredulo e impotente.

«Ado è reale» affermò Hanna Hall alzandosi e recuperando la borsetta. «È ancora sepolto nella cassa, sotto il cipresso vicino alla casa delle voci. Sta aspettando che qualcuno vada a prenderlo. »

Quindi si diresse verso la porta, intenzionata ad andarsene. L'ipnotista avrebbe voluto impedirglielo, dirle qualcosa, ma non gli veniva in mente nulla. Giunta sulla soglia, la donna si fermò e tornò a voltarsi verso di lui.

« La parola segreta di suo padre è un numero, vero? »

Inchiodato dalla verità, Pietro Gerber non poté fare altro che annuire.

«Coraggio Pietro, vieni avanti...»

Prima di allora, non era mai entrato nella foresta di suo padre. Si era sempre fermato sulla soglia ad ammirare gli alberi di cartapesta con la chioma dorata, uniti fra loro da lunghe liane. Quello era un posto per «bambini speciali», diceva sempre il *signor Baloo*. Anche quel nome era speciale e a lui non era permesso usarlo.

«Perché siamo venuti qui?» domandò, perplesso.

«Perché oggi compi nove anni» disse il padre, solennemente. «E io voglio farti un regalo.»

Pietro però non si fidava. La cosa aveva tutta l'aria di una punizione, anche se non riusciva a capire di che tipo. Era forse per via della faccenda del gelato e della donna con cui si era comportato in modo scortese la domenica prima? Aveva paura di domandarlo al padre, così si preparò ad accettare stoicamente qualsiasi castigo il genitore avesse previsto per lui.

« Il regalo consiste in una seduta d'ipnosi » affermò un po' a sorpresa il *signor Baloo*.

« Perché? »

« Non posso spiegartelo Pietro, è troppo difficile. Ma un giorno capirai, te lo prometto. »

Provò a immaginare cosa ci fosse da capire un giorno lontano che non potesse comprendere già ora, ma non gli venne in mente niente. Allora passò a una questione più pratica.

« E se non dovessi svegliarmi più? »

Il padre si mise a ridere. Pietro si sentì offeso dalla sua reazione. Ma poi il *signor Baloo* gli accarezzò la testa.

« È una preoccupazione molto comune, tutti i miei piccoli pazienti mi fanno la stessa domanda. E sai come li tranquillizzo? »

Scosse il capo, sentendosi già molto meno stupido.

« Gli dico che chi è ipnotizzato in realtà può svegliarsi in qualsiasi momento, perché dipende solo da lui. Perciò, se senti che qualcosa non va, ti basterà contare alla rovescia e poi aprire gli occhi. »

« Va bene » disse Pietro.

Il padre lo prese per mano e si inoltrarono fra gli alberi finti. Era piacevole stare lì. Lo fece distendere sul prato di moquette, mettendogli anche un morbido cuscino sotto la nuca. Quindi andò verso il giradischi che stava in un angolo su un tavolino. Con gesti eleganti e consumati, estrasse un vinile dalla copertina e lo posizionò sul piatto, quindi azionò la leva a scatto e il braccio con la puntina si mosse automaticamente per poi posarsi sul solco.

Lo stretto indispensabile animò il bosco con le voci dell'orso Baloo e di Mowgli.

Il padre andò a stendersi vicino a lui. Stavano l'uno accanto all'altro, supini e con le mani intrecciate sulla pancia, ad ammirare un cielo di nuvolette bianche e stelline luminose. Erano sereni.

«Probabilmente un giorno mi odierai per questo, ma io spero di no» disse il padre. «Il fatto è che siamo solo io e te, e non vivrò per sempre. Perdonami se ho scelto questo modo per farlo, ma altrimenti non avrei mai trovato il coraggio. E poi, è giusto così.»

Pietro continuava a non capire, ma decise di fidarsi.

«Allora sei pronto?»

«Sì, papà.»

«Allora adesso chiudi gli occhi...»

35

Gerber rientrò nella sua casa vuota nel primo pomeriggio. Ormai non riusciva più a gestire gli appuntamenti con gli altri pazienti. Non aveva la serenità necessaria per ascoltarli e per esplorarli con l'ipnosi. Ecco perché aveva preferito azzerare totalmente la propria agenda.

Si diresse in camera da letto con un'emicrania perforante. Crollò fra i cuscini senza spogliarsi e senza neanche togliersi le scarpe e si strinse nell'impermeabile perché all'improvviso sentì freddo. Erano gli effetti collaterali del Ritalin. Rimase in posizione fetale aspettando che passassero le ondate lancinanti che si abbattevano regolarmente contro le pareti interne del suo cranio. Appena cominciarono a scemare, si addormentò di schianto.

Fu proiettato in un caleidoscopio di sogni agitati. Fluttuava in un oscuro abisso abitato da pesci luminosi, ma anche dalle creature senza ombra del signor Hall. Fantasmi marini che avevano imparato ad adattarsi all'ostilità dell'ambiente in cui erano nati diventando trasparenti.

Hanna era come loro. Sempre vestita di nero, perché la vita le aveva insegnato a rendersi invisibile.

In quel mare c'era anche sua madre, la moglie del *signor B.* Esibiva il sorriso fisso delle foto di famiglia. Come una statua di cera: immobile e indifferente. La chiamava mamma, ma lei non rispondeva.

Nessuno vuole veramente ascoltare ciò che hanno da dire i bambini. Risentì la voce malinconica di Hanna Hall. *La parola segreta di suo padre è un numero, vero?*

Poi squillò il cellulare e Gerber riaprì gli occhi.

« Dove sei finito? » domandò la Baldi indispettita.

Che voleva da lui? E perché era arrabbiata?

« Sono le dieci e ancora non sei qui » lo rimproverò il giudice, impaziente.

« Sono le dieci? » chiese, con la bocca impastata dal sonno.

Controllò l'ora. In effetti, era esatto. Ma si trattava delle dieci del mattino. Quante ore aveva dormito? Troppe, fu la risposta. Infatti era ancora stordito.

« Ti stiamo aspettando » lo incalzò il magistrato. « Manchi soltanto tu. »

« Avevamo un appuntamento? » Non se lo ricordava.

« Pietro, c'è qualcosa che non va? Quando ti ho chiamato ieri sera, hai detto che per te andava bene e che saresti venuto. »

Non rammentava alcuna telefonata. Per quanto ne sapeva, aveva dormito ininterrottamente dal pomeriggio.

«Emilian» disse la donna. «Devi venire a casa del bambino, ci sono anche gli assistenti sociali. »

«Perché, che succede? » domandò, allarmato.

«Devi confermare il tuo parere: grazie al cielo, i genitori adottivi vogliono riprenderlo con loro. »

Arrivò trafelato. Non potendo rimediare al proprio ritardo, dovette fare a meno di darsi una sistemata prima di presentarsi. A parte i vestiti stazzonati, sapeva di non avere un buon odore. In più, sentiva che gli abiti gli andavano un po' larghi, segno che aveva perso almeno un paio di chili negli ultimi giorni.

Era sicuro che, vedendolo in quello stato, la Baldi l'avrebbe incenerito con uno dei suoi famosi sguardi. Invece negli occhi della vedova viola colse soprattutto apprensione.

Gli riecheggiavano ancora nella testa le parole del giudice, quando aveva respinto la sua domanda sul perché non gli avesse rivelato di conoscere Hanna Hall la prima volta in cui gliel'aveva nominata.

Ho fatto una promessa molti anni fa...
A chi?
Lo capirai.

La risposta era solo rimandata, per questo non aveva insistito troppo. Ma, alla fine della mattinata, sarebbe tornato alla carica con lei per sapere. Intanto, cercò di recuperare lucidità per dedicarsi al meglio al proprio lavoro. Non era facile. Era a pezzi.

L'indirizzo corrispondeva a una villetta di un quartiere di periferia che aveva come fulcro la parrocchia.

Anche se le persone che avevano adottato Emilian erano abbastanza giovani, avevano arredato casa loro con uno stile antiquato, probabilmente quello dei loro genitori. Era come se i due coniugi non si fossero emancipati affatto, sviluppando un proprio gusto. Pavimento in marmo chiaro, mobili laccati, lampadari di cristallo e un'accozzaglia di ninnoli e statuine di ceramica.

Il pezzo forte erano gli arredi religiosi. Gli abitanti di quella casa ci tenevano a ostentare la propria fede. C'erano crocifissi ovunque e quadri con scene dei Vangeli. Imperversavano santi e vari esemplari della Vergine Maria. Ovviamente non mancava una riproduzione dell'Ultima Cena, piazzata sopra un caminetto col fuoco finto.

Gli assistenti sociali compivano un sopralluogo di routine per verificare se sussistevano le condizioni per riaffidare il bambino bielorusso alla famiglia. Intanto Gerber si aggirava per gli ambienti con aria svagata, cercando soprattutto di non far notare troppo la propria presenza. Si sentiva come il reduce di una sbornia il mattino dopo i bagordi, quando il disagio e la vergogna prendevano il posto dell'euforia alcolica.

La Baldi si era appartata con i genitori adottivi di Emilian. La donna e il marito si tenevano per mano. L'argomento della conversazione era l'anoressia del bambino. Lo psicologo infantile ne colse distrattamente dei brandelli.

«Abbiamo sentito parecchi dottori» stava dicendo la mamma di Emilian. «Ne sentiremo altri, ma crediamo che nostro figlio abbia bisogno soprattutto della nostra attenzione e del nostro amore, oltre che dell'aiuto di Dio.»

Gerber rammentò la scena a cui aveva assistito al termine dell'ultima udienza, quando padre Luca aveva riunito tutti in un cerchio elevando una preghiera per lui. La madre aveva sorriso a occhi chiusi, quando gli altri componenti della confraternita non potevano vederla.

Mentre ci ripensava, l'ipnotista fu distratto dalla vista di una porticina che conduceva al seminterrato della villetta, il locale in cui Emilian aveva detto di aver assistito a una specie di orgia pagana fra i genitori, i nonni e il prete con indosso maschere di animali.

Un gatto, una pecora, un maiale, un gufo e un lupo.

Cosa era passato per la mente di Emilian? si chiese Gerber. Anche i bambini potevano essere sadici e crudeli, lo psicologo lo sapeva bene. Lui e la Baldi erano giunti alla conclusione che, dopo una vita di abusi in Bielorussia, forse il piccolo aveva voluto sperimentare cosa si provava a stare dalla parte del carnefice.

Iniziò a salire le scale immaginando che di sopra ci fosse la cameretta del bambino. Infatti, era proprio accanto a quella in cui dormivano i genitori. Mosse un passo all'interno e si guardò intorno. Un lettino, l'armadio, la piccola scrivania e tanti giochi e peluche. Si aveva la sensazione che la stanza fosse stata preparata con una cura amorevole, per far sentire subito a casa il nuovo arrivato. Sulle pareti, le foto incorniciate dei momenti felici di Emilian insieme alla famiglia italiana. Una gita al mare, un luna-park, il presepe a Natale.

Ma c'era anche dell'altro. Su un tavolino accanto alla porta, erano disposti degli oggetti.

Un asperges per benedire e un secchiello con l'acqua santa. Carboncini per incenso e un bruciatore. Un'ampolla di olio santo. Immaginette sacre e diversi rosari. Una Bibbia. Un crocifisso d'argento. Una stola sacerdotale.

Gerber si figurò la scena. I membri della comunità religiosa a cui appartenevano i coniugi che avevano adottato Emilian, riuniti intorno al letto del bambino mentre intonavano canti e recitavano liturgie per liberarlo da una possessione.

Scosse il capo per l'assurdità di quell'idea, stava per uscire dalla cameretta quando si accorse che qualcosa lo fissava da un cassetto semiaperto del comodino.

Avanzò e lo spalancò, scoprendo il ritratto dello stesso volto che Emilian aveva disegnato durante il loro ultimo incontro, mentre era sotto ipnosi. Anzi, ce n'erano diverse versioni su vari fogli, tutte molto simili.

Occhi affilati ma senza pupille, bocca enorme e denti aguzzi.

Forse per contrasto con la sovrabbondanza di immagini e simboli religiosi che aveva visto di sotto, somigliava a una figura demoniaca.

«Il mostro Maci» disse fra sé, ricordando il nome che gli aveva dato Emilian.

Per la prima volta, però, lo psicologo pensò che la parola potesse avere anche un significato. Recuperò lo smartphone, andò sull'applicazione del traduttore automatico e digitò quel termine. Il risultato lo colpì.

«Maci» in bielorusso voleva dire «mamma».

Era così che Emilian chiamava la madre naturale. Probabilmente, nelle sembianze mostruose del ritratto si nascondeva tutto l'orrore che il bambino aveva vissuto nella famiglia di origine.

In quel momento, si accorse delle voci che provenivano da basso e decise di andare a vedere cosa stesse accadendo. Guardando dalla balaustra del pianerottolo, scoprì che un'assistente sociale aveva appena riaccompagnato Emilian.

I genitori adottivi erano corsi ad abbracciarlo. Adesso stavano tutti e tre, stretti e in ginocchio, circondati dallo sguardo benevolo dei presenti.

Mentre Gerber era ancora a metà della scala, il bambino sollevò gli occhi su di lui. Sembrava deluso e anche arrabbiato. In fondo, era normale che provasse rancore verso chi aveva demolito la sua bugia. Lo psicologo, però, si sentì a disagio nell'essere fissato in quel modo. Decise di affrontarlo. Si avvicinò sorridendo.

«Ciao, Emilian, come stai?»

Il bambino non disse nulla. Ma dopo pochi istanti, fu scosso da un conato e gli vomitò sui pantaloni.

La scena colpì tutti. La madre di Emilian si precipitò a occuparsi del figlio.

«Mi dispiace» disse a Gerber la donna, passandogli accanto. «Le crisi sono imprevedibili, arrivano quando prova forti emozioni.»

Lo psicologo non replicò.

Dopo essersi assicurata che Emilian stesse meglio, la madre lo invitò a farsi il segno della croce e a recitare una preghiera per scacciare il ricordo dell'accaduto.

«Adesso diremo insieme l'Angelo Custode e passerà tutto» promise.

Gerber era ancora scosso. La Baldi si avvicinò e gli porse dei fazzoletti di carta perché si pulisse, ma lui svicolò, imbarazzato.

«Mi scusi» disse, andando in cucina.

Si ritrovò in un ambiente asettico. Il pavimento era lucido e i fornelli pulitissimi, come se non fossero mai stati usati. La padrona di casa faceva sfoggio della propria maestria da casalinga. Ma la tradiva l'odore persistente del cibo cucinato, mascherato inutilmente da un profumatore chimico ai fiori di campo.

Gerber si accostò al lavello e prese un bicchiere dallo scolapiatti: aprì il rubinetto e, dopo averlo riempito con la mano che tremava, bevve in pochi sorsi. Poi si appoggiò con entrambe le braccia al ripiano, lasciando che in sottofondo l'acqua continuasse a scorrere: chiuse gli occhi. Doveva andare via da lì, non ce l'avrebbe fatta ancora a resistere a lungo in quel posto. Sto per crollare, si disse. Non voglio che qualcuno assista al ridicolo spettacolo che darò di me stesso.

Nessuno vuole veramente ascoltare ciò che hanno da dire i bambini.

La frase di Hanna Hall irruppe fra i suoi pensieri.

Suonava come un'accusa ed era rivolta soprattutto a lui, l'addormentatore di bambini. Gerber la respinse, perché aveva fatto il possibile per Emilian. Se non avesse scoperto che aveva preso spunto da un libro di favole per calunniare chi l'aveva accolto promettendo di volergli bene, probabilmente adesso degli innocenti sarebbero ancora alla gogna. Allora perché si sentiva in colpa con lui?

La mia merenda è sempre cattiva.

Le ultime parole di Emilian prima che lo risvegliasse dall'ipnosi. Una specie di giustificazione per il male che aveva fatto ai suoi nuovi familiari. L'alibi perfetto di un bambino.

Gerber fu colto da un'intuizione. Aprì gli occhi e si voltò nuovamente a guardare la cucina immacolata. Collegò l'immagine agli oggetti sacri che aveva visto di sopra, nella cameretta. Qualcuno stava cercando di mondare l'anima di Emilian. La confraternita religiosa.

No, si disse. Non loro. Solo sua madre.

L'apparenza è molto importante per questa donna, si disse. Chi non ha potuto avere figli propri smania dalla voglia di dimostrare agli altri che, in fondo, merita comunque di essere chiamata « mamma ».

Data la sua profonda religiosità, la maternità per lei non era un fatto biologico. Era una vocazione.

La madre migliore è colei che decide di occuparsi

del frutto partorito dal grembo di un'altra. Anche se è un bambino imperfetto, anche se ha l'anoressia. Anzi, lei sopporta le sofferenze del figlioletto malato come fossero proprie. Una madre così non si lamenta. Sorride compiaciuta mentre prega. Perché sa che un dio vede e approva la sua fede.

« La mia merenda è sempre cattiva » ripeté fra sé Pietro Gerber.

Iniziò ad aprire tutti gli stipi, alla frenetica ricerca di una conferma. La trovò in cima a un ripiano. Crema spalmabile alla nocciola. Aprì il vasetto e ne osservò il contenuto. Di solito, nessun adulto assaggia un cibo a esclusivo appannaggio di un bambino.

Perciò, nessuno avrebbe scoperto il segreto della mamma di Emilian.

C'era solo un modo per avere la prova definitiva. Così affondò un dito in quella massa molle e se lo infilò in bocca.

Quando riconobbe l'acido in fondo al dolce, sputò istintivamente per terra.

Emilian non avrebbe mai potuto raccontare la verità, non gli avrebbero creduto. Per questo aveva inventato una storia di orge sataniche, coinvolgendo tutta la famiglia. Non aveva avuto scelta.

Perché nessuno voleva veramente ascoltare ciò che avevano da dire i bambini. Neanche Gerber.

36

Il *signor B.* citava spesso il caso di una bambina che, sotto ipnosi, costringeva un elefantino di stoffa a prendere le medicine e, se lui si rifiutava, lei lo minacciava di non volergli più bene. Il comportamento gli aveva consentito di individuare nella madre un disturbo denominato «Sindrome di Münchhausen per procura»: la donna somministrava di nascosto alla figlioletta dosi massicce di farmaci al solo scopo di farla ammalare e attirare così su di sé l'attenzione di amici e parenti, agli occhi dei quali appariva come una mamma brava e premurosa.

L'ipnotista però se ne ricordò solo quando Anita Baldi gli citò la vicenda per persuaderlo che era solo merito suo se avevano scoperto cosa stava accadendo a Emilian.

«È probabile che il tuo inconscio ti abbia suggerito cosa fare» insistette il giudice, riferendosi alla crema alla nocciola avvelenata con semplice sapone per i piatti.

Ma Gerber era convinto che il bambino bielorusso dovesse la propria salvezza a Hanna Hall. Per questo andò subito a cercarla. Sapeva bene che era soprattutto un pretesto per rivederla fuori dallo studio. Scoprì che non gli bastava più incontrarla in occasioni predefinite. Come un innamorato folle, aveva bisogno di imprevisti e di casualità.

Arrivato all'hotel Puccini, si precipitò dal portiere per chiedere di lei, sperando che fosse nella sua stanza.

« Mi spiace, la signora è partita stanotte » disse l'uomo.

La notizia ghiacciò Gerber. Lo ringraziò avviandosi verso l'uscita, ma poi ci ripensò e tornò indietro.

« Per quanto tempo la signora Hall ha soggiornato in quest'albergo? » domandò, allungandogli una banconota.

Era convinto che Hanna fosse arrivata a Firenze molto prima di apparire nella sua esistenza, con lo scopo di raccogliere informazioni su di lui. Altrimenti non si spiegava come mai conoscesse così tante cose del suo passato.

« È stata qui solo qualche giorno » rispose invece il portiere.

Lo psicologo non se l'aspettava. Notando la sua sorpresa, l'uomo aggiunse un particolare.

« La signora ha preso la stanza ma non si fermava mai di notte. »

Gerber registrò l'informazione, ringraziò di nuovo e uscì in fretta, era stordito. Però quella era la conferma indiretta che non si era sbagliato: se Hanna dormiva altrove, allora chissà da quanto era in città. La donna aveva preparato a lungo la messinscena, anche la misera stanza all'hotel Puccini ne faceva parte.

È ancora qui, si disse.

Ma ne aveva abbastanza di quell'inganno, ecco perché adesso era fondamentale parlare con lei. Gli venne in mente una possibilità e si cacciò una mano in tasca per recuperare il cellulare.

Chiamò subito Theresa Walker.

Una voce preregistrata gli comunicò in inglese che al momento l'utente era irraggiungibile.

Riprovò varie volte, anche dopo essere tornato a casa. L'esito rimase identico a ogni tentativo. Alla fine, nervoso e sfatto, si appoggiò con la schiena alla parete del corridoio e si lasciò scivolare piano fino a terra. Rimase così, seduto al buio. Doveva arrendersi all'evidenza, ma non ci riusciva.

Hanna Hall non sarebbe più tornata.

Nel disperato tentativo di ritrovarla, gli venne in mente di cercarla nell'unico posto che gli rimaneva. Internet. La Walker una volta gli aveva detto che esistevano due trentenni con quel nome in Australia. Una era una biologa marina di fama internazionale, l'altra era la loro paziente.

Gerber aprì il browser sullo smartphone e digitò il nome della donna nel motore di ricerca. Quando comparvero i risultati, chissà perché si ricordò delle creature senza ombra del signor Hall. Dall'abisso della rete era appunto emerso qualcosa che non si aspettava e che, invece, avrebbe potuto facilmente subodorare se non si fosse lasciato ingannare dalle apparenze.

La biologa marina di fama internazionale presente nelle foto sullo schermo aveva le sembianze della sua paziente.

Non c'erano mai state due Hanna Hall.

Solo che l'unica esistente non era una donna dimessa e trascurata. I capelli biondi fluttuavano al vento mentre era al timone di una barca a vela. Sorrideva come non aveva mai sorriso mentre era con lui, e ciò gli provocò una leggera puntura di gelosia. Ma soprattutto, pur essendo identica nell'aspetto, era una donna completamente diversa.

Era felice.

Avrebbe dovuto essere contento perché Hanna – la vera Hanna – aveva superato il trauma del rapimento insieme a quello di ritrovarsi trapiantata in una famiglia di sconosciuti. Avrebbe dovuto essere fiero di lei per come aveva usato la propria vita senza farsi condizionare da ciò che le era capitato. Invece riusciva a pensare soltanto al perché Hanna Hall aveva inscenato quella recita per poi sparire all'improvviso. Scommise con se stesso che in realtà era una salutista e, di solito, non fumava nemmeno.

La parola segreta di suo padre è un numero, vero?

In quel momento, qualcuno suonò il campanello di casa. Gerber scattò in piedi per andare a vedere chi fosse, pregando che si trattasse di lei. Ma il volto che gli apparve appena aprì la porta lo disilluse all'istante.

Eppure era familiare.

Nonostante fosse molto invecchiata rispetto alle uniche due volte in cui si erano incontrati di persona, riconobbe lo stesso l'amica di suo padre: la donna misteriosa del gelato quando lui era un bambino, colei che aveva ritrovato da adulto al capezzale del *signor B.* mentre moriva.

«Penso che questa sia sua» disse con voce arrochita dalle troppe sigarette l'ex dipendente del San Salvi.

Poi sollevò la mano per mostrargli la vecchia foto rubata dall'album di famiglia. Ritraeva il piccolo Pietro Gerber appena nato.

37

Uscirono di casa e si rintanarono in un piccolo bar di via della Burella, l'unico aperto a quell'ora di notte. Il locale era un crocevia di umani in fuga dalla luce del giorno: insonni, trafficanti, prostitute.

Seduti a un tavolino appartato, davanti a due pessimi caffè, la misteriosa amica del *signor B.* si accese una sigaretta, sicura che in un posto come quello nessuno avrebbe avuto niente da obiettare. Gerber notò che fumava le Winnie.

Lo psicologo teneva fra le mani la vecchia fotografia. «Chi gliel'ha data?»

«L'ho trovata nella buca delle lettere.»

«Come ha capito che il neonato ero io?»

La donna lo fissò. «Non potrei mai dimenticarlo.»

«Perché?»

L'altra tacque. Un sorriso. Ancora un altro segreto. Un'altra risposta rimandata, come con la Baldi che chissà per quale motivo non aveva voluto rivelargli subito di conoscere Hanna Hall.

«Che rapporti aveva con mio padre?» domandò, in maniera sgarbata.

« Eravamo buoni amici » si limitò a dire la donna, dando anche a intendere che non sarebbe andata oltre quella banale spiegazione. D'altronde, fino a quel momento, non aveva voluto dirgli neanche il proprio nome.

« Perché è venuta da me? E non mi dica che è stato solo per restituirmi questa foto... »

« È stato suo padre a dirmi di farmi avanti nel caso in cui lei mi avesse cercata... Pensavo che la fotografia fosse un suo invito. »

Il *signor B.* aveva organizzato quell'incontro? Gerber se ne stupì.

« Lei e mio padre avevate una relazione? » domandò.

La donna scoppiò in una rauca risata che presto fu soffocata da un accesso di tosse.

« Suo padre era così innamorato della moglie da rimanerle fedele anche dopo che era morta. »

Gerber provò un senso di colpa nei confronti di Silvia. Dopo gli eventi degli ultimi giorni, forse lui non poteva più considerarsi un marito devoto.

« Suo padre era un uomo integerrimo, una delle persone più corrette che abbia mai incontrato » proseguì la sconosciuta.

Ma Gerber non voleva sentirselo dire e la stoppò.

« Mari e Tommaso. »

Sentendo pronunciare i due nomi, la donna smise di parlare.

« Non mi interessa altro: solo loro » precisò lui, deciso.

La donna aspirò una lunga boccata dalla sigaretta. « Il San Salvi era un mondo a parte, con le proprie regole. Si viveva e si moriva in base a quelle regole. »

Gerber ripensò alle cinque che erano state imposte a Hanna da bambina.

« Quando nel '78 venne promulgata la legge per far chiudere tutti gli ospedali psichiatrici, a nessuno venne in mente che le norme del mondo esterno non valevano nel nostro. Non sarebbe bastato ordinarci di sloggiare, perché molte delle persone che avevano trascorso gran parte della loro esistenza fra quelle mura non avrebbero saputo dove andare. »

Gerber rammentò che il custode del San Salvi gli aveva detto le stesse cose quando si era recato in visita in cerca di documenti.

« Abbiamo continuato a tenerli lì, in silenzio. Ovviamente fuori tutti sapevano, ma preferivano ignorarlo. Credevano che, morti gli ultimi pazzi prigionieri, il problema si sarebbe risolto da sé. Dovevano solo lasciar fare al tempo... »

« Non è stato così... »

« I burocrati ignoravano che, in posti come il San Salvi, la vita trovava il modo di andare avanti comunque... Ed era allora che entravo in gioco io. »

« Cosa intende? »

« Si è chiesto cosa ci facessero due minorenni in manicomio? »

Tommaso aveva sedici anni, Mari quattordici.

« No, in effetti non me lo sono chiesto. »

La donna si alzò, spense il mozzicone in ciò che rimaneva nella tazzina di caffè. « Le risposte che cerca le troverà al padiglione Q. »

Gerber, però, non si aspettava di essere lasciato così presto. E poi c'era una cosa che non quadrava. Le afferrò il braccio. « Aspetti un momento... I padiglioni del San Salvi vanno dalla A alla P: non esiste nessuna Q. »

« Infatti » confermò la donna, fissandolo. « Non esiste. »

38

Scavalcò l'alto muro di cinta da via Mazzanti, nel punto in cui sembrava più facile arrampicarsi. Ricadde all'interno di uno spazio erboso, schivando per poco un collo di bottiglia rotto che era lì chissà da quanto. Il terreno era cosparso di vecchi rifiuti, dovette fare attenzione a dove metteva i piedi.

Vegliato dalla luna piena, s'incamminò nel bosco.

Gli alberi che custodivano il posto sembravano non fare caso alla sua presenza. Ondeggiavano all'unisono al vento notturno, liberando nell'aria un coro di sussurri.

Gerber riuscì finalmente a trovare un vialetto asfaltato che, come l'affluente di un estuario, l'avrebbe condotto sicuramente al centro del complesso. Mentre procedeva, osservava gli edifici che componevano la città abbandonata del San Salvi.

Ognuno recava impressa una lettera sulla facciata.

Seguendo le indicazioni di quell'alfabeto, approdò davanti a una palazzina bianca. L'unica che non avesse un carattere a contrassegnarla.

Il famigerato padiglione Q, si disse lo psicologo. C'era un solo modo per verificarlo, entrare.

Non fu facile poiché il passaggio dalle finestre rotte era impedito da pesanti sbarre di metallo. Una porta sul retro, però, era già stata forzata e fu da lì che Gerber s'introdusse nell'edificio.

La sua presenza risuonò nel silenzio di un ampio locale. I suoi passi scricchiolavano sui vetri e i calcinacci. Il pavimento era rialzato in più punti e, fra le mattonelle di ceramica, spuntavano ostinati arbusti che erano riusciti a farsi strada nel cemento. I raggi lunari piovevano dalle crepe nel soffitto, una specie di nebbiolina luminosa era sospesa nell'aria.

Gerber provò la concreta sensazione di non essere solo. Occhi invisibili lo osservavano, nascosti negli angoli o fra le ombre. Li sentiva bisbigliare fra loro.

Gli piace ancora spostare le sedie. Così aveva detto il custode, riferendosi velatamente alle anime inquiete che abitavano quel posto. *Di solito, le sistemano davanti alle finestre, rivolte verso il giardino.* Anche da morti, le loro abitudini non erano cambiate: una piccola platea di sedie vuote era stata sistemata davanti a una vetrata.

Ma la vera sorpresa fu quando Gerber giunse nella prima camerata. La dimensione dei letti era diversa dal solito. Erano più piccoli. Letti di bambini.

Continuando a esplorare, l'ipnotista si domandava dov'era capitato e perché quel luogo fosse stato tenuto sempre segreto. Arrivato ai piedi di una scala di mattoni, stava per salire al piano superiore. Ma si fermò. Qualcosa lo spinse a guardare in basso, dove i gradini si perdevano in una specie di abisso.

C'erano delle impronte di passi nella polvere.

Gerber non aveva una torcia con sé e si maledisse per non averci pensato. Gli restava quella in dotazione al cellulare. Facendosi luce col telefono, iniziò la discesa nel sotterraneo.

Alla fine dell'ultima rampa, si aspettava di trovare un magazzino oppure il vecchio locale caldaie. Invece c'era un lungo corridoio con un'unica porta in fondo. Mentre la raggiungeva, si guardava intorno perché alle pareti erano dipinti allegri personaggi delle fiabe.

Fece mille congetture sulla funzione di quel luogo. Nessuna, però, lo confortò.

Quando varcò l'ultima soglia, fece spaziare il raggio di luce. Qualcosa gli restituì un insolito scintillio. Guardò meglio e ciò che vide lo sconvolse.

Una poltrona per partorienti d'acciaio cromato, con lo schienale abbassato e i poggiagambe sollevati.

Dapprima pensò a un'allucinazione, ma poi si convinse che era tutto vero. Avanzò lentamente e si accorse che, subito dopo, c'era un'altra stanza. Superò l'uscio e si trovò davanti quattro file di culle di metallo, lavandini, fasciatoi.

Un nido.

Ovviamente, i lettini erano vuoti ma lui poteva lo stesso immaginare i corpicini addormentati.

Gerber fu travolto dall'incredulità. Una parte di lui voleva scappare subito, ma un'altra non riusciva a muoversi. Una terza bramava di esplorare l'assurdità che aveva di fronte a sé. Decise di assecondarla, perché se non avesse compreso fino in fondo, se non avesse almeno cercato una risposta, non avrebbe avuto più pace.

Voltandosi, si trovò davanti il gabbiotto del personale medico-infermieristico. Attraverso il vetro divisorio, poté scorgere una scrivania e un piccolo schedario.

Non sapeva quanto rimanesse alla batteria dello smartphone, era troppo preso dallo sfogliare i fascicoli che aveva accatastato sul tavolo. Da quanto tempo era seduto lì? Non riusciva a fermarsi. La sua curiosità era avida. Ma non era solo quello. Sentiva di avere un dovere verso gli innocenti che erano transitati per quel luogo insensato, di cui pochi fuori da lì conoscevano l'esistenza. Una minoranza che aveva mantenuto il terribile segreto, come una consorteria.

In posti come il San Salvi, la vita trovava il modo di andare avanti comunque.

Aveva usato proprio quelle parole l'amica misteriosa del *signor B.* E, scartabellando le carte, Pietro Gerber iniziava a comprendere il senso della frase.

Il padiglione Q era un reparto maternità.

Rammentò che l'ospedale psichiatrico era una città a sé. L'esistenza della struttura scorreva indipendentemente dal mondo esterno. C'era una piccola centrale elettrica. Un acquedotto separato da quello di Firenze. Una mensa per preparare i pasti. Un cimitero, perché chi entrava là dentro non aveva speranza di uscirne nemmeno da morto.

Ma l'autarchia valeva anche per qualcos'altro.

I pazienti si incontravano, si innamoravano, decidevano di dividersi la vita. E, a volte, ne mettevano al mondo una nuova.

Il San Salvi era preparato anche a tale evenienza.

Nel corso degli anni, l'ospedale psichiatrico aveva ospitato non solo malati di mente acclarati, ma anche persone gravate da una dipendenza oppure i reietti della società, che venivano reclusi solo perché erano diversi. I folli e i sani di mente erano accomunati dalle stesse esigenze affettive. A volte, il tutto avveniva nell'ambito di rapporti consenzienti. Altre volte, purtroppo no.

Spesso, tali atti conducevano a gravidanze. Che fossero volute o meno, era necessario gestirle.

Ed era allora che entravo in gioco io.

Così aveva detto l'amica del *signor B.*

Dai fascicoli che aveva davanti, Gerber scoprì che

la donna misteriosa era un'ostetrica. Grazie ai suoi appunti, poté ricostruire la storia delle partorienti e dei neonati.

Tanti morivano a causa dei farmaci o delle terapie a cui erano sottoposte le madri e poi venivano sepolti in una fossa comune del cimitero. Però la maggioranza sopravviveva.

Chi arrivava in quel modo all'interno del San Salvi era destinato a restarci, esattamente come gli altri.

Nessuno avrebbe adottato i figli dei matti, si disse Gerber. Per la comprensibile paura che quei bambini covassero lo stesso male oscuro di chi li aveva generati.

Fuori, però, non si poteva raccontare che generazioni di figli e figlie avevano iniziato il proprio soggiorno fra quelle mura solo perché c'erano nati. Si erano dati il cambio coi genitori, a volte ereditando la loro patologia, altre diventando pazzi solo col tempo.

Fra i documenti personali che stava consultando, Gerber trovò quelli di Mari.

Lo psicologo lesse la sua breve storia. Lei e Tommaso erano figli del San Salvi, lo testimoniava anche la giovane età di entrambi. Erano annoverabili tra i « fortunati » che erano sopravvissuti al parto. I due erano cresciuti insieme in quell'inferno e si erano innamorati. Nessuno nella coppia presentava sintomi di malattia mentale, solo il disagio dovuto al fatto di essere nati lì. Quando lui aveva sedici anni e lei quattordici avevano avuto un bambino.

Mari non era sterile. La Baldi gli aveva mentito.

Al bambino era stato dato il nome Ado. Purtroppo, però, era morto poche ore dopo essere venuto al mondo.

Gerber immaginò Tommaso e Mari che, non riuscendo ad accettare la triste realtà, fuggivano dal San Salvi portandosi dietro anche il cadavere del figlioletto.

«Ado è reale» aveva detto Hanna Hall.

Ado, però, è morto, pensò Pietro Gerber.

Mamma cercava di svegliare Ado per dargli da mangiare.

Così aveva raccontato Tommaso a Hanna quando lei era andata a trovarlo in carcere.

Ma quando ha provato ad attaccarselo al seno lui era freddo e immobile. Allora mamma ha cominciato a urlare, e io non dimenticherò mai le sue grida e il suo dolore... Le ho tolto Ado dalle braccia e ho provato a soffiare aria nei suoi piccoli polmoni, ma è stato inutile... Allora l'ho avvolto nella sua coperta e sono andato a cercare la legna per costruire una cassa. L'abbiamo messo lì dentro e ho chiuso il coperchio con la pece.

Gerber ripercorreva la macabra sequenza di eventi e intanto continuava a leggere la documentazione. A causa di impreviste complicanze durante il parto, Mari non avrebbe mai più avuto figli. Per quel motivo, lei e Tommaso avevano rapito Hanna e poi Martino. Come aveva già pensato, la loro condotta criminale era una rivalsa nei confronti del destino che gli aveva impedito di diventare genitori.

Pietro Gerber ebbe la sensazione di essere giunto alla fine della storia. Da lì in poi, le risposte erano in possesso solo di Hanna Hall. Quella che gli stava più a cuore, ovviamente, riguardava il legame che esisteva fra la paziente e suo padre e il perché lei sapesse così tante cose sul conto del *signor B.*

Mentre faceva queste considerazioni, l'occhio dello psicologo cadde sul timbro ufficiale e su una sigla in calce al certificato di nascita e di morte del piccolo Ado. Conosceva la grafia e il significato della vidimazione.

Era il suggello del tribunale dei minori, accompagnato dalla firma di Anita Baldi: sancivano che i fatti si erano svolti esattamente come da verbale.

Che razza di coincidenza era? Non poteva essere solo un caso. Il fatto che in quella storia tornassero ciclicamente ad apparire sempre gli stessi personaggi gli dava l'impressione che ci fosse sotto qualcosa. Un inganno. Oppure, una verità addomesticata.

La Baldi riportava in gioco anche suo padre.

Ho fatto una promessa molti anni fa...

Il *signor B.* era il destinatario della promessa del giudice? Chi altri se no?

In quel momento, Pietro Gerber capì che si sbagliava, perché la soluzione del mistero non era solo nelle mani di Hanna Hall.

Dopo vent'anni, la risposta si trovava ancora sotterra, in una tomba accanto alla casa delle voci.

39

Non fu troppo difficile trovare il casale della notte dell'incendio. Gli bastò seguire le indicazioni degli articoli di giornale rinvenuti nella valigia di Hanna Hall.

Lo vide apparire nel parabrezza dell'auto. Alla luce infuocata dell'alba sembrava che bruciasse ancora. Ormai era solo un rudere in cima a una collina, consumato dall'edera e vegliato da due cipressi solitari. Per raggiungerlo, Gerber aveva dovuto percorrere nove chilometri di sterrato.

Fermò la macchina, scese e si guardò intorno. La campagna senese si estendeva desolata fino all'orizzonte. Ma la cosa che lo colpì maggiormente fu l'assoluta mancanza di suoni.

Non c'era il canto degli uccelli che salutavano il nuovo giorno, né una brezza che accarezzasse la vegetazione invernale. L'aria era immobile e pesante. Quel posto faceva pensare alla morte.

S'incamminò lungo il sentiero che costeggiava la casa, senza sapere esattamente dove cercare. Ma poi abbassò distrattamente lo sguardo per terra e riconobbe il mozzicone di una Winnie. Poi un secondo e anche un terzo. Ce n'era una scia. Li seguì per vedere dove l'avrebbero condotto.

La prova che Hanna era stata lì era un pacchetto di sigarette vuoto, lasciato alla base di uno dei cipressi. Pietro Gerber ora sapeva anche dove scavare.

Si era portato appresso una pala e la conficcò nella terra indurita dal freddo del mattino. Man mano che andava avanti, ripensava a ciò che era accaduto in quel posto la notte in cui Hanna era stata portata via alla sua famiglia. L'assedio degli estranei guidati dalla vedova viola, il fuoco appiccato da Tommaso per scacciarli ma anche come diversivo per avere il tempo di nascondersi tutti nella stanza sotto il camino di arenaria, l'acqua della dimenticanza che Mari aveva fatto bere alla figlia a cui non voleva rinunciare.

A quasi un metro di profondità, la punta della pala urtò qualcosa.

Gerber scese nella buca, intenzionato a terminare l'opera a mani nude. Affondando le dita nelle zolle, sentì il profilo della cassa di legno. Hanna aveva ragione, era lunga al massimo tre spanne. Prima di liberarla completamente, ripulì il coperchio col palmo della mano e riconobbe il nome che Tommaso aveva inciso con uno scalpello arroventato.

ADO.

La piccola cassa era sigillata con la pece. Lo psicologo prese una chiave e cominciò a grattarla via dall'intercapedine. Ultimato il lavoro, attese qualche secondo per riprendere fiato. Quindi la scoperchiò.

Il neonato si mise a piangere.

Gerber perse l'equilibrio e cadde all'indietro, atterrando dolorosamente sulla schiena. Il terrore lo attraversò come una scossa, dai piedi fino al cranio.

Il pianto cominciò a scemare, diventando una specie di rantolo cupo e stonato. Allora Gerber si avvicinò di nuovo per vedere meglio.

Non era un bambino, era un bambolotto.

Un giocattolo con un meccanismo interno che riproduceva il pianto di un neonato. Avrebbe dovuto aspettarselo dopo la descrizione di Hanna, quando il Neri e i suoi «figlioli» avevano aperto la cassa in cerca di un improbabile tesoro. Aveva detto che Ado sembrava ancora vivo, che la morte non l'aveva toccato.

Ma che razza di storia era quella?

Tornò verso la macchina, scosso e disorientato. Si chiuse nell'abitacolo ma non mise in moto. Rimase seduto a fissare il vuoto, ebbe l'impressione che perfino il suo cuore si rifiutasse di battere.

Lo ridestò lo squillo del cellulare.

Lo lasciò suonare, pensando fosse Silvia. Avrebbe voluto sentire la sua voce, ma al momento non aveva parole per spiegare. L'apparecchio smise e il silenzio rioccupò lo spazio intorno a lui. Ma poi ricominciò, insistente. Allora Gerber lo prese con l'intenzione di farlo tacere.

Si bloccò, perché il numero sul display era quello di Theresa Walker.

«Allora, come è andata? Ha avuto fortuna?» chiese la collega con la voce di Hanna Hall.

«Ado è una bambola» disse.

«Ado è uno spettro» lo contraddisse l'altra.

«La smetta, non esistono i fantasmi» replicò, brusco, ma con le parole che a stento riuscivano ad arrampicarsi nella sua gola riarsa. Gerber non capiva perché Hanna ci tenesse così tanto a tormentarlo. Qual era il suo scopo?

«Ne è sicuro?» chiese lei, con voce sinuosa. «Ci sono tanti fenomeni che non possiamo spiegare e spesso sono legati alla nostra materia di studio: la psiche umana.» Fece una pausa a effetto: «I fantasmi, a volte, si nascondono nella nostra mente...»

Che voleva da lui quella donna? Perché fingeva ancora di essere una psicologa?

«Prenda l'ipnosi» proseguì lei, imperterrita. «L'ipnosi è un varco aperto nell'ignoto. Alcuni vogliono esplorarlo, altri non se la sentono perché hanno paura di scoprire *cosa* oppure *chi* troveranno là sotto.»

Gerber stava per dirle che ne aveva abbastanza di quella pagliacciata, ma Hanna lo interruppe ancora.

« Qual è la più grande paura dei nostri pazienti? »

« Non riuscire a risvegliarsi » disse senza sapere perché ancora le reggeva il gioco.

« E noi come li tranquillizziamo? »

« Dicendo che possono farlo in qualsiasi momento, perché dipende solo da loro. » Era stato il *signor B.* a insegnarglielo.

« Si è mai sottoposto a ipnosi? » chiese la donna, spiazzandolo.

Gerber ne fu irritato. « Che c'entra adesso? »

« L'addormentatore di bambini è mai stato addormentato da bambino? » lo incalzò.

In quel momento, a Pietro Gerber sembrò di sentire nel telefono la musica del vecchio disco: *Lo stretto indispensabile*, distorto e in lontananza. Si arrese.

« Il giorno del mio nono compleanno mio padre mi sottopose a una seduta. »

« Perché lo fece? » domandò con calma la Walker.

« Era un regalo. »

Non posso spiegartelo Pietro, è troppo difficile. Ma un giorno capirai, te lo prometto.

« Mio padre mi fece distendere nella foresta e venne a mettersi accanto a me: eravamo vicini, sereni, ad ammirare un cielo di nuvolette bianche e stelline luminose. »

Probabilmente un giorno mi odierai per questo, ma io spero di no. Il fatto è che siamo solo io e te, e non vivrò per sempre. Perdonami se ho scelto questo modo per farlo, ma altrimenti non avrei mai trovato il coraggio. E poi, è giusto così.

« Qual è il numero segreto di suo padre? » chiese subito Hanna Hall.

Lui esitò.

« Avanti, dottor Gerber: è venuto il momento di dirlo, altrimenti non saprà mai qual è il regalo che lui ha voluto farle. »

L'ipnotista non aveva la forza.

« Quando le ha parlato, suo padre stava già guardando in un'altra dimensione: quel numero viene dall'aldilà » insistette Hanna.

Gerber fu costretto a rivivere la scena. Il *signor Baloo* che mormorava qualcosa ma la mascherina dell'ossigeno gli impediva di capirlo. Allora si era avvicinato e il padre si era sforzato di ripetere ciò che aveva detto. La rivelazione era caduta come un macigno nel suo giovane cuore. Incredulo e sconvolto, si era staccato dal genitore morente. Ciò che aveva visto negli occhi del *signor Baloo* non era stato rimpianto, ma sollievo. Spietato, egoistico sollievo. Suo padre – l'uomo più pacifico che avesse mai conosciuto – si era sbarazzato del proprio segreto. Adesso, era tutto suo.

« Qual è il numero? » lo sollecitò Hanna Hall. « Lo dica e avrà la verità... Lo dica e sarà libero... »

Pietro Gerber tremava e piangeva. Chiuse gli occhi e pronunciò la parola con un filo di voce. « Dieci... »

« Bene » si compiacque l'altra. « Ora continui: cosa c'è dopo il numero dieci? »

« ... nove... »

« Ottimamente, dottor Gerber: ottimamente. »

« ... otto, sette, sei... »

« È importante, vada avanti... »

« ... cinque, quattro, tre... »

« Sono fiera di lei. »

« ... due... *uno*. »

La canzoncina cessò e il silenzio arrivò come un premio. Quella specie d'incantesimo svanì ed emerse la verità che suo padre aveva nascosto nella sua memoria con quell'unica seduta di ipnosi.

Il regalo.

« Mia madre stava male già prima che io nascessi. » Rammentò che, nelle vecchie foto dell'album di famiglia, aveva notato su di lei i segni della malattia. « Prima di morire, avrebbe voluto un figlio. Siccome per via delle cure non poteva, mio padre l'accontentò diversamente. »

Improvvisamente Pietro Gerber ricordò ogni cosa.

40

Il ventidue ottobre è una notte di tempesta.

E io adesso sono lì.

Gli ospiti del San Salvi sono sempre più inquieti del solito durante i temporali, gli infermieri devono faticare parecchio per tenerli a bada. Molti si nascondono spaventati, ma i più si aggirano per i padiglioni gridando e farneticando: sembrano attrarre l'energia che satura l'aria. E, ogni volta che un fulmine cade nel parco circostante, le voci dei pazzi si levano all'unisono come il saluto dei fedeli al dio dell'oscurità.

Verso le ventitré, Mari è distesa nel suo letto, nella camerata. Sta provando a dormire con un cuscino sulla testa, per non sentire il baccano degli insani che si mischia con i boati dei tuoni. In quel momento, inizia ad avvertire le prime doglie. Arrivano potenti e improvvise, come le scariche che lacerano il cielo. Invoca il suo Tommaso, pur sapendo che lui non potrà aiutarla: gli estranei, coloro che non credono al loro amore, li hanno separati.

La barella con Mari urlante corre lungo i corridoi vuoti, mentre la trasportano nel sotterraneo del padiglione Q.

L'ostetrica di turno quella notte è la donna misteriosa del gelato. Prima di accingersi a estirpare il neonato dal grembo della ragazzina, si apparta nel gabbiotto degli infermieri per fare una telefonata.

«Vieni, qui è tutto pronto...»

Mari partorisce senza alcun tipo di aiuto farmacologico, provando tutto il dolore che comporta mettere al mondo un figlio. Non sa che quella sarà la sua unica occasione di essere madre, perché a causa della giovane età ci sono delle complicanze che le impediranno di mettere al mondo altri figli. Anche se lo sapesse, non le interesserebbe. Ciò che conta adesso è abbracciare il suo Ado.

Ma quando la sofferenza finalmente cessa e riconosce il pianto del suo dolcissimo bambino, mentre tende le mani perché glielo lascino stringere, Mari vede l'ostetrica che si allontana con il piccolino senza che lei possa nemmeno scoprire il suo viso.

La ragazza si dispera, nessuno si cura di consolarla. Ma è allora che appare una figura sorridente.

È il *signor Baloo*, l'uomo gentile che da un po' di tempo viene a trovare lei e Tommaso ai tetti rossi. È l'addormentatore di bambini. Lui l'aiuterà, lui è suo amico. Infatti le sta riportando Ado avvolto in una copertina azzurra. Ma quando le si accosta,

Mari si accorge che è solo un bambolotto. Il *signor Baloo* prova ad adagiarglielo fra le braccia.

«Ecco, Mari: questo è il tuo bambino» le dice.

Ma lei lo respinge subito, rabbiosa. «No, non è il mio Ado!»

Allora da qualche parte nella stanza, qualcuno mette un disco. La canzoncina di Mowgli e dell'orso. Il *signor Baloo* posa una mano sulla fronte della ragazza.

«Tranquilla» afferma. «Abbiamo parlato a lungo di tutto questo anche con Tommaso, ricordi?»

Mari rammenta solo che entrambi si sono abbandonati a una specie di sonno piacevole, guidati dalla voce del *signor Baloo*.

«Adesso è arrivato il momento a cui ci siamo tanto preparati» annuncia l'addormentatore di bambini.

Poi, con parole ricercate e voce carezzevole, inizia a convincerla che il fantoccio che ha fra le braccia è reale.

La consapevolezza di Mari svanisce poco a poco, dissolvendosi in qualcosa di cupo e di illusorio. Il *signor Baloo* le assicura che presto lei e Tommaso potranno coccolare insieme il loro figlioletto.

Finito il proprio compito d'incantatore, l'ipnotista esce dalla sala parto e trova in corridoio l'ostetrica che l'aspetta con un fagottino.

«Non dirgli mai che non è figlio tuo» si raccomanda la donna.

« Non saprei come spiegargli che viene da qui » la rassicura lui. « Ma se un giorno dovesse cercarti... »

« Non avere scrupoli » lo interrompe lei. « Stiamo facendo la cosa giusta: noi lo stiamo salvando, non dimenticarlo. Che futuro potrebbe avere qui dentro? Finirebbe come Mari e Tommaso. »

Il *signor Baloo* annuisce, anche se è turbato da ciò che lo attende.

« La tua amica giudice ha preparato i documenti? »

« Sì » conferma lui. « Risulterà un Gerber a tutti gli effetti. »

L'ostetrica sorride per stemperare la tensione. « A proposito, come lo chiamerete? »

« Pietro » le risponde. « Lo chiameremo Pietro. »

Quindi io e mio padre ci allontaniamo insieme dall'inferno dei tetti rossi. Diretti verso una nuova casa, una famiglia falsa e un futuro da inventare.

41

In quel momento, moltissimo tempo dopo, in quell'auto nel mezzo della campagna deserta, il ricordo che il padre gli aveva insinuato nella psiche il giorno del suo nono compleanno si fissò definitivamente nella memoria cosciente di Pietro Gerber. E fu come se l'avesse sempre saputo.

« Il *signor B.* aveva persuaso con l'ipnosi Tommaso e Mari che quel fantoccio fosse il loro bambino. Ma se la finzione creata dalle loro stesse menti poteva sussistere fra le mura del San Salvi, fuori da lì perdeva consistenza. Era l'ospedale psichiatrico a renderla reale. Così i due si erano convinti che il piccolo era morto durante la loro fuga d'amore. »

« Per questo, dopo il numero rivelato in punto di morte, era arrabbiato con suo padre » affermò la falsa psicologa all'altro capo della linea. « La rabbia le serviva a negare la verità, così si è convinto che suo padre non l'amasse. »

« Il *signor B.* non mi ha chiesto se volevo conoscere quella verità o se preferivo continuare a vivere ignaro » ribatté. « Prima di morire, ha semplicemente iniziato il conto alla rovescia per sgravarsi l'anima dal suo segreto. »

« Come Hanna Hall, anche lei non ha avuto l'opportunità di scegliere » concordò l'altra. « Perché, se Hanna avesse potuto, forse avrebbe voluto continuare a vivere con quelli che credeva fossero sua madre e suo padre. »

Pietro Gerber fu costretto a interrogarsi sul destino che li aveva uniti molti anni prima che si conoscessero.

Lui e Hanna erano fratelli.

Anche se non avevano lo stesso sangue, avevano avuto gli stessi genitori. Lui era stato messo al mondo da Mari e Tommaso. Lei era stata cresciuta da loro al posto suo. Entrambi erano accomunati dal fatto che qualcuno aveva voluto arbitrariamente *salvarli*.

« Hanna ha escogitato tutto perché scoprissi la mia vera storia » affermò Pietro Gerber.

« Interessante » disse la finta Walker. « Così Hanna Hall è venuta dall'Australia non per liberarsi, ma per liberare lei. »

Continuava ad assecondarla, perché era spaventato. Non sapeva cosa sarebbe accaduto se avesse messo fine a quella farsa. Sarebbe stato obbligato a riscrivere la propria vita sulla base di quella verità. Ma comprese anche una cosa e fu consolatorio.

Nell'impresa di mettere ordine ai ricordi del passato, non sarebbe stato solo.

Hanna gli sarebbe rimasta accanto, avrebbe guidato la memoria nel sanare le ferite dell'infanzia, soffiando via il suo dolore di bambino come sanno fare solo le persone che ci amano realmente.

Anche se Pietro Gerber non aveva ancora la forza di sollevare le palpebre e uscire dalla tana confortevole del buio, sapeva che lei era lì, da qualche parte, vicinissima. Forse a pochi metri oltre il parabrezza, in piedi e di spalle, col telefono all'orecchio mentre guardava l'orizzonte.

«Va tutto bene, Pietro» disse la donna con voce quieta, rassicurante. «È tutto finito: adesso puoi riaprire gli occhi.»

Ringraziamenti

Stefano Mauri, editore, amico. E, insieme a lui, tutti gli editori che mi pubblicano nel mondo.

Fabrizio Cocco, Giuseppe Strazzeri, Raffaella Roncato, Elena Pavanetto, Giuseppe Somenzi, Graziella Cerutti, Alessia Ugolotti, Ernesto Fanfani, Diana Volonté, Giulia Tonelli e la preziosissima Cristina Foschini.
   La mia squadra.

Andrew Nurnberg, Sarah Nundy, Barbara Barbieri, e le straordinarie collaboratrici dell'agenzia di Londra.

Tiffany Gassouk, Anais Bakobza, Ailah Ahmed.

Vito, Ottavio, Michele. Achille.

Giovanni Arcadu.

Gianni Antonangeli.

Antonio e Fiettina, i miei genitori. Chiara, mia sorella.

Sara, la mia «eternità presente».

Donato Carrisi
Io sono l'abisso

Sono le cinque meno dieci esatte. Il lago s'intravede all'orizzonte: è una lunga linea di grafite, nera e argento. L'uomo che pulisce sta per iniziare una giornata scandita dalla raccolta della spazzatura. Non prova ribrezzo per il suo lavoro, anzi: sa che è necessario. E sa che è proprio in ciò che le persone gettano via che si celano i più profondi segreti. E lui sa interpretarli. E sa come usarli. Perché anche lui nasconde un segreto.

L'uomo che pulisce vive seguendo abitudini e ritmi ormai consolidati, con l'eccezione di rare ma memorabili serate speciali. Quello che non sa è che entro poche ore la sua vita ordinata sarà stravolta dall'incontro con la ragazzina col ciuffo viola. Lui che ha scelto di essere invisibile, un'ombra appena percepita ai margini del mondo, si troverà coinvolto nella realtà inconfessabile della ragazzina. Il rischio non è solo quello che qualcuno scopra chi è o cosa fa realmente. Il vero rischio è, ed è sempre stato, sin da quando era bambino, quello di contrariare l'uomo che si nasconde dietro la porta verde.

Ma c'è un'altra cosa che l'uomo che pulisce non può sapere: là fuori c'è già qualcuno che lo cerca. La cacciatrice di mosche si è data una missione: fermare la violenza, salvare il maggior numero possibile di donne. Niente può impedirglielo: né la sua pessima forma fisica, né l'oscura fama che la accompagna.

E quando il fondo del lago restituisce una traccia, la cacciatrice sa che è un messaggio che solo lei può capire. C'è soltanto una cosa che può, anzi, deve fare: stanare l'ombra invisibile che si trova al centro dell'abisso.

Questo libro è stampato col sole

Azienda carbon-free

Finito di stampare nel mese di marzo 2021
per conto della TEA S.r.l.
da Grafica Veneta S.p.A. di Trebaseleghe (PD)
Printed in Italy